诺奖得主人文

生命物语

LIFE STORY

Maurice Maeterlinck
[比]莫里斯·梅特林克◎著
周　旭◎译

Life Story

北京时代华文书局

编者前言

这是一套诺贝尔奖得主思想人文类著作的选集，也是我们展示诺奖巨匠思想人文方面成就的一次尝试。

诺贝尔奖设立百多年来，彰奖的各学科巨匠已近千人。这些获奖者除偶有争议，绝大多数都是各自领域的大师，为其学科的发展做出过重要贡献，有一些更堪称学科史上当之无愧的划时代人物。然而，仅仅把这些诺奖得主视为学科中的巨人，未免唐突前贤。其实，他们的洞见与睿智绝非仅体现于自己的学科之内。智慧不分学科，见识超越疆界。这些学科巨匠，偶一涉笔于其他领域，亦往往才华横溢、引人入胜。不领略这些精美之作的风采，于大师们而言可谓理解片面，于我们而言则不免误了几多美妙的风景，少了许多透彻的启发。因之我们编选这套丛书，旨在展示诺奖大师们在思想人文方面的才情妙笔，给读者一席华丽深刻的思想盛宴。

这些诺奖大师，有些本就以哲学思想为业，则他们以其生花之笔为文，不似前代名哲般行文晦涩，而是尽态极妍、引人入胜，为其深刻的哲学思考平添了文学的秀美生动。更多的则致力于自己的学科建设，同时对思想人文诸领域具有恒久深切的兴趣。他们或仰望星空，沉思宇宙奥理；或环顾九州，体恤民生疾苦。纵览历史变迁，则洞悉人类社会嬗变；反思个人遭际，则虑及理想制度建构。然而无论取向如何，他们一例有着深刻的历史洞见、透彻的哲学沉思、悲天悯人的人文关怀以及妙不可言的如椽巨笔。我们精心选取这样的名著佳构编纂为丛书，亦是在强调这些著述，虽则有些已被人们津津乐道，有些尚为译界忽视不彰，然皆不失为诺奖巨匠之鸿篇巨制，值得把玩，亦值得赏读。

对灵魂的孜孜不倦的探求一直贯穿于梅特林克全部的创作生涯之中，在这个重物质轻精神的时代，他的作品总能以童话的方式展示出一种深邃的灵感，以奇妙的手法触动我们的灵魂，以独特的视角激发我们的想象。沉浸在梅特林克的文字当中，作者对真善美的渴望，对人类命运的忧虑，对神秘命运的无奈总能引起我们的共鸣。

本书共分为两部分，即《谦卑者的财富》和《埋葬的圣殿》。《谦卑者的财富》围绕着灵魂和人类的内在生活展开论述，体现了作者对精神家园和灵魂故乡的反思；命运和正义则成为《埋葬的圣殿》探讨的主题，字里行间流露出宿命主义和神秘主义的阴影；自信与忧伤、明朗与忧郁、坚强与软弱这些看似矛盾的思想都天衣无缝地糅合在这部书中，深刻的人生哲理呼之欲出，完整的生命画卷由此展开。

目　录

谦卑者的财富

沉默

卡莱尔呼喊道："沉默和神秘啊！为了获得普世敬奉，祭坛也许仍会缓缓升起（如果这仍是一个祭坛拔地而起的时代）。伟大的事物中孕育着沉默，作为其中的一个元素，它最终将以庄严完美的方式昭显于世，自此就是沉默一统天下的时代。据我所知，在那些德高望重的人中，威廉并不是唯一的沉默者。那些不善于交际和心无方略之人都避免对他们的创造和方案滔滔不绝。不仅如此，当你困惑不解时，你只需要安静上一整天，第二天，你就会对自己的责任和目的有更加清晰的认识。当你将咄咄逼人的噪声拒之门外时，这些隐藏于你内心深处、沉默不语的工人清理走的是怎样的垃圾和污秽啊！我们对语言的定义和法国人截然相反，它并不是掩饰思想的艺术，但却往往将思想束之高阁，使之窒碍难行，以至于言之无物。当然，语言是美妙的，但并非尽善尽美。正如瑞士铭文中所言：语言是银，沉默是金；或者，我更倾向于这样表达：语言只可冠绝一时，而沉默则是永无止境的。

"蜜蜂只会在黑暗中劳作，思想只能在沉默中孕育，德行只会在隐秘中发挥作用。"

认为仅仅凭借语言，人们就能无拘无碍地交流是毫无意义的。正如密码或数字或可描绘出梅姆灵的画作一样，或许，唇舌也能代表灵魂。然而，从彼此想要交流的那一刻起，我们却被迫沉默不语：尽管沉默的紧急命令是无形的，但倘若此时我们对这个命令置若罔闻，我们就会承受永恒的损失，即便人类智慧的宝藏也无法弥补这些损失。因为我们将失去倾听另一个灵魂的机会，也会失去让我们的灵魂在瞬间得以彰显的机会。芸芸众生中，这样的机会失不再来。

只有当生活在我们心中停滞不前时，当我们远离现实、不愿想起我们的同胞时，我们才会开口讲话。但只要我们一启齿，好像就有什么东西向我们发出警告，神圣的大门正在关闭。因此，我们很快就会再次陷入沉默，再也不肯轻易发言。甚至连最鲁莽的人，也不愿意对初识之人浪费口舌。实际上，在我们的内心深处存在着一种超人的本能，它警告我们，对不爱或不想结识的人缄口不语是危险的，因为人们可以通过语言进行交流，不过，一旦让沉默活跃起来，它便会无休无止。毋庸置疑，真正的生活——唯一能留下痕迹的生活，只能由沉默构成。你必定会再次求助于这种沉默，因此，你必须反复对它进行思考，以便它能够自行解释。如果你允许它进入你的灵魂片刻，进入天使幽闭的所在之处，虽然你由衷地热爱人类的语言以及它的姿态，但首先引起你回忆的并不是这种语言或姿势，而是与你同在的沉默。因为只有这些沉默所具备的特性才能揭示你的灵魂和爱心的本质。

行文至此，我只是阐述了主动的沉默，此外还存在一种被动的沉默，那就是睡眠、死亡或子虚乌有的事物的阴影。这是一种了无生气的沉默，当它处于沉睡状态，倒也不如语言那么令人生畏。不过，你必须时刻保持警惕，以防突如其来的意外将其唤醒，因为到那时，它的一奶同胞——伟大的主动沉默——就会以迅雷不及掩耳之势攫取它的宝座，你们一定要小心谨慎。两个灵魂彼此靠近，横亘在它们之间的障碍也将被粉碎，大门旋即打开，日常生活也会被最严肃认真的生活所取代，那里的一切都毫无防备。在这种生活中，没有什么东西会被讥讽嘲笑，没有唯命是从，也没有什么东西会被永久遗忘……

因为我们都对这种忧郁沉默的力量及其危险的征兆了如指掌，所以，沉默让我们不寒而栗。若迫不得已，我们能够忍受自身的沉默与孤独，但对于多数人的沉默——与日俱增的沉默——尤其是众人的沉默，就形成了一种超自然的负荷，即便是最坚强的灵魂也会怛然失色。我们努力寻求一个沉默无处容身的地方，这耗费了我们大多数的时间。一旦两三个人不期而遇，他们就会同心协力驱赶无形中的敌人。可以说，有多少寻常的友谊不是建立在对沉默同仇敌忾之上啊！倘若在竭尽全力之后，沉默仍悄无声息地在人群中穿行，让他们感到焦虑不安，那么，他们那不停转动的眼睛就会在神秘的无形事物中迷失方向。每个人都会慌不择路，在入侵者面前飞奔而逃：从此之后，他们将互相躲避，唯恐类似的灾难再度降临到自己头上；怀疑他们当中有人会背信弃义，引敌入室……

在我们大多数人的日常生活中，沉默能够被真正理解并被毫无顾忌地接纳，但这样的机会不过两三次而已。只有在最庄严的时刻，人们才会欢迎这位神秘莫测的宾客。当这一切来临时，没有人认为这样的欢迎是微不足道的。因为即便人们的生活惨不忍睹，他们也有知道如何表现的时候，甚至好像他们已经摸透了上帝的心思。回想一下你心无畏惧地初识你的沉默的日子，可怕的时钟已经敲响，沉默和你的灵魂狭路相逢。你亲眼看到它从生命无可言说的深渊中，从内心恐怖或美妙的海洋深处缓缓升起，而你却无处可逃……这是启程回家的前夕，你沉浸在无比欢乐之中，或者你身处死亡之榻的枕边，可怕的不幸将要接踵而至。回忆一下所有暗藏的宝石在你眼前闪闪发光的时刻，想想蛰伏的真理在生活中一一呈现的时刻，然后告诉我，沉默是否美好和必要，你避之不及的敌人的拥抱是否是神圣的爱抚？这不幸的沉默之吻——有时候，沉默尤其喜欢在不幸降临时抚摸我们——永远无法忘怀。因此，那些经常和沉默相遇的人，会比别人更加富有。只有他们了解，或许，无论日常生活脆而不坚的外壳休憩在怎样寂然无声、深不可测的水域：它们都更接近上帝，它们的脚步永远朝向光明，而且它们永远不会迷失方向，因为灵魂或许不会上升，却永远不会沉沦……卡莱尔十分熟悉约束我们生活的帝国，他说："沉默，沉默的伟大帝国，比满天繁星还高，比死亡之国还深！……沉默，伟大的沉默之人！……遍布各地，各司其职，默默思索，无言劳作。每天的晨报不会给予他们丝毫关注！他们是土壤中的盐分。倘若一个国家没有这样的人，或者这样的人寥寥无几，那么这个国家就会陷入困境，就像是一片没有树根，只有树叶和树枝的森林，很快就会枯萎，森林也将不复存在。"

卡莱尔所说的只是肉体的沉默，真正的沉默更伟大，也更难以接近——真正的沉默并不是能够弃人类于不顾的神的沉默。它和我们如影随形，是我们生活的潜在源泉，它能让我们中的任何人用颤抖的双手叩击深渊之门，正是这一种专注的沉默才能叩开这扇深渊之门。

这种沉默没有限度，在它面前人人平等。在死亡、悲伤或爱情面前，不管是国王还是奴隶的沉默都呈现出同样的特征，将同样的珍宝隐藏于难以逾越的覆盖物之下。因为这是我们灵魂中必要的沉默，是我们神圣不可侵犯的庇护所，它的秘密永远不会外泄。如果地球上第一个人和最后一个人相遇，他们将受到同一种冲动的支配，在彼此的爱抚、恐惧和眼泪中无言对视。这种冲动将支配他们的生活，那完美无瑕的一切无须他们做任何解释：而且，不管他们之间相隔多少个世代，在某一个时刻，他们也能同时领悟到，在世界末日到来之前，语言所不能表达的一切，就如同一只他们曾经共同居住过的摇篮……

一旦你不再喋喋不休，灵魂就会睁开惺忪的睡眼，继而开始辛勤的劳作。因为沉默中充满了惊奇、危险和幸福，正是在这些惊奇、危险和幸福中，灵魂才得以随心所欲。如果你的确心甘情愿地为另一个人付出，那就保持沉默吧！倘若你和他在一起时，对这种沉默心存畏惧——除非这种恐惧源于你引以为豪的不确定性，或者是出于对渴望奇迹的爱情的期盼——那就远离他吧！因为，你的灵魂知道你们之间的距离到底有多远。有这么一群人，当他们在场时，即便是呼风唤雨的英雄也不敢保持沉默，即便最光明磊落的灵魂也会战栗不已，唯恐其他人洞悉了自己的秘密。有些人生活在一片喧嚣之中，他们扼杀了周围的沉默，但他们只是一群麻木度日的生物而已。尽管真理的领域里洒满了坚定的信仰之光，但他们却永远也无法企及。我们无法理解那些喋喋不休的是何种人，对我们而言，他们的灵魂毫无特征可言。我的至爱之人曾写信给我：“我们彼此未曾真正了解，因为我们在一起时从不敢保持沉默。”的确如此，我们深爱彼此，以至于我们对超人的痛苦心存恐惧。每当沉默在我们之间蔓延——沉默是绝对真理的天使，是给我们的灵魂带来未知信息的信使——我们都会拱手作揖，乞求他的怜悯，希望可以再有几个小时，让我们继续维持善意的谎言，继续保持天真，继续留在童年时代……但无论如何，沉默的时刻终将到来，它是爱的阳光，会使灵魂的果实成熟，就像太阳能够让地球五谷丰登一样。但人们对它心存畏惧也未必无因，因为没有人能够说出，何种性质的沉默将要降临到他们头上。除了极少的特例之外，所有的沉默都各不相同，但语言却大同小异。首先降临到两个灵魂之上的沉默至关重要，它的性质将决定人类的命运。沉默混合在一起，我们对它的踪迹一无所知，因为思想无法探寻出沉默的藏身之处，而沉默莫名其妙地混合在一起，不是苦不堪言就是甘甜无比，这两个灵魂都至真至善、坚强有力。正因如此，它们之间或许会萌生一种针锋相对的沉默，在黑暗中发动一场残酷无比的战争。或许，在神圣的沉默中，一个罪恶深重的灵魂可以和一个高尚纯洁的灵魂深入交流，但结果却永远无法预料，这一切都在没有预警的天空下上演。因此，虽然我们内心深处的伟大启示一定会在庄严的时刻降临，但柔情蜜意的情侣总会把它推迟到最后一刻。

因为他们对此一清二楚——爱情，即便是真正的爱情，也会使最浮躁的东西成为生活的中心。他们清楚地知道，以前所发生的一切不过就像孩子们在门外玩的游戏一样，现在墙壁坍塌，真实的一面赤裸裸地呈现在他们眼前。他们的沉默甚至就是他们心中的神：倘若在这最先降临的沉默中，和谐无处可寻，那么他们的灵魂中就不会有爱，因为沉默是不可移易的。也许，它会在两个灵魂之间起伏不定，但本质却不会有丝毫改变。甚至直到情人香消玉殒，它仍会保持着初次进入这个空间时的形状、态度和力量。

随着生活的继续，我们越来越深刻地了解到，生活中所发生的一切无不与一些奇怪的预先构思相吻合：我们未曾对此发表过任何言论，甚至我们连想都不敢想，但对于它的存在，我们却确信无疑，它一定存在于我们意识之外的某个地方。愚笨之至的人对初识之人微笑，仿佛他是同胞命运的帮凶。在这个领域内，甚至那些言辞最发人深省的人也意识到——他们的言辞或许比别人更加深刻——语言永远无法表达两人之间存在的真实、特殊的关系。如果此刻我正在和你们谈论最严肃的话题——爱情、死亡和命运——那么，我所论及的就不可能是爱情、死亡或命运。而且，尽管我竭尽全力，但仍有一种真理我永远无法触及，甚至我都没有想到要有所涉及。但这却是唯一的真理，它虽然悄无声息，却时刻与我们同在，我们应该将全部精力倾注于此，因为这是我们所有真理中唯一涉及爱情、死亡和命运的，而且我们只有在沉默中才能对它有所感知。沉默至关重要。寓言中的一个孩子说：“我知道每个人都有自己私密的想法，我想窥探到它们。”我们同样拥有一些别人想刺探到的想法，但它们却远远躲藏在私密想法的背后——这就是我们秘密的沉默。所有的疑问都毫无意义，当我们的精神有所戒备，在这种私密的沉默中，精神亢奋就会变成获得再次重生的障碍。一旦我们知道那里隐藏着什么，我们一定会培养自己的沉默，因为仅在此刻，永恒之花才会一现芳容，这神秘之花的颜色和形状都会随着身边灵魂的变化不断地调整。正如在纯净的水中我们可以得知金银的分量，灵魂也在沉默中得知自己的轻重，而一旦语言脱下沉默的外衣，它也就毫无意义可言。如果我告诉某个人我爱他——或许，我对其他人也这样说——我的话对他而言没有任何特殊的意义。但倘若我真的爱他，随之而来的沉默就会清楚地向他表明我的爱有多深。这转而会让人们产生一种信念，那就是爱本身就是沉默；在人的一生中，这种沉默和信念绝不会再次出现……

难道不是沉默决定并选择了爱情的滋味吗？没有了沉默，爱情将丧失永恒的精髓和芬芳。难道有人会对嘴唇张开，灵魂重组的时刻一无所知？我们一定要找寻这样的时刻。在所有的沉默中，爱情的沉默最为柔和温顺，这也是我们唯一可以宣称专属于我们的沉默。其他伟大的沉默，诸如死亡、悲伤和命运的沉默，都不属于我们。它们沿着事件的踪迹，按照自己的时间向我们走来。那些没能和它们相遇的人不必自责。但所有人都可以和爱情的沉默相遇。它们在我们门前日夜等待，和其他的沉默相比，它们毫不逊色。正是它们的存在，那些极少哭泣的人才能和那些悲伤的人一样，透彻地了解灵魂的生活：正是由于这种沉默，陷入爱河的我们才了解到许多他人不曾了解到的秘密。因为成千上万在真正的友谊和爱情的嘴唇上沉默颤抖的事物，绝不会在其他沉默之唇上出现，因此，这样的唇对友情和爱情一无所知……

灵魂的苏醒

一个时代即将开启，或许——在这个时代来到之前会有很多预兆——或许，这个时代到来之后，无须任何感觉我们就能心照不宣。毋庸置疑，随着时间推移，灵魂无时无刻不在扩展着自己的领域。它无限接近于真实的自我，比起两三个世纪之前，它在我们行为中所起的作用要大得多。或许，我们正在接近一个精神的新纪元。在历史的长河中，我们可以找到一系列类似的时代，因为历史上有记载可循，每当灵魂对未知法则俯首听命时，它好像总能上升到人性的表面，在那里，它的存在和力量会获得最明确的彰显。这种存在和力量用无数方式来展现自我，这些方式多种多样、变幻莫测。在这个时刻，仿佛人性要挣脱压在它身上的千钧重担，一种精神上的影响力正在扩散，抚慰人们的心灵，让人们感到舒适。最严厉、最可怕的自然法则无处不在。人们更了解自己，更了解自己的同伴。从他们的眼中，从他们心底洋溢的爱意中，流露出更深切的真诚和更温柔的情谊。他们对女性、孩童和动植物的理解——抑或是对万物的理解——变得更为悲天悯人、更加发人深省。也许，这些人留给后世的雕塑、绘画和作品并非尽善尽美，但无论如何，这些作品中都包含着一种神秘的力量，一种无法言说的优雅，这些不朽的作品永远拥有一种摄人心魄的力量。这些人的眼中必定会流露出常人无法理解的兄弟之情和爱情，到处都显示着我们无法诠释的生活迹象，在我们日常生活的边缘踌躇不前。

这种认知就像我们所拥有的关于古埃及的知识一样，引导着我们相信它已经度过了其中一个精神纪元。在印度历史上一个年代久远的时期，灵魂无限接近于生活的表象，实际上，它是无限接近于一个从未接触过的时间点。时至今日，一旦出现无法解释的现象，我们总会归因于回忆，挥之不去的痕迹和几乎直观的存在。在一些类似的时刻，精神因素或许在人性的深处激烈的斗争，就像一个溺水者在水流湍急的大河中挣扎。举例来说，引导你想起波斯、亚历山大以及中世纪那神秘莫测的两个世纪。

另外，在过去的几个世纪中，尽管灵魂未曾启蒙，至纯至真的智慧和美还是占据了至高无上的统治地位，因此它远离了希腊和罗马，远离了十七、十八世纪的法兰西（但关于后者，或许我们也只能触及表面，因为在表面之下还隐藏着许多秘密——我们一定还记得克劳德·德·圣马丁、卡廖斯特罗——被轻而易举地抛在一边，还有帕斯卡利斯以及许多其他的人。）我们也不清楚缺少点什么，只是障碍在秘密通道中交叉蔓延，发现美的眼睛被蒙蔽了。实际上，如果你试图用语言来描述眼前的一切，或者去阐释为什么希腊戏剧中弥漫着的神秘和死亡的氛围，在我们看来似乎不是灵魂真正的氛围，那么，你注定要无功而返了。弥漫在这些无与伦比的悲剧地平线上的庄严持久的神秘，并不是充满同情、友爱的神秘。在一些不那么伟大和优美的作品中，这种神秘还没有进入意义深远的活跃期。在距离我们较近的年代——或许，拉辛真的算得上是一位精准洞悉女性心理的诗人，但他敢于宣称，自己离她们的灵魂更近一步吗？谁能告诉我们一些关于安德洛玛刻和布瑞塔妮修斯的灵魂的事情？拉辛笔下的人物，除了炫耀自己的语言之外，他们对自己一无所知，而没有一种语言可以穿过阻挡海洋的堤坝。他笔下的男人和女人都在星空中一个不再转动的星球表面孤独地生活，这种孤独令人畏惧。如果他们保持缄默，那么他们将不复存在。他们不遵循某种无形的原则，人们几乎可以相信，某种与世隔绝的物质在他们的精神和自我之间、在根植于每一个人的生活和在一瞬间就能引发激情、悲伤或希望的生活之间悄然衍生。实际上，灵魂在几个世纪里都处于蛰伏状态，无人打扰，悄无声息地昏睡着。

但时至今日，它依旧在不懈地努力着，这种努力随处可见，它们莫名其妙地急迫、热切，甚至到了专横的地步。就好像接到了紧急的命令，时间紧迫一样。它一定在精心准备着一场生死攸关的斗争？没有人能断定最终的结局是胜利还是溃败。或许直到今天，它也没有动用过如此多样、如此无法抗拒的力量为其服务。就好像被无形的墙壁包围，没有人能了解，它是在与死亡的搏斗中战栗，还是被一种崭新的生活所鼓舞。对于那些玄妙莫测的力量，我丝毫不会涉及，虽然这些力量的标志无处不在——磁力学、心灵感应、悬浮感、放射物质毋庸置疑的特性，还有其他无数现象都在叩击正统科学的大门。这些事情众所周知，它们也很容易得到验证。或许，它们真的是剧变过程中所发生的最微不足道的琐事。因为灵魂就像是一个睡梦中的人，睡意十足，只是倾尽全力想要动一动胳膊或抬一下眼皮。

在其他领域，它的行动甚至更加卓有成效，虽然在这些领域人们对它视若无睹，只有练就火眼金睛的人才能看到它。层层迷雾蔓延开来，将灵魂包裹在丝竹管弦之中，难道灵魂的高声呼喊不就是要穿透这层层迷雾吗？之前，那无形存在的神圣庄严从未被揭示，难道那几幅陌生画家的画作没有揭示出这种庄严吗？在过去的日子里，总有莫名其妙的火焰照亮文学之路，难道在文学领域就不存在一部鸿篇巨制，被本质截然不同的火焰照亮？有一种变形的沉默——形态奇特而又不可言喻——降临到我们头上，迄今为止，一直占据着绝对统治地位的“积极崇高的思想”好像必然会被推翻。我不会在这个话题中踌躇不前，因为清晰地探讨这个话题的时机尚未来临。但我的确感觉到，一种更为紧迫的精神自由却很少被人类所拥有。不仅如此，有些时候，它还呈现出某种最后通牒的假象。因此我们不应该忽视每一个细节，实际上，我们应该倾尽全力接受这个迫切的邀请，它就像一个转瞬即逝的梦，如果我们不在一瞬间抓住它的话，它就会永远消失。我们必须小心谨慎，毕竟我们的灵魂进行自我激励并不是毫无缘由的。

或许，从纯理论的角度来看，这种自我激励便一目了然了。也许，在日常生活中，我们也能看到诸多相关的迹象。每一朵盛开在山巅的花朵都会落入深渊，它已经凋谢了吗？我也不知道。但这至少清楚地向我们证明，即便在最卑微之人的日常生活中，也存在某种精神现象供他们证明自我，这是一种神秘、直接的工作，使得灵魂彼此更加靠近。所有这一切我们都无法从过去的时光中找到任何痕迹。这肯定是由于事情在那时并不清晰明了，因为每个时代都有人探究到生活的最深处，了解到这个时代最隐秘的相互关系，并把他们获得的有关内心、灵魂和时代精神的知识传授给我们。或许，甚至在那个时代，类似的影响也在发挥作用，但它们还没有像今天如此普遍和活跃，如此活力四射。它们也无法在人类生命之泉的深处安身，因为一旦如此，它们必定逃不过智者的法眼，肯定不能在悄无声息中安然度日。我现在所指的并非所谓的“科学通灵术”，也不是心灵感应现象，亦非“具体的物化”或是我上文中列举的任何现象：我指的是那些忘记自己长远利益的人，在他们可怕的生活中，干扰和意外持续发生。我们应时刻牢记在心，现在我们所谈论的并不是普通教科书上的心理学——它只和某些与物质密切交织的精神现象相关，实际上，它窃取了灵魂这个妙不可言的名字——我所涉及的是先验心理学，它阐明了灵魂之间的关系，阐明了情感以及灵魂美妙的存在。虽然它是新兴的科学，但借助它的力量，我们可以向上跨越一大步，在不久的将来，它就会完全取代今天占统治地位的基础心理学。

这种“直接”心理学正以排山倒海之势从山顶赶来，企图教化山谷的人们，甚至在日常读物中我们也能感受到它的存在。实际上，除此之外，没有任何证据能够更加清晰地表明，人类灵魂的压力已经与日倍增，它那神秘莫测的影响力正在人群中扩散。但对于现在我们正在接近的那些不可言传的事物，人们所能给出的例证必定屡见不鲜却残缺不全，接下来发生的事情也是最基本的，比较容易感知的。如果有一种预感、由于偶然的相遇或不经意的眼神而萌生的某种莫名其妙的印象、人类理性操纵的未知面所做的决定、一种干扰、一种无须解释便可意会的力量、一种关于同情和憎恨的神秘法则、一种可选择的出于本能的亲密关系、一种潜在事物无与伦比的影响力，在过去的日子里让你有所疑虑，这些疑问都会被漫不经心地忽略掉。而且，这些疑问不会轻易打破思想者内心的平静，上述现象的出现似乎纯属巧合。一直以来，它们在生活中都展示了惊人的力量——这一点毋庸置疑——哲学家迫不及待地返回到自己熟悉的研究领域，但这些领域中也弥漫着痛苦和浅薄的事物。

在过去的时光里，即使是我们当中最伟大、最聪慧的人也没有考虑过这些精神现象，时至今日，只有很少一部分人还热衷于研究这种现象。在这方面，我们再次证明了，人类的灵魂就像是一株无与伦比的植物，各部分天衣无缝地结合在一起。当时机到来，它所有的枝蔓都会繁花似锦。到那时，潜藏在农夫灵魂深处的力量就会突然被唤醒，从他口中，你可以听到拉辛灵魂中尚不具备的思想。这个天赋远逊于莎士比亚或拉辛的人，在不经意间看到了潜在的光明生活，而那些杰出人士只是看到了这种生活的表象。因为，无论多么伟大的灵魂，它在时空中孤独地漫游总是徒劳无功的。没有他人的帮助，它将一事无成：灵魂之花只有扎根于人群中才能盛开。当精神之海被风暴侵袭，整个海面动荡不已、波涛汹涌之时，就是伟大灵魂出现的成熟时机。不过，如果它在沉睡不醒之时到来，它所说的话不过是梦话而已。一个举世闻名的例子——在艾尔西诺的哈姆雷特——他总有机会接近觉醒的边缘，但是，虽然他苍白憔悴的脸上满是冰冷的汗水，但总有些话无法启齿。倘若在今日，他会毫不迟疑地讲出这些话，因为路人的灵魂——无论是流浪汉还是窃贼——都乐意慷慨相助。因为实际上，笼罩在灵魂外部的面纱逐渐被揭开，如果哈姆雷特在此时凝视一下他母亲或克劳迪乌斯的眼睛，他们就会告诉他那时他还一无所知的事情。今天，如果你心中存有邪念，你的存在本身就能揭示这种罪恶，而且比两三个世纪之前要清晰百倍，对此你是否一清二楚？你又是否清楚地明白，如果出于偶然，你上午对某个人造成了伤害，那个你只想和他谈论风雨的农夫，他会知晓一切——甚至在他举手为你开门之前，他的灵魂就已经受到了警告？虽然你装出一副圣人、英雄或殉难者的姿态，路边儿童的眼中也流露出同样无与伦比的笑意，他们微笑着向你致意。但倘若你的心中有任何邪恶的念头，有任何不仁不义的想法或任何同胞的眼泪，或许那个儿童的灵魂已经从你身边悄然经过，只是你茫然不知罢了……

毋庸置疑，倘若一个人的心里隐藏着憎恨、嫉妒和背叛，而不想被人所知，那真是难上加难。因为即便是最冷漠无情的灵魂也会一刻不停地守护着我们，我们的祖先没有谈及这些事情，我们认识到，我们发愤图强的生活和他们的描述迥然不同。是他们欺骗了我们，还是他们毫不知情？迹象和语言都毫无意义可言，在神秘莫测的环境中，几乎能够决定一切的只能是存在本身。

甚至人类自认为很了解的古老的意志力——合理的意志力——现在也发生了转变，在非凡、精深和百思莫解的法则压力下最终成型。最后的避难所也消失不见，拉近了人们之间的距离。他们不再仅凭同伴的所作所为来做出判断——不仅如此，思想也不再是他们评判的唯一标准——因为尽管他们百思不得其解，但他们所看到的一切的确存在于思想领域之外，而这就是我前面所说的精神时代的伟大标志。你可以深切地感受到，日常生活方方面面的状况都在不断地发生变化，无论是语言还是行为，年轻一辈都和上一辈迥然不同。大量不合时宜的风俗习惯、虚伪的托词和媒介都被抛入深渊。尽管我们对无形的法则一无所知，但大部分人还是凭此对彼此做出判断。如果我初次进入你的房间，你不会向我倾诉你的秘密，因为根据应用心理学的原则，只有在密友面前，人们才会倾诉自己的秘密。你试图告诉我，你是否了解我，但这一切都徒劳无功。但你将回到我身边，承担着信念的压力，这信念只可意会不可言传。或许你的父亲会以其他方式对我做出判断，但他有可能铸成大错。我们只能相信，人们之间必定会发生接触，那时，气氛会大为不同。伟大的“默默无闻的哲学家”克劳德·德·圣马丁问道：“我们是否在启蒙的康庄大道上迈进了一步，获得了人类天真质朴本性？”让我们默默等待吧：或许在不久的将来，我们就能聆听到“众神的低语”。

命中注定

大多数人都对他们了如指掌，母辈的人都曾见过他们。也许，他们就像生活中不可避免的悲伤，置身于其中的人对他们越了解，就会变得越悲伤、越文雅。

他们不同于流俗，他们和孩子一样，但和其他孩子相比，他们似乎更接近生活；他们似乎对一切都深信不疑，他们的眼中散发出确定无疑的光芒，使我们产生一种错觉——他们无所不知，在一个清闲的夜晚，他们一定向自己倾诉着秘密，当他们已经知晓一切时，他们的同胞还在生与死的神秘土地上，不知所措地探寻着自己的道路。他们精神振奋，做好了心理和行动的准备。虽然迫不及待，但他们聪慧而细心，完全做好了生活的准备。这种匆忙是一种信号，虽然对于那些不可言说的事情，母辈的人是我们心思缜密、毋庸置疑的知己，但他们对这些信号几乎视而不见。

他们在我们中间稍作停留，以至于我们感受不到他们的存在；他们悄无声息地离去，永远不为我们所知，但其他人踌躇片刻，用热情洋溢的微笑凝视着我们，似乎马上就要宣称他们无所不知。待到弱冠之年，他们急匆匆地离我们而去，蹑手蹑脚，仿佛他们刚刚发现自己错选了居住地，要和一群素不相识的人共同生活一样。

他们少言寡语，当人们要和他们进行接触时，或者他们面临即将到来的伤害时，就会有乌云笼罩在他们头上。有一段时间，他们似乎就置身于人群之中，成为我们中的一员。但一个夜晚降临，他们突然变得遥不可及，我们甚至不敢凝视他们，也不敢向他们提出自己的疑问，好像他们生活在遥远的彼岸。此时，这种感觉侵袭着我们的心灵，最终的时刻到来，证明这种感觉比友谊、同情和爱情更为严肃深刻、更富有人性、更加真实。这种感觉在我们的喉咙处无力地拍打着翅膀，渴望发出自己的声音——它使我们走出了无知的深渊，我们未曾讲话，我们也将继续保持缄默，因为无数生命都是在沉默中度过的。时光飞逝，我们当中还有谁在痴痴等待，直到一切为时已晚，再没有人乐意倾听他的声音？

他们为什么会和我们相遇——又为什么这么快离开？只有我们才相信，生活是没有终极目标的吗？我们一直无法解开这个秘密，我们所有的研究都徒劳无功，对于我来说，这些事情屡见不鲜，有一天它离我如此之近，以至于我清楚地知道，这些事情是和自己有关还是和别人有关……

因为那时我的同胞逝去，尽管他对此一无所知，但只有他听到了警告的低语——因为，有关灾难的信息早就隐藏在他的内心——毫无疑问，他一定知道接下来会发生什么。是什么迹象将潜藏的可怕事件和人类分离开来？虽然一切都是无形的，但所有的事情都昭然若揭。他们对我们充满了恐惧，因为我们总是声嘶力竭地向他们喊出我们所知道的一切，竭尽全力与他们抗争。当我们和他们在一起时，他们可以清晰地看到，在我们的意识中，他们的命运像大石头一样压迫着我们，我们向大多数人隐藏了一些事情，但我们也并不清楚，这些事情到底是什么。当两个人相遇时，生与死这个百思莫解的秘密就徘徊于他们之间。还有一些其他的秘密，一些虽然至今仍不知所谓的秘密，但它们却能在顷刻之间在我们的举止、个性和眼神中打下烙印，甚至当我们和朋友们紧握双手时，或许，我们的灵魂仍会在生命所限定的范围之外展翅高飞。也许，当两个人在一起时，他们对潜藏的思想一无所知，但在他们之间，有些事情潜藏得更深、比思想还紧要。我们并不具备高深莫测的天赋，我们一直向那些一无所知的人透露先知的存在。当我们和大家在一起时，状态和独处时截然不同。即便当我们在黑暗中和他们相处时，我们也会有所不同；当过去或将来在我们面前一一显现时，我们的表情也会随之发生变化。尽管我们对此一无所知，但我们仍会谨慎小心，护卫着自己的安全。当我们遇见那些弥留之际的人，我们仅能意识到命运在他们的头顶盘旋，除此之外，我们了不可见。如果他们能力所及，他们一定会欺骗我们，以便能更心安理得地欺骗他们自己。他们致力于误导我们，他们认为，他们热情的微笑、对生活炽热的兴趣会掩饰一切真相。但无论如何，真相已经在我们面前赫然显现，仿佛向我们隐藏秘密成为他们存在的支柱，不仅如此，还成为他们存在的终极理由。死亡再次背叛了他们，在痛彻心扉的悲伤中，他们终于意识到，他们没有能力向我们隐藏任何事情，总有一些声音无法制止。

谁能告诉我们结局中所蕴含的力量，这种力量是源于我们，还是我们的存在应该归功于它们？我们吸引了它们，还是它们引诱了我们？我们塑造了它们，还是它们造就了我们？在这个过程中，它们始终毫无偏差吗？为什么它们向我们靠拢，就像蜜蜂飞向蜂房，鸽子飞向巢穴一样。当我们没能迎接它们时，它们总能在那里找到一处栖息之地？它们从何处而来？为什么它们像我们的同胞一样，在我们的意识中成型？它们存在于过去还是未来？它们当中最富有力量的那部分已经不复存在，还是尚且存在？它们会在现在还是将来塑造我们？难道我们没有将自己大部分的生命，消磨在尚未发生的结局的阴影之下？或许我们已经注意到那些同样不祥的姿态，朝着我们近期目标前进的脚步声、让血液凝固的预感以及固定不动的呆滞目光——从人类身上，甚至是那些意外死亡的人们身上，那些悄无声息死亡的人身上，我们注意到了这些。他和他的同胞一样急切，他们的内心早已种下了死亡的种子。他们的面容也毫无二致，比起那些寿终正寝的人来说，他们的生活更加严肃认真，他们的行为举止同样沉稳谨慎、充满警惕。他们不能蹉跎时光，他们必须在同一时间准备就绪，这个结局完美无瑕，任何先知都不能提前预知，这结局成为他们生活中最根本的部分。

死亡是我们生活的向导，我们的生活除了死亡之外别无所终。在我们的生命长河中，死亡已经和生活融为一体。只有死者才会被绘制成肖像，因为他们才是真实的自己，在那一瞬间，他们展示了真实的自我。在最后的时刻，当纯净、冰冷、单纯的光亮照临，什么样的生命才会变得光芒四射？或许，当儿童向我们微笑时，他们脸上就会洋溢着同样的光芒。弥漫在我们之间的沉默就像是一间永远寂静的房间。我认识许多被死亡之手牵引的人们，当我回想起他们，我就会看到一群孩童、少男少女从同一间房屋出来，他们中间存在着一种莫名其妙的友好氛围：或许，他们凭借与生俱来的胎记辨认彼此，而这胎记从不会被我们发现，他们悄无声息地交换着沉默的标签，他们朝气蓬勃，却过早离世。

在学校时，我们对他们已经有模糊的意识，他们同时都在寻找彼此，但好像又在躲避彼此，就像是被同样的疾病折磨的人，他们时常在一起，在花园幽静的角落，在树下……他们的嘴角时常浮现出神秘的微笑，这微笑透露出一种诱惑，一种莫名的恐惧，担心会走漏风声，泄露了秘密。当活着的人和他们接触时，他们就会保持沉默。他们已经讨论过结局了，还是他们知道，结局会在他们不屑的眼神中流露出来？他们是否将结局层层掩饰，并希望通过自己冷漠的眼神将其隐藏起来？有时候，他们好像在高耸入云的塔尖上俯视我们，尽管我们属于强者，但我们也不敢轻易冒犯他们，因为实际上，没有什么事情永远不被人知晓，和我相遇的所有人，都知道我做过什么，将要做什么，知道我的所思所想——不仅如此，他还知道我何时驾鹤西去，虽然他未曾对自己的内心如此轻言细语，但他却不知道用什么方式告诉我。我们漫不经心地走过我们的双手无法触及的一切，或许，如果我们深入了解向我们揭示的一切，那么我们将拥有伟大的知识。真正的生活并不是我们正在经历的生活，我们感觉我们最深刻的思想，或者是我们内心深处的思想和我们自身相去甚远，因为我们实际的生活和我们的思想和理想完全不同。只有在特殊的时刻——借助意想不到的意外——我们才能过上自己的生活，成为真正的自己，会有那么一天吗？……与此同时，我们感觉到，他们和我们格格不入，一种敬畏感在我们的生活中弥漫开来。有时，他们会和我们一起在走廊或庭院中漫步，我们几乎跟不上他们的步伐。有时，他们会和我们一起做游戏，但游戏也不再是以前的游戏了。有些人找不到他们的同胞，当我们在嬉戏和叫嚷时，他们在我们当中孤独地漫游。在那些长寿的人中，他们没有什么朋友。但我们仍旧喜欢他们，他们的眼睛中应该流露出深切的友谊之光。是什么东西横亘在我们和他们之间？是什么将我们所有人分开？我们在神秘的海洋深处生存，这片海洋到底是什么？我们所感受到的爱从不致力于自我表达，因为它未曾属于这个世界，或许，它也不能自我证明，它显得脆弱不堪。疑虑重重，甚至日常生活中最卑微的友谊也能胜它一筹——但无论如何，尽管它的生命看起来十分冷漠，但依然比我们的生命要深刻得多。它等待着一个时刻，当那个时刻到来时，所有的怀疑和不确定因素都将不复存在……

现在还没有人听到它的声音，因为还不到它说话的时候；我们深爱的一定不是我们所拥有的，因为生活还存在另一面——至高至善、至纯至净的一面——它们永远不会和日常生活混淆，就连情人的眼睛也很少能看穿由沉默和爱组成的建筑物……

或者是我们在躲避他们，是因为尽管他们比我们年少，但他们仍是我们的长辈吗？……难道我们知道，他们和我们并非同龄人？难道我们对他们充满了恐惧，仿佛他们要坐下来审判我们吗？他们的眼神中隐藏着一种莫名的坚定信念，在我们烦乱的时候，他们会凝视着我们，他们的眼神会给我们带来安慰，使我们镇定下来。我们也不知道为什么，这时会产生片刻捉摸不定的沉默，这种沉默把我们包围，他们注视着我们，露出了庄重的微笑。有两个不得善终的人潜藏着——我对他们的容貌记忆犹新。他们胆小而羞涩，企图悄无声息地穿过人群，他们被某种致命的羞愧感所压迫，他们似乎永远都在为一个不知所谓，但近在咫尺的错误请求宽恕。他们向我们走来，我们四目相对，然后沉默地分开，尽管我们对结局一无所知，但是过程却一清二楚。

神秘的道德

对于我们来说，唯一明显的是，我们内心无形的冲动受到潜藏于我们内心深处的思想的专断控制。那些不计其数的直觉是我们的蒙面女王，尽管我们和她们无话可说，但她们还是驾驭着我们生活的航线。一旦我们想用语言进行交流，我们的力量马上就会被削弱。这是多么奇怪的事情啊！我们以为，我们已经下潜到了深不可测的最深处，当我们再次出现在水面上时，我们颤抖的手指上闪耀的水珠，已经和原本的那片大海截然不同。我们认为自己已经发现了一个洞穴，里面储藏着金光闪闪的珠宝，当我们再次站在阳光下，我们才发现，自己带上来的宝石都是赝品——它们不过是玻璃碎片而已，而那些宝石依旧在黑暗中不停地闪闪发光！在我们和我们的灵魂之间，存在着一些无法参透的东西。爱默生说："有时候，我们故意忍受痛苦，希望至少在这一过程中能发现真相，到达真理的边缘，攀登真理陡峭的山峰。"

我在其他地方说过，人类的灵魂看似互相吸引。即使这个观点无法被证实，但它仍有深厚的基础，虽然模糊不清，但十分确定。实际上，找出支持它的证据真是难上加难，因为这些事实虽然拥有我们所不知道的伟大力量，但它们就如同一些办事拖沓的人、间谍和随军服役的人。但毋庸置疑，一定有这样的时刻，比起我们的父辈们，我们能更深刻地感觉到，我们并不是孤立地存在于这个世界上。不管是那些信奉上帝的人，还是那些对上帝半信半疑的人，都没有发现它们的行为，好像是在确定自己是孤立的存在一般。其他的事物仔细地观察着我们，我们处于它们严密的监视之下，这些事物来自于其他地方，并非来自于人类良知放荡不羁的黑暗处！或许，和过去相比，现代精神的花瓶没有那么严密，是否就会有更多的力量，能够在我们内心的海洋中掀起波澜？对此，我一无所知：我们唯一能够肯定的是，我们再也不会认为传统的错误拥有至关重要的意义了，因为它本身就是精神胜利的一个象征。

这就像不断变化的道德编码一样——迈着怯懦的步伐，走向无法预知的崇高领域。或许，当一系列新问题出现时，这样的时刻已经来临。接下来会发生什么呢？比如说，如果我们的灵魂突然具备了可见的形状，并且被迫和同伴们结伴而行，如果它拂去了神秘的面纱，但仍承载着神秘的思想，它的行为也依然神秘莫测、不可理喻，那么，什么才会让它羞愧难当呢？它心甘情愿隐藏起来的那些东西是什么呢？它会像一个羞答答的小姑娘一样，将无数肉体的罪恶隐藏在飘飘长发后面吗？它对这些罪恶一无所知，这些罪恶也从来没有接近过她，它们是在它的权威鞭长莫及的地方犯下的。在那里，甚至连妓女的灵魂也能毫不设防地从人群中穿过，眼睛里洋溢着孩子般的微笑。对于这一切，我们的灵魂不会强加干涉，它只在光明笼罩的地方生存，这也是它唯一能够回忆起来的生活。

难道不存在着某种罪恶或过错，让它感到内疚吗？它曾经背信弃义、欺骗过别人吗？它曾经说过谎话吗？它会是别人痛苦的源头吗？它让别人流过泪吗？当人类将自己的同胞交给敌人时，它在哪里呢？或许，在远离人类的地方，它也会无奈地哭泣。从那一刻起，它就会变得更加优雅，更加深刻。它再也不会为它从未做过的事情感到羞愧，它会在恐怖的谋杀案中保持自身的清白。通常情况下，它会将在它面前发生的犯罪转化成内在的光辉，所有的一切都在无形原则的支配之下。因此，这毫无疑问会引起众神莫名其妙的放纵。

我们的放纵也是如此。我们应该竭尽全力，我们有义不容辞的责任去宽恕别人，当死神这个“伟大的调解人”从我们面前经过时，我们当中难道就没有一个人屈膝祈求，带着宽恕的心情，默默地俯卧在死者身上？我和我的敌人生前势不两立，但当我站在他冰冷的尸体面前，当我凝视着我被诽谤中伤过的嘴唇，现在已经苍白无色；那双让我日夜泣涕的眼睛，现在已经毫无光泽；那双导致我误入歧途的双手，现在已经异常冰冷——你以为我仍会对复仇念念不忘吗？死亡的降临使一切都烟消云散了。我对我眼前的这个灵魂没有丝毫怨恨。我本能地认识到，它在不可饶恕的错误和残忍无比的侮辱之间展翅翱翔（这种本能是多么值得赞美，多么富有意义啊！）如果我的内心深处仍有一丝悔恨挥之不去，那不是因为我不能以牙还牙，或许是因为我的爱还不够博大，我的宽恕姗姗来迟……

人们几乎会相信，在我们的灵魂深处，我们已经全然理解了这些事情。我们并不会凭借同伴的行为方式来评价他们——不仅如此，我们甚至也不会凭借他们内心最隐秘的思想来评价他们，因为这些思想并非始终无法察觉，而我们已经远远超出了无法察觉的范围。一个人可能会罪恶滔天，不会被宽恕。或许，即便是这些最邪恶的罪行，一刻也不能使他周围芬芳的气息和永恒的纯净失去任何光泽。当我们靠近哲学家或殉道者时，我们的灵魂也许会沉浸在无法忍受的忧郁中无法自拔。或许，圣人和英雄会从脸上带有堕落思想印记的人中寻找他们的朋友，相反，那些头顶闪耀着崇高宽容的梦幻光泽的人，他可能根本感受不到他周围“富有人性的友爱氛围”，这些事情在给我们什么暗示？它们的意义何在？除了那些支配人类思想行为的法则之外，是否还存在一种更为深刻的法则呢？我们究竟学到了什么？为什么我们会自然而然地按照无人提及，却是唯一毫无偏差的准则行事？宣称圣人或英雄都不会做出错误的选择，这个观点可能有点大胆，但即使圣人或英雄被他所选择的人欺骗和出卖，仍有一种永恒的东西和他们如影随形，而他们也只是顺从了这种永恒的东西。这种东西让他们明白，他们的行为是正确的，他们不会有任何遗憾，灵魂会永远铭记另一个纯净的灵魂……

当我们冒险搬开压在这些秘密之上的神秘石头，一股猛烈的气流就会从深渊里喷涌而出，语言和思想就像中毒的苍蝇一样，纷纷在我们周围落下。相比这些永恒不变的深度而言，甚至连我们的内心生活也变得微不足道。当天使站在你面前，你是否会因为自己清白无辜而自豪呢？难道你就不会因为无知而自卑吗？法利赛人将迦百农层层包围，当耶稣看穿了这些人卑劣的心思，你敢确定，当耶稣注视着这些人，当他审视他们的灵魂，当他谴责他们的时候，他没有看到隐藏在他们身后，或许是持久闪烁的光芒吗？倘若他的谴责无法挽回，他还算是上帝吗？但为什么他说话时还会犹豫不决、徘徊不定呢？留在宝石表面的，是卑劣的思想还是高尚的灵感？他在高处俯视着我们，看着我们犯下不可宽恕的错误而微微一笑，就像我们对着壁炉前地毯上的小狗微笑一样，这是什么样的上帝啊？若你真的纯洁无瑕，你以为当天使站在你面前注视你时，你会尽力向她隐瞒你伟大行动背后的渺小动机吗？在聚居在山顶的众神眼中，我们的很多事情不都是微不足道的吗？情况肯定如此，我们的灵魂需要将自己和盘托出，它对此一清二楚。它平时寂寂无闻，生活被一位伟大的审判官所控制，但是它的判决我们却百思莫解，那么，它还需要陈述些什么呢？我们应该去哪里寻找启迪我们的道德密码呢？是否存在一种神秘的道德，控制着我们思想之外的领域呢？难道我们内心最深处的欲望不过是核心星球的一颗无足轻重的卫星吗，而且我们还无法看到这颗卫星？我们内心深处是否存在着一棵未被察觉的树，我们所有的行为和道德不过是生命短暂的花朵和树叶？实际上，我们真的不清楚我们的灵魂犯下了什么过错，也不知道当我们面对另一个灵魂或一种更高的智慧时，什么能让我们脸红耳赤。我们当中有哪些人认为自己纯洁无瑕，又有谁不惧怕审判的到来？我们能否找到一个地方，在那里，一个灵魂不必对另一个灵魂心存畏惧？

在那里，我们不再过着众所周知的人类的生活，我们也不再经历精神生活，我们发现自己已经站在第三重门的门口：神圣生活的神秘之门。我们必须小心谨慎地摸索，当我们迈过每一道门槛时，都要确定每一步都丝毫无误。甚至当我们跨过门槛，我们到哪里寻找确定无疑的事情呢？我们到哪里寻找那些无与伦比的法则呢？或许，我们一直都在违背这些法则：尽管我们的灵魂已经受到警告，但我们是否仍没有意识到这些法则的存在呢？罪恶的神秘阴影时常悄无声息地潜入我们的生活，让我们的生活难以忍受，这种阴影到底从何而来？让我们羞愧难当的巨大的精神罪恶到底为何物？与我们的灵魂搏斗是我们的耻辱吗？在我们的灵魂和上帝之间，是否存在着一场无形的斗争呢，这场斗争异常寂静，以至于我们连低声细语也无法听到？是否存在这样的时刻，我们能听到被迫保持缄默的女王开口说话？当事情的发展仅仅停留在表面上时，她坚决保持缄默。或许，正是那些我们很少留意的人，他们深深地植根于永恒之中。有些人处于弥留之际，有些人正在凝视着你或正向你哭喊，有些人和你初次相遇或一个敌人和你擦肩而过——准道那时她都不会向你低语吗？现在你的朋友正在笑意盈盈地面对你，若是将来你不再爱你这些朋友，你还会倾听他的话语吗？但这一切都毫无意义，因为我们身处深渊之中，没有任何机会接触到外界的光线。有些事情只可意会，不可言传——诺瓦利斯说："实际上，孤独过于强大，灵魂的自我激励只会零星出现，什么时候它能作为一个整体行动？什么时候人性才开始凭借良知去感觉？"只有当这一切发生时，一些人才能吸取教训，我们必须耐心等待，直到一种更高级的意识缓慢地、循序渐进地形成。或许到那时，一些人就会明白，关于灵魂的这个方面，我们所感知的一切，到底谁才有权利来表述。就像月球的表面一样，自从世界伊始，就没有人能感知到它。

关于女性

未知的法则仍在控制着这些领域，在我们的上空，天空的正中央，我们命定之爱的星辰熠熠生辉。正是这些星辰营造了一种氛围，在它们的光辉的笼罩下，一种振奋我们的激情应运而生，甚至能够持续到生命的尽头。无论我们选择左转还是右转，站在山巅还是低谷，我们的行为方式都被一种怪圈包围。虽然我们竭尽全力想要打破这个怪圈，对激励我们的本能施加暴力，拼尽全力做出自己的选择，以对抗命运的抉择，但我们选出的女子总是直接来自于那颗恒定不变的星辰。倘若我们像唐璜一样，坐拥 1003 个女人入怀，但我们仍会发现，无论温柔如水还是冷漠无情，无论楚楚可人还是背信弃义，当手臂伸开，嘴唇张开的那个夜晚，我们怀中仍旧是那一个女人。

因为实际上，命运为追踪我们的脚步设定了一个个小光圈，而我们无论如何都摆脱不了这些光圈，几乎所有的人都深信不疑，即使是那些离我们最远的人，他们对这些不可逾越的光圈的大小和色彩都一清二楚。他们首先感知到的是精神之光的气息，因此，他们总是笑意盈盈地向我们伸出双手，或者在恐惧中将双手缩回。这里洋溢着一种良好的氛围，在这种氛围中，我们互相增进了解，有一种神秘的真理——远比具体的真理深刻——当我们遇到一个陌生人，需要对他有一个基本的印象，我们依靠的就是这种真理。这些事情发生在遥不可及的人性领域，我们无法进入这个领域，但我们所有的人不都要经历这些事情吗？如果你偶然间收到一封信，这封信来自于海洋中央的一个小岛，来自于一个你素未谋面的人，你能肯定地说，寄信给你的这个人一定是陌生人吗？当你读信时，你的内心是否存在一种根深蒂固、确定无疑的信念——和它相比，普通信念无足轻重——你的灵魂和一些灵魂接触，而这些信念就和那些灵魂密切相关，灵魂之间的接触只有上帝自己知道？进一步说，难道你不明白，这个灵魂，这个渴望与你交流、不在乎时空的灵魂，的确和你的灵魂如出一辙？莫名其妙的共识在各个领域形成，我们并不能隐迹潜行。两个陌生人的来往信件总是能透露出一些小秘密，没有什么比这些秘密更能揭示将所有的人联系在一起的微妙纽带了。或许中间的一点缝隙——毫无疑问，它们可怜而无足轻重，但即便是最微弱的光线也能让我们心满意足——或许，这只是黑暗之门上一道微不足道的裂缝，但我们却能通过这道缝隙窥视片刻，并想象在堆满宝物的洞穴中发生了什么，而这些宝物是我们从未见过的。仔细查看每个人消极的交流，你都能在其中发现出人意料的组合。今天早上我收到两个人的信件，这两个人都和我素不相识，但我已经意识到，我给两个人的回复必定截然不同，我留意到一束无形的微光。相反，若一个素未谋面的人写信给我，我也十分清楚，如果他也写信给一位如今名气比我大的朋友，信件的内容必定迥然不同，差别始终存在——但这种差别只存在于精神领域，变幻莫测，那是灵魂向同伴致敬的无形信号。毫无疑问，在我们的视线之外一定存在着一个领域，在那里，人们彼此熟识。那是我们共同的故土，我们可以和任何人相遇，也可以不费吹灰之力退回到自己的领域。

在这片共同的故土上，我们选择自己所爱的人，因此，我们定会百无一失，他们也不可能出错。爱的王国首先应该是一个界限明确的伟大国度，在它的领域内，灵魂才拥有最终的闲暇。的确如此，它们在那里无所事事，只能彼此辨认，彼此恭维，提出自己的问题——眼中饱含热泪，好像是懵懂的少女找到了失散多年的姐妹——但同时，它们又在尽力回避这些问题，它们手臂相连，呼吸相通……最后一个时刻到来，它们相视而笑，选择自己想要的生活——因为日常生活中苛刻的惯例被叫停——或许，从这微笑的高峰和无法言喻的目光中将散发出神秘的芬芳，弥漫在爱最沉闷的时刻，将嘴唇初次接触的永恒记忆封存起来……

在此，我仅仅涉及真正的命定之爱，当命运将它选择的女人送到我们面前时——她穿过伟大的精神领域的要塞而来，其实，我们就置身于这个伟大的精神领域中而不自知，当时机一到，她就在我们必经的十字路口等待我们——眼神的初次交接我们就受到了警告，有些人试图推开命运之手，轻率地闭上他们的双眼，希望不去看那些他们必须看到的东西——用他们那微不足道的力气和永恒的力量做无谓的抗争——或许，他们在声嘶力竭之后穿过了那个十字路口，走向了那个并不属于他们的女人。但即便他们竭尽全力，他们也不会“激起未来深潭中一汪死水的任何波澜”。事情不会有任何改变，纯粹的力量永远不会从高处降临；那些被他浪费的时间和挥霍的亲吻，永远都不会成为他生命中真正的时间和亲吻……

有时，命运会合上她的眼睛，但她一清二楚，当夜幕降临，我们还是会回到她身边，一锤定音的话一定是从她口中说出的。

她会闭上眼睛，但在她重新睁开眼睛之前，这些时间就白白浪费掉了……

和我们相比，好像女人受到命运更多的摆布。她们只是更为单纯地服从命运的法则，她们所做的抗争也不是出于她们的本意。但她们仍离上帝更近，全身心地投入到那神秘、纯粹的工作之中。因此，毋庸置疑，她参与了发生在我们生命中的所有事情，几乎可以说，她们的参与使我们更加接近命运的源头。更重要的是，当我们在她们身边时，那些时刻出乎意料地一一到来，一种“清晰的预感”闪过我们的脑海——这种预感来自于和我们熟悉的生活截然不同的生活。它引领我们靠近自己的存在之门。在生命中如此重要的时刻，当一位英雄躺在一位女性怀中时，难道他感受不到属于他的那颗星辰所散发出来的力量和坚定的信念吗？如果一个男人在女人心中连休憩之地都没有，那么，你会发现他对未来的真挚情感吗？

更高的意识领域内充满了麻烦，我们再次进入这个领域。哦！在这里同样真实的是，“所谓的心理学不过是一个僭越的幽灵，独自一人待在避难所里，这个避难所是众神为展示真实的自我而准备的”。因为，自始至终和我们密切相关的并不是事情的表象——不仅如此，甚至也不是隐藏在内心最深处的思想。你能想象，爱只能对思想、行为和语言做出回应，而灵魂也从来没有逃脱囚禁它的地牢吗？我是否需要被告知，现在躺在我怀中的这个女人，她是嫉妒成性还是忠贞不渝，是喜上眉梢还是怏怏不乐，是真诚正直还是背信弃义吗？你认为这些苍白的语言能达到那个高度吗——在那里，我们的灵魂得到休息，我们的命运能够在沉默中实现自我。无论她谈论雨点还是珍宝，针线还是羽毛，这和我有什么关系呢？虽然她看起来茫然无知，但这和我又有什么关系呢？当我感觉到一个灵魂正在凝视着我的灵魂时，你认为我所希望的仅仅是一个庄严的词语吗？难道我不明白，当面对神秘时，即便是最美妙的思想也不敢抬头吗？如果我是柏拉图、帕斯卡或迈克·安吉罗，如果我站在海边，我所爱的女人仅向我炫耀着她的耳环，我所说的话和她的话看起来毫无二致，就好像这些语言漂浮在深不可测的内海波浪上，我们都凝视着彼此。让我崇高的思想在生活或爱情中接受考验吧！当我所爱的那位少女轻声向我讨论她的银手镯、珍珠项链或玻璃饰物时，这种平衡并不会被打破……

我们并不明白，其实我们从未逾越智力的范围。让我们登上初雪的山巅，地平线在我们面前慢慢延伸，在它双手的净化下，所有的不平等都消失不见。孩子们在抱怨着寒冷的天气，这些抱怨和马可·奥勒留的宣言有什么不同呢？让我们保持谦卑的心态，学会区分偶然和本质。不要让“浮木”使我们忘记了海湾奇迹。无论是奥妙无穷的思想，还是粗俗无比的思想都不能使我们灵魂的永恒表面再起涟漪，就像天空中的星辰、喜马拉雅山峰、悬崖绝壁也不能改变地球的面貌一样。一个眼神、一个亲吻、一种关于伟大的无形存在的确定性：一切都已明了，而且我知道我身边的她处境和我一样……

这平等奥妙无穷，的确值得众口交赞。当爱情降临，即便是最水性杨花的女人也会拥有一些我们未曾拥有的东西，因为在她的内心深处，爱情始终是永恒的。因此，除了原始的本能之外，对于那些我们未知的事物，所有的女人都拒绝和我们有所交流。最伟大的人和二级界限里的宝藏距离遥远。会生活中一个庄严的时刻到来，需要从这个宝藏里取出一颗珍珠，他们已然不记得通往宝藏的路，只是茫然地向凌驾于众人之上、丝毫无差的环境提供赝品，而这些赝品也是他们竭尽脑汁创造出来的。相比之下，女性无论是贫穷还是富有，无论蒙昧无知还是博学多识，无论羞愧还是自豪，她都永远不会忘记通往其中心的道路。只要从我的灵魂纯净的深处发出一声低语，她就会去寻找神秘路途上的足迹，而她从未遗忘这条路。从她取之不竭的爱之宝库中，她会毫不迟疑地为我带回一句话语、一种表情或一个姿势，而这些都和我自己所拥有的一样纯净。好像她的灵魂在随时待命，她时刻都在准备着回答另一个灵魂崇高无比的请求，而穷无立锥之地的人和富可敌国的王后相比，他们的赎金并没有什么不同……

无论她们谦虚谨慎还是狂妄自大，漫不经心还是迷失在梦中，缄默地微笑还是尽情地流泪，我们都要怀着无比崇敬的心情靠近她们。因为她们知道我们所未知的事情，拥有我们失去的灯盏。有些事情在所难免，而她们就永远置身于这些事情的周围，和我们相比，她们对那条经常行走的道路更加熟悉。从此，她们心中涌现出一种莫名其妙的直觉，我们惊讶于她们的吸引力，我们感觉，即使是她们不经意间的行为，她们也能意识到，自己得到了众神强壮有力、分毫无差的支持。我在上文提到，她们引领我们靠近我们存在的大门：我们的确可以相信，当我们和她们在一起时，原始的大门正在开启，那充满疑惑的低语无疑是在等待万物的诞生。然后谈话戛然而止，因为害怕听不到下达的命令或听不到即将发生的心惊肉跳的事情……

她永远都不会跨越那扇大门，她就在里面静候我们的到来，那就是万物的源头。我们到达之后从外边叩击大门，她应我们的请求打开大门，但她的手依旧紧握门锁和钥匙。她凝视了派遣到她门下的这个人片刻，就是在这一瞬间，她已经了解到所有她想要了解的事情，而未来的岁月已经在为岁月的尽头焦虑不已……“那柄魔杖由细碎的光线组成”，那些光线从我们存在的永恒之地发出，改变了两个灵魂，赋予了它们两千年的青春活力，谁能告诉我们，爱最初的面貌是由什么构成的？或许，大门会再次打开，或者会再次关闭，你要淡然处之，也不要做进一步的努力，因为一切早已注定。她知道，她将不会再关心你的所作所为，甚至也毫不在意你的所思所想。如果她们注意到这些，也只能报以微笑而已。她最初的一瞬间已经确定了一些事请，她会在不意间抛弃无助于证实这些事情的东西。如果你认为自己成功地欺骗了她，她所形成的印象是错误的。那么，请你一定相信，无论何时她都是正确的，而错误的永远是你。因为即使她会永远误解你的语言、姿势或眼泪的含义，但和你灵魂中的自己相比，她眼中的你更为真实可靠……

那些隐藏起来的珍宝甚至没有任何名称！……那些在这些女人手中受苦受难的人，那些发现自己罪孽深重的人，都对外宣布自己是这些珍宝的主人，并给出自己的理由。如果这些理由名正言顺，我们的确应该感到吃惊，我们应该进一步探寻这些秘密，因为对于那些我们看不到的事物来说，这些女人的确是它们无形中的姐妹。对于那些我们周围无穷的事物而言，她们也拥有最为相近的血缘，只有她们才能对孩子们内在的优雅报以微笑，孩子们不再畏惧他们的父亲。是她们保存了我们灵魂中的芬芳，就像是来自天堂的珍宝，世上没有人知道怎样使用这些珍宝。如果她们离开，精神将会被独自抛在荒野中。她们的情感在最初的日子里仍然是最圣洁的感情，她们存在的源头比我们要深刻得多，这个源头位于无穷的极限中。我们只有在山巅才能发现真正的接触，而那些抱怨她们的人却不知道山巅位于何处，我真的非常同情他们。但是，当我们和这些女人擦身而过时，我们不经意地瞥了她们一眼，她们看起来是多么无足轻重啊！她们在自己家中来回穿梭，这个女人弯着腰，另一个在默默地哭泣，第三个在高声放歌，而最后一个则在缝纫衣服，我们当中没有一个人能够真正理解她们……我们拜访她们，就像是在做一件愉快的事情，我们满怀疑虑、小心谨慎地接近她们，这种疑虑导致了我们的灵魂无法交流，我们满心狐疑地提出了我们的问题——她们对我们的疑虑一清二楚，但她们从不作答。于是我们离开，无奈地耸耸肩，更加相信她们并不理解我们……“但是，有什么值得她们理解的呢”，诗人做出了回答，诗人通常都是对的。“有什么值得她们理解的呢？那些无比幸福的人选择了较好的部分，她们作为我们星球上爱的纯净火焰，作为普照万物的圣火的象征，难道仅能从寺庙的尖塔或航船的桅顶上闪耀吗？在一些神圣的时刻，一些自然界中莫名其妙的秘密就会揭示给这些沐浴在爱河中的少女，而这些少女会在无意中天真地将这些秘密展示给世人。她们在天真和快乐的氛围中沿途抛撒珍宝，而智者则追随她们的脚步，收集起这些珍宝。诗人能够和她们感同身受，并向她们的爱表示敬意，他们还试图在自己的诗歌中，将这种爱、这种黄金时代的萌芽，带到其他的时代和地区”。因为既然女人将我们尘世中的神秘感保持至今，那么，一切神秘的说法也首先适用于她们……

日常生活中的不幸

日常生活中存在着一种悲剧性的因素，它远比伟大冒险中的悲剧更确切不移、更深切细微、更接近于真实的自我。不过，虽然我们能时时感受到它，但要证实它的存在却绝非易事。因为这种本质上的悲剧元素并非仅仅是由物质因素构成的，也不仅仅是由心理因素构成，它凌驾于人们之上，凌驾于欲望之间生死攸关的斗争之上：它也超越了责任和激情之间永恒的冲突。它的职责更在于向我们揭示，生活本身就美妙无比，照亮灵魂的存在，彰显自身在永不停息的无限空间中的独立性。它还使得理性和情感之间的交流戛然而止，以便能够在喧嚷纷杂之中听到人类及其命运之间庄严肃穆、持续不断的低语。它的职责在于向我们揭示，当它靠近或远离它的真理、美好或上帝时，它的脚步是多么迟疑和痛苦。它还进一步向我们揭示，那些悲剧诗人允许我们走马观花地看到的与此有关的一切事物，并使我们深刻地理解它们。我们在此面临着一个关键问题，我们浮光掠影地看过的事物，能否被置于其他事物之前，并最先呈现给我们？永恒的神秘圣歌，上帝和灵魂那不祥的沉默，地平线上无休止的低语，尽管不可名状，但我们还是意识到我们自己的命运或天命——这些不都体现在《李尔王》《麦克白》和《哈姆雷特》等作品中吗？难道通过一些角色转换，就不能让它们离我们更近些，让那些演员离我们远一些吗？真正的悲剧元素屡见不鲜、根深蒂固、所在皆是，而生活中真正的悲剧元素，智慧在冒险、悲伤和危险消失时才会出现，这样说是不是言过其实了？难道幸福的手臂没有悲伤的手臂长吗？难道不能确定，幸福的特征更接近灵魂吗？我们真的要像特里德斯一样歇斯底里，永恒的上帝才会出现在我们的生活中吗？当周围一片寂静、灯火通明、散发出静谧的光芒时，上帝肯定不会在我们身边吗？当我们回想起这些，难道那些让人望而生畏的不是寂静，不是被众星守望的寂静吗？生命之魂在喧嚣还是寂静中，才能在我们心中积极踊跃？难道不是当故事结束，有人告诉我们“他们是幸福的”，巨大的不安侵扰我们内心的时候吗？当他们获得幸福时会发生什么？比起激情四射的幸福，那些在寂静的瞬间迸发出来的幸福不是包含着更加强烈的吸引力和更加神秘的稳定性吗？难道不是在那时，我们最终目睹了时间的流逝吗——哎！在目睹了周围许多其他悄悄发生的神秘事件之后——难道不正是那时，时光匆匆而逝吗？这些事物不是比冗长的传统戏剧更能拨动深沉的琴弦吗？难道不是当一个人相信自己远离肉体死亡的时刻，人类那莫名其妙、无穷无尽、寂静无声的悲剧才会真正揭开序幕吗？是不是当我面对锋芒毕露的宝剑落荒而逃时，我才能受到最大程度的关注？难道不存在其他的时刻，人们能听到更加纯净的声音，而这声音不会转瞬即逝？灵魂只有在风暴之夜才会如花怒放吗？迄今为止，这种信念无疑占了上风。几乎所有的悲剧作家感知到的仅仅是暴力和过往的生活。人们真的可以断定，不合时宜的人统治了这个时代，而戏剧艺术和雕塑一样历史悠久。其他的艺术却截然不同——比如说绘画和音乐——因为这些艺术学着选择和再现日常生活中艰深晦涩的部分，但是它们同样意义深远，同样让人啧啧称奇。他们知道，仅就肤浅的掩饰而言，生命的深度、本质意义以及它所获得的精神吸引力，远比它所失去的一切重要得多。真正的艺术家不再选择马略大败辛布里人，或者吉斯公爵被暗杀作为艺术题材。因为他心知肚明，胜利或谋杀的心理尚未健全，属于偶然的情况，虽然人类和万物发出了庄严的宣告，但这声音犹豫迟疑、胆小怯懦，被淹没在狂热行为毫无意义的喧嚣之中。因此，他会去描绘迷失在乡野中的一座房屋，走廊尽头一扇敞开的大门，一张毫无表情的脸或静止不动的双手，他会用这些简单的形象来增加我们对生活的意识，那将是我们永远拥有的财富。

但对于悲剧作家而言，如同仍流连于历史画卷的平庸作家一样，有吸引力的仅仅是奇闻逸事中的狂热，因此，他们的作品中所包含的全部魅力不过就是对这些的再现。毫无疑问，他们以为让野蛮人喜上眉梢的那些行为，也会让我们欣喜若狂。但对于这些野蛮人来说，谋杀、暴行和背叛天天上演，充斥着他们的生活，然而对于我们来说，大多数人的生活已经远离了流血杀戮、刀光剑影和战鼓喧天，如今人类的眼泪都是无形的，在灵魂深处悄无声息地流淌……

实际上，每当我走进剧院，我都会感觉自己和祖先们共度了几个时辰，他们认为生活充满了原始的欲望，沉闷无趣、残酷无比，但是我的记忆留给我的绝不是他们的这种观念，当然，这并不是我们能够共享的部分。我看到一个被欺骗的丈夫杀了自己的妻子，一个女人毒杀了她的情人，一个儿子报复了他的父亲，孩子们杀死了他们的父亲，被谋杀的国王，被强奸的少女，被囚禁的公民——总而言之，所有传统中包含的庄严，哎！

鲜血、虚伪的眼泪和死亡，这些多么肤浅和庸俗啊！所有的这些景象只会让我产生一个固执的想法，从这些只会竞争，忙着杀死情妇，而没有时间享受生活的人身上，我能学到点什么呢？

我希望在舞台上看见某些日常生活中的行为方式，通过各种联系追溯它的源头，探索它的秘密。因日常职业所限，这些正是我没有能力，也没有条件去研究的。我满怀希望地走进剧院，希望在我日复一日的平凡生活中不断涌现美、壮观和真诚，能够在某个瞬间在舞台上展现给众人。但是，现在展现给我的却是某种我所不知道的存在，这种力量和上帝一直在我的空间中徘徊。我热切盼望着一个奇妙时刻的到来，这个时刻属于更高级的生活，它悄无声息地穿过我那枯燥无味、几乎一成不变的生活。但我所看到的，只是一个人在不厌其烦地向我讲述，他为什么嫉妒成性，他为什么下毒、为什么杀人。

我钦佩奥赛罗，但在我看来，他的日常生活远没有哈姆雷特那样令人敬畏。因为虽然哈姆雷特身陷囹圄，但他有足够的时间享受生活。奥赛罗的嫉妒成性让人惊奇不已，但如果你认为，我们只有被这种激情或相似的狂热包围时，我们才拥有真正的生活，这难道不是一个传统的错误吗？我渐渐地相信这位老人，他悠闲地坐在扶手椅里，他的身旁放着灯盏，他耐心地等待着。看似不经意地聆听着永恒的法则，这些法则支配了他生活的全部空间，不时思索着门窗的寂寞和摇曳的灯盏发出的声音，但他对这些声音也不求甚解。对他的命运和灵魂俯首听命——像众多小心谨慎的仆人一样，这位老人也没有意识到这个世界所拥有的全部力量，那些仆人正在他的门外巡逻，为他守夜，他俯身于小小的书桌上，正是太阳、天空中的点点繁星和直接与眼睑闭合相关的灵魂中的每根纤维，或者一种悄然而生的思想给予这个狭小的空间以支持，他对这一切深信不疑——虽然他一动不动，但我仍然开始相信他，因为他拥有的生活远比那位杀死情人的恋人、凯旋的将军以及“为名誉而复仇的丈夫”的生活更深切、更富有人性、更具有普世价值。

或许，有人会告诉我，一潭死水式的生活是无形的，因此必须赐予这种生活以生机活力，这种生机的形式多种多样，迄今为止我们所创造的激情也不计其数，但我们只能在为数不多的几种激情中找到这种生机的踪影。我不知道静态戏剧是否真的没有可能，但对我来说，它事实上已经存在。埃斯库罗斯的大部分悲剧都是静止的悲剧，《普罗米修斯》和《哀求者》都没有具体的故事情节，而整部《奠酒人》——它无疑是古代最恐怖的戏剧——就像是一个梦魇，在阿伽门农的坟墓周围徘徊，直到谋杀的阴影如同一道闪电从祈祷的人群中射出，他们才后退一步。从这个观点出发，我们再来考虑一下古代悲剧中的上乘之作：《欧墨尼得斯》《安提戈涅》《伊莱克特拉》《俄狄浦斯在克洛诺斯》。拉辛在《贝丽奈西》前言中说，“他们都对索福克勒斯的《埃阿斯》赞赏有加，但这部戏中除了埃阿斯在得不到阿喀琉斯的武器时恼羞成怒，愤而自杀之外，别无他物。他们交口称赞《菲洛克忒忒斯》，但这部喜剧全部的主题不过是尤利西斯为了夺取海格力斯之箭而来。至于被众人推崇备至的《普罗修斯》，它包含的也不过是一些我们日常生活中最简单的悲剧而已”。

在此，我们拥有的只是一成不变的生活吗？确实，在大多数情况下，你会发现心理活动——它本身比单纯的物质活动高尚得多，实际上，任何人都可以认为它是不可或缺的——以一种真正令人叹为观止的方式被抑制，至少是被极大地削弱了，结果是你全神贯注地注视着个体，与整个人类面面相觑。在此，我们不再与野蛮人为伍，人们也不会为原始欲望而备受折磨，仿佛只有这些欲望值得关注一样：我们的生活静止不动，我们可以细细地观察它。它不再是一个在我们面前一闪而过、狂热异常的瞬间，而是生活本身。这种生活里有不计其数的法则，这些法则比那些原始的激情更有力、更神圣。然而，和一切不可抗拒的事物一样，这些法则缄默不语、小心慎重、进程缓慢。因此，只有在微弱的灯光下才能看到它们，只有在生活寂静无声的沉思中，才能聆听到它们的声音。

当尤利西斯和欧尼伯托利马斯向斯洛克忒忒斯索取赫克立斯的武器时，这个行为本身非常简单常见，就像一个人去探望一位病人，一位旅客叩击客栈的大门，或者是一位母亲在壁炉前期盼着归家的孩子一样。索福克斯用最轻快的笔触描绘了主人公的性格。或许，完全可以说，悲剧的主要内容并不是我们在日常生活中常见的真诚与狡猾之间的斗争、爱国、仇视和骄纵之间的斗争，悲剧的内容远远不止这些：因为悲剧展现给我们的是人类更高层次的存在。我们并不清楚，诗人给日常生活增添了些什么，那是诗人的秘密。在惊目骇人的壮观景象里，在对未知力量的服从中，在普遍的联系中，在令人敬畏的悲痛中，我们的生活启示从天而降。化学家将几滴神秘的液体滴到最纯净的水中，马上就会有大量的晶体上升到水面，以前那些我们肉眼看不到的东西，那些深藏不露的东西就展现在我们面前。在《菲洛克忒忒斯》中就是如此：三个主人公最初的心理好像仅仅是盛放着纯净水的容器。这就是我们最平凡的生活，诗人用他们的天赋在潜移默化中给我们带来启示……

实际上，真正伟大美妙的悲剧的美妙性和伟大性体现在语言中，而不是行为里。这种语言并非伴随着行为出现，它的作用也并非是对行为做出解释，因为除了表面上必要的语言之外，一定还存在另一种对话。实际上，戏剧中唯一重要的语言最初看起来百无一是，因为这就是语言的本质所在。除了必要的对话之外，你几乎总能发现另一种看似多余的对话，但如果你仔细地研究一下，你就会了解到个中奥秘：这是灵魂唯一能仔细倾听的语言，只有在这里灵魂才是被讨论的对象。你还将看到，作品的性质和无限扩展的广度正是由这些无关紧要的对话的性质和范围所决定的。毋庸置疑，在普通的戏剧中，那些不可或缺的语言都和现实格格不入，恰恰那些在僵化浮夸的真理之外说出的话中，蕴含了最美妙悲壮的神秘之美。因为这些语言中包含了更加深刻的真理，这个真理无限接近于无形的灵魂，正是这个灵魂支撑着诗歌的发展。人们甚至可以断定，诗歌是如此接近美和更崇高的真理，以至于它不必再使用仅仅解释行为的语言，而代之以其他启示性的语言。这些语言并没有揭示所谓的“灵魂状态”，灵魂总是在竭尽全力朝着它本身的美与真理前进，而这种语言揭示的是在这一过程中，灵魂那锲而不舍、悄无声息的努力，而诗歌也就更靠近真实的生活。在每个人的日常生活中，都会时常发生这样的情况：某种深刻严肃的处境要想得到片刻的展现，必须借助于某种语言。在这样的时刻——不仅如此，在大多数平凡的时刻——最有价值的是你所阐述的事情，还是你得到的答案？难道就不会是其他的力量，或者其他你所听不到的声音？难道不是这些决定了事情的形成和发展吗？我所说的一切往往无足轻重，但是我的存在、我灵魂的态度、我的过去和未来、我内心深处萌生的想法以及消逝的念头、一个秘密的思想、我的际遇、我的宿命以及环绕在我周围数以千计的秘密——所有这些都会在一个悲剧时刻向你倾诉，所有的一切都会为我带来你的回答。你我的每句话都围绕着这些主题，不管我们承认与否，在我们的所听所闻中，它尤为重要。如果你来到这里，如果你是那位“悲愤填膺的丈夫”，那位“被欺骗的恋人”，或者是那位“被抛弃的妻子”，如果你决意要杀我，即便是最动容的乞求都无法让你改变主意。但是，或许正是在那个时刻，一种出人意料的力量在向你迫近，而且这种力量也向我发出了警告，而我的灵魂也感受到这种警告。我的灵魂会低声说出一个神秘的词语，或许你会因此而缴械投降。机遇在这里降临，这是一场应答如响的对话。在上文提到的一些伟大作品中，我们就能听到这样的回声——虽然气若游丝、变幻多端，但它却真实存在——在那里，所有的一切都在“现实”中上演，难道我们不应该靠近这样的领域吗？

好像已经有人做出了这样的努力，一段时间以前，在谈及易卜生的戏剧《建筑师》时，这种“二级对话”中就蕴含了让人久久不忘的悲剧。我曾努力想弄明白个中秘密，虽然毫无技巧可言但也算竭尽全力。因为他们都是摸着石头过河的人，在探索相同的光线，又在同样的墙壁上留下了相同的轨迹。我问：“它们是什么，在《建筑师》中，诗人赋予了生活怎样的元素，从而使生活在微不足道的表面之下显得如此神秘莫测，如此丰富多彩而又躁动不安？”发现这个并非易事，年迈的大师向我们隐藏了不止一个秘密，甚至好像除了他被迫说出的内容之外，他只会保持缄默。他将灵魂中受到约束的某些力量释放出来，或许，他正是受这些力量的掣肘。索尔内斯声称："看看你，希尔达！你身上散发出和我一样的魅力，正是这种魅力以一种超然的力量影响了我们的行为。我们必须服从它，不管我们是否愿意，我们必须服从它。"

和我们所有的人一样，他们身上也散发出某种魅力。我相信，戏剧中的人物总会在某一瞬间感受到，他们生活在灵魂的氛围之中，他们发现周围存在着一种本质的生活，这种生活凌驾于日常生活之上，这让他们充满了畏惧。而希尔达和索尔内斯是首先拥有这种感觉的人。希尔达和索尔内斯是两个灵魂，一道闪电揭示了他们在真实生活中的处境，我们有各种各样的方法来了解我们身边的朋友，或许，有两三个人我们经常见到。我们仅凭他们的姿势、习惯，根据他们的肢体语言或心理活动，通过他们的行为方式、思维方式或感觉方式，我们就能够对其做出判断。然而，随着我们的友谊不断加深，一个神秘时刻降临到我们中间，我们似乎察觉到我们的朋友和他们周围事物的微妙关系，我们觉察到命运对他们的态度，从这一刻起，我们才真正心灵相通，我们一劳永逸地洞察到他们未来的遭遇。我们知道，无论他怎样躲在寓所幽深的角落里，无论他如何自我封闭，如何害怕不经意间的小动作会激起未来水库的波澜，他的深谋远虑都毫无助益，命运将找到他的藏身之处，命中注定的事情还是会接二连三地降临到他们的头上。甚至即便我们知道事实如此，他们仍会徒劳无益地寻求刺激，但注定他们将铩羽而归。我们的双眼一睁开，好像正确无误的知识就会在我们灵魂深处萌生，自我延伸。似乎发生在某些人头上的事情绝无可能发生在他们身上，我们对此深信不疑。

从此刻起，灵魂中一个特殊的部分支配了友谊的未来，甚至最愚不可及、最微不足道的人也不例外。和过去一样，生活发生了翻天覆地的变化。我们遇到一个熟悉的人，当这种情况发生时，尽管我们正在讨论空中的飘雪，或者一个擦肩而过的女人，我们总会不自觉地向她点头示意。在不知不觉中检验和提出它的问题，有些事情我们永远不可能理解，但我们却把自己的兴趣放在这些事情的可能性和线索上……

关于这一点，我们在希尔达和索尔内斯那里就深有体会。毋庸置疑，他们的确互相尊重，他们之间的对话，与我们之前听到的一切对话都截然不同，因为诗人竭尽全力将内心和表面上的对话相混淆。一种崭新的、不可言说的力量支配了这出梦幻般的戏剧，它所有的内容都使得未知生活的源泉在瞬间忽隐忽现。如果我们时常感到困惑，那么千万不要忘记，在我们的肉眼看来，灵魂不过代表了一种疯狂无度的力量。人的内心深处有无数领域，它们比理性或智慧更丰富多彩，意义更深远，更奇妙有趣……

繁星

甚至可以这样说，随着世纪轮回，悲剧诗人“手持诗歌的火炬穿越了命运的迷宫”。他们以这种方式借助了时代的力量，最终确定了人类灵魂的演变过程，同时也创造了神的历史。擎天立地的永恒力量总是变幻莫测，我们也只能从诗人身上洞察到这种力量。追溯这种力量的足迹确实奥妙无穷，因为形成这种力量的思想源泉已经明了，或许就是一个民族灵魂最纯净的本质所在。这是一种永不停息的力量，不过，有些时候它似乎处于沉睡状态。这时，人类就会觉得生活死气沉沉，也没有任何意义可言。它曾经一度成为人类关注的焦点，那时，即便对众神而言，它也是一种令人敬畏的神秘力量，然而，有一件事情非常奇怪——无形之神最让人心惊肉跳、百思莫解的时代，正是人类妙不可言的时代，而这一时期面目最狰狞的人，正是最幸福的人。

这种思想中似乎蕴含着一种神秘莫测的力量，抑或是这种思想本身就展示了一种力量。这种力量主宰了人类的命运，人类究竟能在多大程度上了解这种未知的力量呢？还是这种未知的力量和人类形影相随？如今，命运的观念似乎再次苏醒，深入探寻这种观念似乎并非毫无益处。但我们应该到何处去寻找它的踪影呢？探寻命运——难道只不过是探寻人类的痛苦吗？没有幸福洋溢的命运，没有预示幸福的星辰，所谓的星辰不过是一颗包容之星。因此，即便众多无形的命运最终也无法相遇，但我们还是要时常探寻我们的痛苦，以便我们能够深入地了解它们，由衷地赞美它们。

寻找我们的苦难是审视自身最有效的方式，或许，我们真的可以这样说，我们的价值就存在于我们的忧郁和不安中。随着生活的继续，它们也会变得更加深切、高尚和美丽。马可·奥勒留彪炳史册，因为他从众人中脱颖而出，在我们内心深处，我们总是对笑容满面的灵魂俯首帖耳，而他对这种灵魂的了解更加深入，人性的悲哀也不过如此。它们沿着一条与我们的悲哀类似的道路前行，但是这条道路看起来更长、终点更加明确，只有最后到达终点的人才能了解他们的故土。这条路以肉体的痛苦为起点，它刚刚经历了对众神的恐惧，如今，它止步于一道全新深渊的边缘，即使我们中最优秀的人也无法探测出这道深渊的深度。

每一个时代都热衷于一种悲哀，因为每一个时代都能领悟到另一种命运。毫无疑问，我们不再像以前那样，陷入对灾难的狂热之中，不再对灾难兴趣盎然。过去最杰出的悲剧作品所揭示的悲剧的性质，也不能和如今悲剧的性质相提并论。那些悲剧如今只能凭借作者创造出来的爱恨情仇的简单情节，凭借生活的苦难在我们内心深处产生的庄严的新情绪和反思，间接地拨动我们的心弦。

有时，我们似乎在一种新的悲观情绪面前流连，或许，这种悲观情绪神秘莫测、纯一不杂。令人无比敬畏的智者，叔本华、卡莱尔、俄国人、斯堪的纳维亚人和乐观向上的爱默生（没有什么比一位固执的乐观主义者更让人心灰意懒了）都切身感受过我们的悲伤，但是却没有做任何解释。我们感觉，在他们给我们阐述的道理背后，一定还存在着更深刻的道理，而他们也未发现这些道理。甚至对他们而言，人类的悲哀也是美妙的，显得无比崇高。直到最后，一个天才说出了关于悲哀的最终话语，或许，只有这种话语才能净化我们的心灵……

与此同时，我们受到莫名力量的控制，但我们尚未了解它们的意图，在伟大的悲剧作家辈出的年代，即莎士比亚、拉辛及其后继者生活的年代，一种信念盛行一时，认为所有的不幸都源于内心深处各种各样的激情。灾难并非徘徊于两个世界之间：它们来到此处只是为了回到彼处，人们对于它们的来源一清二楚，它们始终在人类的掌控之中。在希腊时代，这样的情况绝少发生，因为那时命运高高在上、无法接近，也没有人敢过问。而如今，我们挑战的正是命运，这也许正是新戏剧和传统戏剧的不同之处，吸引我们注意的不再是灾难造成的结果，而是灾难本身，我们迫切地想要了解灾难的本质和规律。尽管最初的悲剧作家对灾难的性质一无所知，但他们却下意识地关注了这些性质。死亡表面上的姿态既强硬又猛烈，但正是灾难的这种性质赋予了死亡庄严的色彩，同时，它也成为大部分近代戏剧共同关注的焦点。莫名的火焰闪耀出无数光芒，而它也成为这些光芒的中心，人类的灵魂也为之旋转。如果探索神秘的第一步已经迈出，那么以后人类就能直面生活中的任何恐惧。

灾难构成了所有悲情诗歌的基础，了解近代悲剧作家是从何种角度来关注灾难是一件很有趣的事情。他们的视角比希腊人更接近灾难，他们对灾难内部丰富多彩的黑暗也有更深刻的理解。所谓的神性大概也是如此，只是他们对其一无所知罢了，但他们也迫切地想去探究一番。它从哪里来，要到哪里去，为什么它会降临到我们身上？所有这些问题希腊人都没有考虑过。它是后来植根于我们心中，还是和我们同时诞生？它是心甘情愿地来和我们相会，还是受到我们内心珍爱的默许之声的召唤？从另一个世界的山巅，我们能否审视人类忍受巨大痛苦的方式？尽管痛苦将成为人类生活的核心，但是，几乎所有的人都在不知不觉中培养着自己的痛苦！

在苏格兰农民中流行着这样一种说法，或许，这种说法放之四海而皆准。在他们的传说中存在着一种人，尽管这种人竭尽全力，尽管所有的人慷慨相助，给他各种建议，但他还是抑制不住内心的冲动，遭受命中注定的灾祸。他们把这种人称作"垂死者"。因此，詹姆斯一世，即凯瑟琳·道格拉斯的詹姆斯就是一个"垂死者"，当他前往幽暗的佩斯堡过圣诞节时，大地、天空和地狱都显示出恐怖的征兆，叛徒罗伯特·格雷姆就潜伏在途中，等待时机暗杀他。回想那些出现在自己生命中的致命不幸，我们当中有谁不会认为，自己也和他一样走火入魔了呢？你们很容易就可以理解，在此，我所说的只是自己能够干预的不幸，所有这些都可以防患于未然。但是还存在一种被动的不幸（例如我们爱戴的人去世），它依照自己的步伐接近我们，丝毫不会受到我们行动的影响。回想一下你生命中最悲惨的一天，难道我们事先没有得到任何警示吗？如今，虽然在我们看来，只要我们采取一些措施，或者打开一扇从未打开的门窗，举起一只我们从未举起的手，我们的命运就有可能发生改变，但现在我们是否只是徒劳地在深渊绝壁上挣扎，虽然这股无形的力量表面上看来并不强大，但我们的抗争是否仍是有气无力、毫无希望的呢？

某天晚上，我开门时一阵微风扑面而来，这阵风会将幸福永远从我身边带走，如同吹灭那盏摇曳的烛光。现在我回想起这阵风，我不能告诉自己对其一无所知……而且，也没有什么重要的事儿能促使我跨过那道门槛，我可能会无奈地耸耸肩，然后离开：除了命运，人类的任何理性都不足以让我叩击这道门……

虽然仍有一些和俄狄浦斯的命运相类似的地方，但实际上，它们是截然不同的。人们可能会说，我们受到相同命运的支配。神秘的力量支配着我们的行动，这种力量似乎和危险相伴而生，我们都珍视我们灵魂中的对手，因为他们知道自己在做什么，也清楚他们强迫我们做了什么。当他们引导我们遭遇这样的事情时，他们只会向我们提供一半警示信息——这些信息太少，根本不能阻止我们遭遇这些事情——但足以让我们在未来追悔莫及，后悔自己没能倾听他们模糊不清、略带嘲讽的建议。这些想要毁灭我们的力量，他们的目的何在？好像它们是独立存在的，并不会随着我们的死亡而消失。难道只有和我们在一起，这种力量才具有生命力？对于宇宙间那些以我们为生的盟友来说，究竟是什么激发了他们的力量呢？

某些人的不幸之钟一旦敲响，一股无形的旋风就会将他裹挟。数年来，不计其数的事件化成这股无形的力量，迫使他们直面一个生死攸关的时刻，来到一个让他们泪流满面的场所。回想一下你所有的努力，所有的预感，所有徒劳无益的求助；也回想一下那些良好的环境，总有人和你惺惺相惜，所有这些似乎都成为你前进的障碍。你竭尽全力推开它们，就像要摆脱无数乞丐的纠缠。可是它们是你谦卑羞怯的姐妹，它们只不过想要助你一臂之力。最后，它们只好沉默地离开，因为它们太弱小、太无助了，它们无法和命中注定的事情抗争——只有上帝知道关键所在……

一旦灾难降临，我们立刻就会萌生一种莫名其妙的感觉，好像在遵守一条永恒的法则。我痛彻心扉，并不知道我们的顺从会换来什么神秘的安慰。只有在遭受灭顶之灾以后，劫后余生的我们才能更彻底地了解自己。那时，好像我们又重新认识了自己，仿佛我们身体必不可少但不为我们所知的那部分又重新被我们拥有，一种摄人心魄的宁静在我们周围悄无声息地弥漫开来。在过去的岁月里，尽管我们蒙昧无知，但当我们面对笑脸和鲜花时，我们还是会面带微笑。灵魂中的反抗力量一直在深渊的边缘进行惨烈的抗争，而如今，我们已坠落深渊，可以无拘无束地自由呼吸了。

事实就是如此，在我们每个人的灵魂深处，抗争的力量总会抗争不息，有时，我们甚至可以看到这些斗争的影子，但是我们的灵魂却爱莫能助。这些斗争并没有引起我们的重视，我们对一切生死攸关的事情视而不见。曾有一段时间，我身边朋友成群，时常会发生这样的情景：在我们相谈甚欢之时，他们中某个人的脸上突然浮现出和这种环境格格不入的表情。一种毫无缘由的沉默在顷刻之间压倒一切，须臾之间，我们就会不自觉地用灵魂的眼神对视。于是，语言和微笑再次成为我们的主题，就像受惊的青蛙再次浮出水面，会比之前更为聒噪。但和在任何地方一样，那股抗争的力量已经接受了所有的赞美。你可以理解为战争已然结束，一颗星辰正在升起或陨落，一种命运已然被注定……

或许，命运早已注定，谁又知道，这种斗争是否只是一种幻影呢？倘若我今天打开房门，迎接我的是永恒悲伤的第一次微笑。我做的这些事情，实际上已经超过了大多数人的预期，如果我们不能对自己施加影响，那么我们煞费苦心地培养这样的自我又有什么用呢？观测属于自己的星辰是我们义不容辞的责任，它是好是坏，是星光暗淡还是光芒四射，连大海的力量都不能将它改变。一些人刚愎自用，玩弄属于他们的星辰，就像把玩玻璃球一样。或许，他们会把它抛出去，让它面临重重险境，认为无论如何它都会再次回到自己手中，却全然不知它也许会破裂。还有一些人，他们甚至不敢正眼看一下属于自己的这颗星辰，除非这颗星辰陨落，在他们脚下掀起一阵尘土……

但是谈论星辰是冒着极大危险的，甚至想象一下都危险重重，因为，一般情况下，这就是它即将消逝的信号……

我们发现自己已经置身于黑夜的深渊，我们在那里等待，等待那些一定会发生的事情。自由的意志不会再遭受任何质疑，我们已经把数以千计的盟友丢在下面：在我们的领域内，意志本身就是命运熟透的果实。我们一定不要再有任何怨言，因为我们已经洞察了一些事情，我们已经发现了命运的一些规律。我们耐心地等待，就像捕鸟人在捕鸟之前，总要研究候鸟的习性。当一件事情即将发生时，我们心知肚明，它肯定不会是一件单独的事，相似的事情会接踵而至。我们似乎懵懂地意识到，确实有一些思想、一些灵魂受到事情本身的吸引，有些人通过自己的努力改变了事情的走向，同时还有一些人，他们从四面八方将所有这些事情都聚集到一起。

重要的是，我们知道某些观念十分危险，我们会在某个瞬间觉得自己安然无事，但仅仅这个想法就足以让我们遭受晴天霹雳。我们知道，幸福创造了一个虚幻的情境，在那里，我们会泪如泉涌，过一段时间，我们还会预感到事情的走向，很快我们就可以意识到，如果生活轨迹再靠近我们的朋友一点，或许，我们的命运就会大为不同。但是，对其他人而言，一些亘古不变的事情总会不断地出现在我们的生活中。我们认为，总有一些人在背后默默支持我们，也总有一些人会在不经意间将我们带入险境。我们还会感觉到，一些人唤醒了未来，还有一些人让未来沉睡不醒。我们进而怀疑，一些事情的发生本身就是徒劳无益的，它们从我们身上汲取能量，在每次冒险中，总会有一个短暂的瞬间，我们的本能会冒出来提醒我们，我们依旧是命运的主人。总而言之，总有一些人甘冒天下之大不韪，宣称我们可以学着幸福地生活，随着我们的境遇越来越好，我们总会遇到更加高尚的灵魂。总有一种不可抵抗的力量，推动着一个善良的人去行善。在一个纯洁的灵魂里，即使最悲惨的命运也会转化为美妙的存在……

实际上，并非我们每个人都有从善如流的意识，我们自始至终都在为同一个人奉献着自己，难道我们经常背叛的也是同一个人吗？当同样的悲伤叩击两扇相邻的大门时，在洋溢着正义的房间里，和充斥着偏私的房间中，它的行为方式难道会毫无二致吗？如果你纯正无邪，难道你的不幸不也是一尘不染的吗？懂得如何将过去变为略带悲伤的微笑——这难道不是学着掌控未来的过程吗？难道这不是在表明，即便未来不可避免，但我们仍可以防止一些事情的发生吗？虽然巨大的危险现在正处于蛰伏状态，难道我们突然的一个动作不能将它惊醒吗？因为一早就有一些想法在你的灵魂深处喧嚣不已，难道这些不幸会在今天降临到你的头上吗？这就是我们的智慧在黑暗中斩获的一切吗？谁敢断言，在这些领域中，还存在着更加重要的真理？最谦卑的友善始终保持缄默，让我们在这沉默中学会如何微笑，如何哭泣。慢慢地，随着这些事情的发展，今日的命运就会揭开神秘的面纱。实际上，早在很久以前，这层面纱已经被揭开了一个小角。在面纱已经被揭去的地方，我们惶恐不安地发现，命运的一边是尚未出现的力量，而另一边则是已经消逝的力量。命运的神秘感顿时消失——这就是命运的全部，我们夸大了命运冰冷的手掌。我们发现，在命运的阴影之下，我们祖先的双手被尚未出世的孩子紧握着，这一幕让我们确信，一定存在着一个庇护所，来保卫我们所有的权利。至少在这个庇护所里，在这个遗世独立的神秘寺庙中，我们可以告诉自己，没有人和我们争抢这块地方。在这里，我们可以稍事休息，在这里，我们的灵魂最终将统治一切，而我们的灵魂在自由风暴的中心仍然选择了自由！但是现在，我们被告知，我们并不能为了一己之私而爱人；我们被告知，在爱的庙宇中，我们别无选择，只能服从无形人群中的永恒法则；我们被告知，当我们选择了自己挚爱的女人，我们就会和真正的自我相隔千秋万代。未婚妻的第一个深情之吻不过是数千双手的封印，你渴望这深情一吻，就像你怀念母亲的吻一样。我们进而知道，死者其实并未消逝，但我们现在得知，他们并不存在于教堂之中，而是和我们大家生活在一起，存在于我们的风俗习惯之中。即便是一个手势、一种思想、一个过失、一滴眼泪或者一个获得意识的粒子，它们也不会在尘世迷失方向。当我们沉迷于毫无意义的事情中时，我们的祖先就会浮现在我们面前，他们并非来自于永远都走不出的坟墓，而是来自于我们的内心深处，他们一直都在，从未离开……

于是，过去和未来引导着我们前进的方向。而现在，作为我们生活的实质，却沉入海底，就像是漂浮在两个势不两立的海洋之间的小岛，不断地被侵蚀着。遗传、意志和命运都在我们的灵魂中喧嚣。但无论如何，凌驾于万物之上的仍是统御一切的沉默星辰。总会有形状怪异的瓶子将无形的事物都收纳其中，无论我们给这样的瓶子贴上什么临时标签，语言总是词不达意。不管怎样，遗传并不能代表命运本身，难道它只是这颗星辰散发出来的光芒，最终将在神秘莫测的夜晚消失吗？那么，这一切将更加神秘。“我们把所有限制我们的东西都称作命运”，一位享誉当代的伟大哲人这样说。所以，对于那些颤抖着在命运边缘探寻道路的人，我们都应该心存感激。他继续他的话题：“如果我们自身都是野蛮残忍的，命运的形式也将是野蛮和残忍的；如果我们变得文质彬彬，我们的不幸也会变得优雅高尚；如果上升到精神层面，我们的敌对情绪也会随之采取精神形式。”或许，这些话道出了实质，当我们的灵魂变得高尚，我们的命运也会变得纯净无瑕。当然，野蛮人面临的那些悲哀也会在我们中间蔓延，但毋庸置疑，我们还要承受其他的悲哀。随着我们精神层面的提高，我们就会发现，在每一条地平线上都会有更多的精神得到升华。既然“我们把所有限制我们的东西称作命运”，那么，让我们竭尽所能，不要让命运限于一隅之地。夸大我们的悲伤大有益处，因为只有放大我们的悲伤，我们才能对其有所意识，我们才能真正感觉到自己充满活力。由于增强人类的意识或许才是我们义不容辞的责任，因此我们担负对其他人至高无上的责任，而这是我们完成这种责任的唯一途径。

无形的美德

一天夜晚，海浪悄无声息地拍打着海岸，我在岸边和一位智者偶然相遇，他对我说——我们几乎全然忽视了美德的存在，几乎所有的人对它都视而不见，但我认为，它是守护人类的力量之一。众神创造了我们，他们可以用数以千计、千奇百怪的方式在我们中间展示自我。但被人视而不见、处于私密状态中的美德，好像还没有引起足够的重视，也没有被人们直接提到过，不过，这种美德应该是人类永恒生命最纯洁的象征。我们并不知道它来自哪里，从我们的灵魂开始苏醒之时，它就一直保持着纯真的微笑；那些把笑容深埋心底的人，或者那些经常保持微笑的人，会让我们日夜饱受煎熬，但停止对他们的爱慕却超出我们的能力范围……

它不属于我们的世界，却和我们的焦虑息息相关。无论是在众目睽睽之下，还是在涕泗交颐之中，它都对彰显自身毫不在意。不仅如此，出于无人能知的原因，它倾向于遁迹潜形，仿佛它害怕使用自己的力量。它不经意间的一个小动作就会引发永恒事物的诞生，它对这一点心知肚明，而我们却吝啬和永恒事物相处的时间。为什么我们如此恐惧，不想深入探讨内心的极乐世界？上帝低声激励着我们，但我们却不敢依照他的指示行事。对于一切无法用语言或行动解释的事物，我们都心怀畏惧。在一切解释都无济于事的领域，我们只能对自己所做的一切视而不见！人类心中这种神奇的恐惧感从何而来？或许，真的可以说，我们的灵魂越靠近上帝，在我们同胞面前，我们越是小心翼翼地将它隐藏起来。或许，我们的灵魂靠近的并不是上帝，而只是一个凶神恶煞的神，或者只是超然力量给我们下达的一道无法违抗的命令？在不属于目前这个世界的事物之上，一位温顺柔弱的女子正卧病在床，她的母亲不允许任何陌生人前来探望。因此，隐藏于我们内心的美德从未通过灵魂寂静的大门，它像一个犯人一样待在我们内心深处，甚至都不能接近牢房的铁窗。但实际上，不能靠近铁窗又有什么关系呢？它待在那里就已经足够了。它安静地隐藏在那里，只要稍微抬一下头，移动一下它的锁链，或者活动一下四肢，整个牢房就会被照亮，光芒四射，这种光芒造成的压力使得铁窗大开。随后，在人类和语言之间突然出现了一道旋涡，无数的天使在里面骚动不安：寂静笼罩万物，眼神转移片刻，两个灵魂在门口泪流满面地相拥在一起。

它并非来自于我们的星球，任何语言都无法详述其表。那些理解它的人，在它身上，你一定能够找到同样的情感。这种无形的美德散发出一种力量，如果你终其一生都没能感受到这种力量，不要再着急前进了，因为前进也是徒劳无功。但真的有人没有感受到这种力量吗？难道罪大恶极的人未曾拥有过这种无形的美德吗？我无法给出答案。这个世界上有无数的人，他们的目标似乎就是要阻止自己灵魂的升华，但是灵魂的升华只需要片刻工夫，甚至是恶贯满盈之人也会有片刻的疏忽。因此，如下情景的出现不可避免：其实许多罪恶满盈的人也拥有许多美德，只是人们都不屑一顾，而智者和圣贤所具备的无数美德都是显而易见的……

他继续着自己的话题，我不止一次给别人带来过痛苦，就像人们给他带来痛苦一样。我给别人造成痛苦，是因为我们生活在同一个世界，这个世界被一种无形的思想联系在一起。在这个世界上，任何人都不是独立存在的，即便是爱和友善展示出最友好的姿态，它们也可能会伤害到我们身边无辜的人！——由于有些时候，即便是温润如水、怀瑾握瑜之人也被迫在别人的不幸里寻找自己的痛苦，即便我对此茫然无知，我也会给别人带来痛苦。确实，有些眼泪是为我们而流，只有在这些眼泪的滋润下，有些种子才会破土萌芽，但无论如何，这些种子都不会开出鲜艳的花朵，也不会结出有益的果实，你将如何是好？那并不是我们制定的规则。也许存在这样一个人，他没有让任何人伤心流泪，但我不知道，我是否有勇气去爱他。实际上，爱你最深的人伤你也最深，因为一种奇妙、胆怯、温柔的残忍是爱最亲密的姐妹。爱会在所有的地方证明自己的存在——谁不想在爱人的眼泪中寻找到爱最初的证明呢？

总有一些恋人对爱情的无理要求唯命是从，甚至死亡都不能带给他们慰藉。因为相比于爱情内在的残忍来说，死亡的瞬间未免过于短暂。在死亡之外，还给猜忌留下了大量的空间，甚至连那些生死相依的人，他们终其一生都在焦虑不安中度过。他们终日泣涕，眼泪缓缓落下，悲伤为爱情提供最初的滋养，那些没有经过纯正痛苦滋养的爱情，就像一个试图从男人那里获得营养的婴儿，一定会夭折。一个让你笑容满面的女人和一个让你以泪洗面的女人，她们赋予你的爱能完全一致吗？天哪！爱情需要眼泪的滋养，实际上，往往在眼泪喷涌而出的时刻，爱情的永恒锁链才最终铸就……

他继续说，于是，我会因为爱而给别人造成痛苦，我也会因为不爱给别人造成痛苦——但这两者之间存在着天壤之别！在一种情况下，饱经考验的爱情缓缓落下的泪水已经被我们所熟知，我们的灵魂合二为一，而这泪水的精华正在滋润着灵魂中不可名状的一切；在另一种情况下，那些泪水知道自己将洒落在荒漠里，从而变得微不足道。但正是在灵魂聚精会神的时刻——或者说是所有的灵魂——我意识到潜藏在无形道德中的力量，在悲惨的眼泪就要熄灭爱情的那一瞬间，它给这种眼泪提供了一种神圣的幻觉，让眼泪以为爱情即将重生。在某个夜晚，你郑重其事的深情一吻却充满了沮丧，你的灵魂终于明白，它一直都在犯错误。难道你从来没有经历过这样悲伤的夜晚吗？你们最终必定分离，分离时刻的天气格外寒冷；你们将永别，大家都知道，这次分别之后再无相见之日，你们伸出毫无知觉的双手，挥手道别。这时，在你的灵魂深处，突然萌生了一种无法察觉的运动，你身边的灵魂都处于巅峰状态，它们突然苏醒。所有的恋人都已筋疲力尽，在比他们的爱更高尚的领域，万物复苏，肉体将畏缩不前。从此以后，灵魂将铭记不忘：在某个时刻，在一个从未得见的山巅上，它们见过彼此。在那一天之前，他们不知道美德为何物，而在那一刻，它们却真正知道了美德的存在……

我们在此处谈论的神秘运动仅仅和爱情有关，但在生命微不足道的事情中，这样的运动也有可能出现，这能是什么呢？难道是一种不为人知的牺牲或精神皈依吗，是让一个灵魂成为另一个灵魂的深切渴望吗？我们能意识到一种生命的存在，它遁迹潜形却和我们的生命平起平坐，它有可能是活跃于我们内心深处的意识吗？在这样的时刻，在我们内心深处骚动的一切，仅仅是它们的行为就值得赞赏和引发悲伤——它们代表着生活的全貌吗？它们是密不可分的吗？我无法作答，但事实上，在那一刻，我们会感觉到一种未知的力量潜藏在某处，虽然我们和上帝素未谋面，但在那一刻，我们感觉到，自己是他无比珍视的珠宝，我们能感觉到上帝的每一个动作，最终，我们还是要置身于不会背叛自我的领域里……

毋庸置疑，我们终其一生都不能逃脱这个清晰划定的领域，像一个无助的梦游者在众神之间漫游，或者像一个心灰意懒的盲人，在绝望地寻找着一个能够发现自我的庙宇。在我们的生活中，人们之间互相斗争，灵魂之间也硝烟不断，时光在战争中消磨殆尽。我们从未正视过彼此，我们也没有抚摸过彼此，除了盾牌和头盔之外，我们眼中别无他物，除了钢铁和黄铜之外，我们无意触摸任何东西。但只要头顶单纯的苍穹能够带给我们一点点机缘，我们就会放下武器，头盔背后并不是眼泪，盾牌之下也会露出孩子般天真的笑容，难道另一种真实的场景没有展现在你面前吗？

他沉思了片刻，显得更加悲伤，继续说道：一个女人——我相信我之前已经向你提及——我违背了自己的意愿给她造成了痛苦——即便是我们当中最谨小慎微的人，也会不自觉地给周围的人造成痛苦——她在某个夜晚，向我证实了这种无形美德驾驭一切的力量，为了成为善良的人，我们必须要忍受痛苦。不过，在我们变得更加美好之前，或许制造痛苦也是必不可少的环节。在那个夜晚，我深切地感受到这一点，我感觉自己独自一人到达了亲吻的悲伤地带，似乎我正在拜访穷苦人家的茅舍，而她正在路上徘徊，仍然在最初的宫殿里言笑晏晏。正如人类理解的那样，我们之间的爱情逐渐消逝，就像是一个身患不明出处、来势汹汹的疾病的孩子。我们相视无言，如果让我回忆在那最重要时刻的想法，我恐怕做不到，毫无疑问，这已经没有任何意义了。我也许在想着我最后见到的那张面孔，或者是在荒凉的街角处，一盏摇曳的灯笼散发出的微光。我的思想和灵魂展示出一种力量，这种力量散发出怜悯和爱的光芒，不过，一切都发生在比这道光更纯净强烈的光芒之中。我们无言地分手了，几乎在同一时刻，我们都理解了彼此无法表达的思想。现在，我们知道，另一种爱脱颖而出，这种爱不需要任何语言，不需要寻常之爱的关注和微笑。我们再也没有相遇，或许，在我们再次相遇之前，已经沧海桑田，世事变迁了。

有很多需要了解，也有很多需要遗忘，

我需要在无数领域中穿梭往来。

在我们能够像那晚一样，灵魂深处萌发相同的运动，能够发现真正自我之前，我们只有耐心等待……

这种神奇的力量显示出仁慈的姿态，于是，从那天以后，无论何时何处，甚至在苦不堪言的时刻，我仍对这种力量的存在欣喜万分。无论是谁，只要是曾经清晰地看到过它，都不可能从它面前转身离去。在敌意最终消弭的时刻，在无情泪水的最深处，你总能看到它的微笑，但它从未在人类面前揭开自己的面纱。从它揭开面纱的那一刻起，它的性质就会随着外界行为的变化而变化。我们所接受的事实不再和我们的灵魂相符，这种事实实际上是人类虚构出来的一种场景而已。自发的美德和爱对灵魂没有丝毫影响，因为它们已经离开了自己的居所。不过，只要它们仍茫然无知，它们就能使命运变得柔和。在我认识的人当中，不止一个人具备善良和仁慈的本性，但他们却没有触动任何一个灵魂。我也认识其他的人，他们好像终其一生都生活在假仁假义中，但灵魂也没有离他们而去，无论何时，这些灵魂都不会相信他心存恶意。不仅如此，甚至是那些和你素不相识的人，他们只是听说了你的美德和善行——如果你仅仅是没有充分遵循这种无形中的美德，甚至这些人也会怅然若失，你的所有行为都不会触动他们的内心。几乎所有的人都相信，一定有一个地方存在，在那里，所有的灵魂都会触及精神的存在。或许，在黑夜的另一边，存在着一个储存细心的水库，每天清晨，灵魂沉默的畜群都会在那里饮水解渴。

或许，我们还没有真正了解“去爱”这个词的含义。在我们的内心深处，存在着我们默默关爱的事物。因此，去爱并不只意味着同情、内在的牺牲、渴望帮助别人和给别人带来幸福。它存在于千尺深渊之下，甚至连我们最柔和、最迅捷、最强烈的语言都无法到达。有时候，我们甚至相信，这是一种有关伟大原始部落的回忆，隐藏在我们的内心深处，清晰可循。任何事物都无法抵挡这种爱的力量。如果我们习惯性地避开一道光线，会有谁在这道光线面前质疑自己呢？又会有谁唤起自己的回忆，在自己身上找寻这种力量的神奇作用呢？当我们和最普通的人待在一起时，大家对尚未发生的事情茫然无知，我们当中是否有人会突然意识到它的到来？就像是一个将醒之人在床上辗转反侧，这个事物是灵魂还是生命？我并不清楚，你也一脸茫然，没有任何人提及它，不过，你们并没有彼此分离，好像什么事都没有发生一样。

因此，去爱就意味着追随自己的灵魂，任何一个灵魂都要对这种爱做出回应。因为人的灵魂是一位应邀前来的宾客，它已经饱受饥渴长达几个世纪之久，它也永远不会第二次被邀请来参加婚宴。

所有同胞的灵魂都会永远在我们头上盘旋，它们都在等待着我们的抚慰，都在等待着我们发出的信号。但是，许多人终其一生也不敢发出这样的信号！我们远离自己的灵魂而生活，灵魂的一个轻微动作就让我们战栗不已，这将是我们整个生命中的灾难。无须其他，我们只要允许它在沉默和光辉中率真地微笑，我们就会拥有永恒的生活。我们只需回想一下，我们打开锁链的时刻本来就为数不多——我们依循惯例将它锁住，好像它就要发疯——在这些时刻，它们所取得的成功，比如我们时常允许它们靠近外在生活的门窗，它们在爱中的所作所为。如果所有人都认为它们应该直面彼此，就像女子应该和所爱的男子在一起一样，难道这不符合最初的真理吗？

我在此处谈论的只是无形而神圣的美德，因为我们的灵魂在永不停息地运动，而美德是这种运动最可靠、最贴切的象征。这种无形而神圣的美德以迅捷的方式，使它无意中触碰到的一切变得高尚，让那些对自己的同伴愤愤不平的人审视一下自身，看看当他们的朋友在场时，他们的表现是否充满敌意。对我自己而言，除非在那个瞬间他变得比我更好，否则无论站在谁的身边，我内心深处无形的美德都不会有蠢蠢欲动的感觉。如果你内心深处拥有美德，你会发现你身边的人也拥有美德，甚至达到和你一样的高度。美德发出秘密的呼唤，没有什么比身边的美德发出的秘密呼唤更可靠的了。当你的美德在无形中跃跃欲试时，你身边的人也会在不经意间做一些在其他人面前不会做出的事情。这种美德中潜藏着一股无名的力量，一种无可抗拒的精神抗争，仿佛这就是我们灵魂的敏感之处。因为好像有些灵魂已然忘记了自己的存在，已经放弃了让它们升华的一切。但是一旦接触到美德，它们就会振作起来，而在秘密美德的神圣平原上，即使是最卑微的灵魂，也无法忍受失败。

但还存在一种可能：一个人眼中的生活是一成不变的，不过，这是唯一重要的事情吗？我们的生活真的局限于我们能驾驭的行为中，就像是高速路上的一块石头吗？就像我们被要求每天晚上自省一样，你要扪心自问："我今天做了什么流芳百世的事情？"难道我们只能准确无误地计算、权衡和测量事物的物质层面吗？你必须从物质层面开始你的探索吗？你有可能让某人流下意义非凡的眼泪，你有可能让某人的信念无比坚定，你也有可能赋予一个灵魂永恒的生命，没有人了解这个灵魂，甚至连你自己都不了解。也许，一切未曾改变，或许，如果你对这个灵魂进行检验，一切都会土崩瓦解，我们所谈论的美德将屈服于微不足道的恐惧，但这些都无关紧要。某些神圣的事情已然发生，我们的上帝一定在某处莞尔一笑。让我们的内心深处萌生出一些疑虑，这难道不是生活的终极目标吗？不可思议的事情沉睡在世界的每个角落，当我们将它们唤醒，我们知道自己会受益良多吗？只要你唤醒了这份爱，它就不会再沉沉睡去。你所尊重的灵魂，曾和你一起泪流满面，那种庄严的快乐是别人无法拥有的。它不再对你心存不满，即便饱受折磨，它也不会对你怨声载道，它甚至觉得都没有原谅的必要。它满面春风，肯定没有人知道，从此之后，没有任何事情能让它的笑容黯然失色、微不足道。因为只要两个灵魂曾“真正的相处”过片刻，就没有什么东西能将它们分开。

更深奥的生活

有必要提醒人们，即便是他们当中最卑微的人，“在遵循了一个非凡的典范之后，也有能力形成极好的道德人格，这种人格在自身和典范之间形成了某种平衡，如果生活中存在着至善至美的事物，那么就非这种人格莫属了”。

在日常生活中，总有一些微不足道、不可避免的事情发生，人们为了追求一种更高尚的生活，必须要在日常生活中找到自己独特的天赋，在我们的生活中，没有比这更高尚的目标了。只有通过与无限的时空交谈，我们才能将彼此区分开来，如果和与之同行的邪恶之人相比，英雄之所以伟大，是因为在他生命的某个时刻，他对这些交谈有着更充分的认识。倘若这种说法属实，那么，创造并不止于人类，我们被无形的事物所环绕，他们远比我们优越，他们的优越感来自于他们与无限的时空有过交流，而我们甚至无从想象这种交流的性质。

我们完全有能力增加这种交流，在每个人的生命中，总有这么一天，天堂之门主动向他打开，也就是从那一天起，他真正的精神个性开始萌生。毫无疑问，就是从那一刻起，虽然我们毫无意识，但我们无形永恒的特性最终形成，展现在天使和灵魂面前。不过，对大多数人而言，天堂之门的开启纯属偶然，在无限的时空中，天使凭借他们的外表辨认他们，但他们却不能选择自己的外表，也不知道如何才能使自己的特征变得高尚纯洁——这些特征只能归因于偶然的快乐或悲伤，偶然萌生的思想或油然而生的恐惧。

从那一天起，我们才真正诞生，那是我们第一次深切地感受到，我们的生活中存在着事关重大、不可预期的事物。有些人突然意识到，他们并不是孤独地存在于天地之间。对于其他人而言，当他们伤心流泪或深情接吻时，他们突然意识到"无论是普通人还是上帝，所有美德和神圣的源泉都隐藏在黑夜之中，那天晚上星辰满天，遥不可及"。有些人或许能在自己的不幸和快乐之间发现那双伸出的神圣之手，还有人会认为，死者永远是正确的。有人会心生怜悯，还有人发出由衷的赞美或会感到恐惧。它往往什么都不需要，不管是一句话、一个手势甚至是没有逻辑的小事儿。莎士比亚笔下的一个角色对别人的行为推崇备至，他说："约翰，以前我把你当成兄弟，但如今，我敬你如我的灵魂。"他说出这番话的那一天，或许就会有一个灵魂来到尘世。

因此，我们能不止一次地重生，而每次重生都让我们更加接近上帝。但直到一个散发着万丈光芒的事件发生之前，我们大部分人都满足于等待。这种光芒势不可当，横扫我们心中的黑暗，在我们的反抗声中照亮我们的灵魂。我们等待着幸福的偶然降临，但我们也不知道这幸福意味着什么。在匪夷所思的事情发生之时，我们的灵魂会张开它的双眼。不过，一切都发生在这光芒之中，伟大的人之所以伟大，仅仅是因为他们试图让自己的双眼适应这种光芒的每一束光线。难道真的等到你的母亲在你的臂弯里去世，你的孩子在船难中丧生，你自己和死神擦身而过时，你才会最终明白，你生活在一个无可言说的世界里，你的存在是永恒的，在这个世界上，上帝和他的子民生活在一起，却忍受着永世的孤独？一定要等到你的同胞在火海中罹难或者在你眼前消失于碧海深处时，你才会明白，或许，爱的王国的最终界线已经越过了鲸鱼座、牵牛星那几乎无形的光芒，已经穿越了贝蕾妮丝的发髻吗？如果你的眼睛是雪亮的，你如今在灾难中感受到的一切，难道你在一个吻中就无法感知吗？难道沉睡在我们灵魂深处的神圣回忆，只有在悲伤之矛的刺戳下才能醒过来吗？智者并不需要这样暴力的唤醒方式，他拥有雪亮的眼睛和包容的灵魂，他关注每一滴眼泪、少女的每一个手势、坠落的每一滴泪水。他倾听每一个稍纵即逝的想法，紧握着同胞的双手，研究人们说的每一句话。他全神贯注于你不经意间忽视的事物，只需要一个微笑，他就全然意识到一场骚乱即将发生。而只有当死亡之手向你伸来时，你才会意识到这一切。

因为实际上，被我们称作“智慧”“美德”“英雄主义”“神圣时刻”和“生活的伟大瞬间”的东西，不过是在那些时刻，我们几乎能从自我出发，并且能够在永恒之门的一个台阶上稍作停留。我们看到，即便是最微弱的哭声、最黯淡的思想和最无力的姿势也没有坠入虚无，或者，即便他们真的坠落了，但坠落本身就是一个妙不可言的过程，难道还不能赋予我们的生活以威严的特征吗？为什么我们一定要等到在雷霆的怒吼中看到一望无际的苍穹呢？当幸福的时刻在寂静中到来时，我们必须守望幸福，幸福也会永远属于我们。你在自己的生活中苦苦找寻上帝的影子，你认为上帝从未出现过。但生命中有无数时刻，就像戏剧中经常出现的那样，所有人都在等待天神降临，不过，没有人意识到天神已经降临，直到一个无形的思想浮现于一个垂死之人的脑海，他才对上帝的存在有所意识。这位老人喜极而泣，惶惶不安地哭喊道："上帝，上帝在那里！"

当有人告诉我们，上帝和我们擦身而过时，我们一定要受到警告吗？我们只能跪地膜拜吗？如果你曾经刻骨铭心地爱过，你就不需要任何人告诉你，你的灵魂本身就和世界一样伟大。繁星、鲜花、黑夜和大海的波浪都不是独立存在的，万物才悄然兴起，没有什么事物要消失。和你拥抱的所有人相比，你所亲吻的嘴唇属于一个更为高尚、更为纯洁、更为美妙的生命。在日常生活中，你只有如痴如狂才能看到一些事物，而你目睹了这一切。难道我们不能一直像在恋爱中生活吗？圣贤和英雄的生活就是如此，除此之外和常人无异。哦！我们一直在等待中蹉跎年华，就像传说中的盲人，他们为了聆听上帝的教诲不惧跋山涉水，旅途艰辛。他们坐在避难所的庭院中的台阶上休息，有人问他们在做什么时，他们只是无奈地摇摇头说："我们一直在等待，但上帝至今一言未发。"他们没有注意到神殿的铜门禁闭，他们也没有听到神殿中一直回响着上帝的教诲——上帝从未停止教诲，只是没有人想到打开大门。只要你稍作警惕，就不难听到上帝对我们的每个行为都有所指示。

我们生活在至高无上的顶点，除此之外，我们还能在哪里生活呢？那是唯一能生活的地方。如果一定要说缺少什么东西的话，那一定不是生活在天堂的机会，而是警惕和沉思，或许还有灵魂的一点狂野。虽然你所拥有的空间不大，你也认为上帝并没有伴随着你，难道你就不能拥有一种高尚的生活吗？如果你抱怨孤独，抱怨事情无果而终，抱怨没人爱自己，而自己也不爱任何人，你有没有想过，这些话是真的吗？你有没有想过，一个人可能是孤独的，但爱是你能够知道、能够看到的事物吗？你能够像称量赎金一样衡量一件事情的结果吗？难道一个活跃的思想——不管卑微还是伟大，只要它对你而言是伟大的，一个崇高的愿望，或者是生活中一个充满着庄严警觉的瞬间，难道就不能进入你狭小的空间吗？如果你不爱任何人，也不被任何人所爱，但你仍能凭深切的洞察力发现无数美妙的事物，看到灵魂的伟大之处，看到生活中无法言传的真诚，难道这不和你在爱人或有人爱你一样妙不可言吗？如果天空在你面前藏形匿影，诗人们会问，“尽管一切都笼罩着死亡的阴影，那繁星点点、一望无际的星空，难道没有在我们的灵魂之上延伸吗？”……所有发生在我们身上的事情都是伟大而神圣的，我们始终处于伟大世界的中心。一个天使刚刚降临人间，我们必须习惯像她一样生活，或者像一个坠入爱河的妇女抑或是像弥留之际的男人一样生活。如果你知道，你今晚就要与世长辞，或者仅仅是要离开此地却一去不回，你最后一次注视着这里的人和物，你看待他们的眼光还是一如既往、没有改变吗？你会像你从未被爱过那样，也不去爱别人吗？那么，被发扬光大的是围绕在你身边的美德还是邪恶呢？你看到的会是灵魂的美好还是邪恶呢？每一件事情，甚至是实际的痛苦和罪恶，难道不会转化为爱，伴随着最温和的眼泪一起流下吗？引用智者的话说，死亡或离别都会产生莫大的痛苦，难道每一个宽恕的机会不都能分担一下这些痛苦吗？还有，在痛苦或死亡的光辉中，不是每个人都能像真理或谬误迈出最后一步吗？

能够看到正确的事物，并且始终保持正确的是生者还是死者呢？哦！将死之人和那些痛入骨髓的人能够洞察秋毫，那些以为自己的思想、言语和行动得到这些人赞成的人们，他们一定幸福满溢。那些在生活中无人倾听的圣贤们无法获得更美妙的回报了。如果你生活在若隐若现的美妙事物中，那你就没有理由不安。公正无私的钟声最终总会在人们心中敲响。不幸一直紧闭双眼，如今它也睁开了惺忪的双眼。谁知道在这个非常时刻，当你的影子在一个将死之人面前经过时，他会不会认为你的影子已经知道了所有的真理？难道不是在垂死之人的床边，智者和英雄奉为至宝的冠冕才最终得以完成？这顶桂冠也同样属于那些依循灵魂法则，懂得如何在悲伤、高尚、纯净和朴素中真诚生活的人。

拉瓦特尔说："死亡美化了我们死气沉沉的存在形式，不仅如此，仅仅死亡的思想就给生命带来了更为美妙的形式。"甚至每一种思想都是如此，它们和死亡一样永恒，美化了我们的生活。但是，我们一定不要自欺欺人。每个人的脑海中都会浮现出高深的思想，就像白色的大鸟从他们心头飞过。哦！它们不计其数，我们见到它们时异常惊讶，因为我们从来没有见过它们，我们用手势频频要求它们离开，它们停留的时间如此短暂，甚至不能触及我们的内心。我们的灵魂不会和天使的灵魂一样变得真挚深切，因为在飞逝的一瞬间，我们看到了普通人生活在死亡或永恒的阴影中，生活在快乐的光芒或爱情的火焰中。我们对这样的时刻了如指掌，但它们只留下了毫无价值的灰烬。我们对这些事物的存在已经习以为常，它们的偶然存在没有丝毫价值。我们应该学会在美妙、真挚的事物中生活，它们应该变成我们自身的一部分。在生活中，没有任何一种生物比我们更堕落，但我们对自己应该拥有的高贵美妙的事物如数家珍，而这些高贵美妙的事物在我们的内心还不够强大。首先，我们必须竭尽全力去培养这种无形而抽象的力量。生命会在某个高度了解灵魂的一切，我们会在那里看到，每一种行为、每一个思想都会准确无误地和伟大永恒的事物联系在一起，我们只有比别人更频繁地在这个高度上停留，内心的这种力量才能有所增长。用内心的眼睛注视着所有的人和物，凝视着他们的形式和欲望，当他们经过山丘或小山时，铭记他们投射的阴影，其实这不过是另一个更大的阴影飞掠而过时投射的印象而已，就像一个永恒不灭的天鹅翅膀，飘浮在每一个靠近它们的灵魂之上。不要以为这样的思想只是锦上添花，对于那些接受它的生命并没有什么影响，生命应该如何感知远比生命应该如何转化重要得多，因为生命一旦被感知就会自然而然地发生转化。上述这些思想就构成了英雄主义的神秘财富，当生命促使我们发现这些财富的那一天到来时，我们惊奇地发现，除了它之外，我们内心没有任何力量能够引导我们发现至真至善的美。那时，我们不再需要一个伟大的国王为我们献身，以便让我们记起，“世界并不会在我们面前终结”，世界也不会终结于一个飞逝而过的夜晚，即便最微不足道的事物也会使我们的灵魂变得高贵。

如果你只是告诉自己，上帝是伟大的，自己的一举一动都笼罩在他的光辉之下，你并不能像英雄那样，被美丽的事物环绕，生活在富有创造力的地方。或许，你应该不断提醒自己，所有无形力量的手臂就在你的头顶挥舞，就像一张皱皱巴巴的帐篷，但你却无法察觉这些力量最轻微的动作。你应该保持极度警惕，你最好在闹市耳听八方，而不是在庙宇中酣然入睡。

美和庄严无处不在，只需要一个不经意间的事件，它们就会展示在我们面前。这一点几乎众所周知，虽然他们知道这一点，但只有等到命运和死亡给他们带来冲击时，他们才会在生命之墙上摸索，寻找能够看到上帝的裂缝。他们一清二楚，甚至在茅室蓬户的墙上也存在永恒的裂缝，即便透过最小的窗户，你也无法看到浩瀚星空中的任何星辰或感受到任何星光。仅仅理解一个真理是不够的，重中之重是我们需要让真理来掌控我们的生活。

我们生活在这样一个世界中，即便是最微不足道的事物都自然而然地拥有一种美，这种美会变得越来越纯净高尚。没有什么比大地和天空的结合更让人乐于接受。如果你把深爱的女人拥入怀中时，你会凝视着天上的繁星或自己房间的墙壁，但这两种拥抱的感觉绝对不同。在那些时光里，你一定要确保自己追随着穿透生活之门的光线，就像要为你的敌人包扎伤口一样，你也要做出同样伟大的事情，因为在那个时刻，你不再拥有敌人。

我们一生都在找寻我们的上帝，因为上帝无迹可寻，但一旦他的诡计被人识穿，他看起来就如此纯真无邪、如此笑容可掬！从那一刻起，我们不再需要任何事物去揭示他的存在，而我们生活中伟大的事物所能依靠的少之又少！甚至在日常生活中无足轻重的事情中，诗人的诗歌也能突然向我们揭示出令人惊叹的事情。没有什么庄严的词语，我们也没感到有什么东西被唤醒，不过，为什么在那位老人的眼泪的背后，还有一张无法言喻的脸在向我们召唤？为什么天使聚集的漫漫长夜会在孩子们的笑脸上蔓延？为什么在是与否之间喃喃低语的灵魂，他们在放声高歌或忙着其他的事情，我们会突然屏住呼吸，问自己说："这就是上帝的所在之地，这就是一条通往天堂的道路吗？"

那是因为诗人比我们更专注于"无边无际的阴影"……那是优秀诗歌的本质所在，它唯一的目标是让"从可见通往不可见的康庄大道向世人敞开"，同时这也是生活的终极目标。比起在高尚的诗歌中，我们在生活中更容易实现这个目标，因为这些诗歌不得不放弃沉默这双伟大的翅膀，生活中的每一天都是至关重要的，这个观点必须融入我们的心田，并在那里扎根生长，并不存在悲哀的问题。渺小的快乐、微微一笑和汹涌的眼泪填满了时空的每个角落，你可以像"灵床旁天真无邪的孩子"一样在生活中玩耍，眼泪并不是生活中必不可少的东西。微笑和眼泪一样，可以开启另一个世界的大门。无论过去还是将来，你都会找到你在黑暗中所需要的一切，但千万不要忘记，你在逐步靠近那扇大门。

在这些离题太远的长篇大论之后，我们再回到起点，那就是——"很有必要提醒人们，即使是最卑微的人，只要他们遵循了一个并非他们主动选择的神圣典范，他们也有能力塑造一个伟大的道德人格，在他们自身和典范之间取得平衡"。只有深入生活，我们才能塑造出"伟大的道德人格"，只有通过不断涌现的"神圣天启"，我们才能增加自己的思想库存。每个人都必须在精神上达到道德生活的高峰，任何时候都知道他应该做出什么行为，应该效仿圣人或英雄，但是，所需要的远远不止这些。最重要的是我们需要将周围的精神氛围转化到这样的高度，这种氛围类似于黄金时代斯威登堡美丽国家的氛围，在这种氛围中，不允许任何谎话脱口而出。那时，一个时刻即将到来，就像一个铅球落在青铜盘子里一样，我们犯下的小错误也会落在我们的脚下，虽然我们毫无知觉，但所有的一切都变成了美、爱或真理。但是，只有在那些为自己的生活提供足够新鲜空气的人的周围，才会形成这种氛围，他们会时常叩击通往另一个世界的大门。当我们靠近这扇大门时，我们才能有所领悟，当我们靠近这扇大门时，我们才有能力去爱。因为爱你身边的人并不只意味着全身心地付出，去服务、帮助和支持他人。或许，甚至当我们做出巨大牺牲时，我们也并不善良，也不高贵，亦不美丽。在伤寒病人离世的病床前守护着两位仁慈的姐妹，或许，她们的灵魂却是卑微、歹毒和凶残的。如果在你的内心深处，你坚定地爱你周围的人，那就意味着你用永恒的爱去守护他人。因为按照最真实的意思来看，你周围的人是最接近上帝的，或者说，他们是所有人当中至真至善、纯洁无邪的人。你只有在我提到的大门前徘徊，你才会发现灵魂的神圣之处。那时，你就可以引用伟大的让·保罗的话："当我想最温柔地去爱一个对我至关重要的人时，我希望能够宽恕他的一切。我什么都不用做，只需要沉默地注视他片刻。"一个人要学会如何去爱别人，首先他必须学会如何去理解他人。某天，我的一个朋友告诉我："我和我妹妹共同生活了二十余年，但是直到母亲去世的那一刻，我才真正地理解她。"或许，在此我们也需要猛烈地叩击永恒之门，以便两个灵魂能够在原始的光芒中互相对视。我们当中是否有这样的人，你的姐妹就近在眼前，但你却对她视而不见？

值得庆幸的是，甚至那些视力最为有限的人，仿佛他们也看到了有些东西在默默运行。或许，成为有德行之人不过就是在漫漫黑暗中做一盏毫不起眼的灯。因此毋庸置疑的是，我们必须竭尽全力提升自己的生活，努力向山巅前行，在那里，所有的恶行都销声匿迹。因此，我们是否应该在神圣的氛围里看待所有的人和事？但甚至这也不是必不可少的，在上帝的眼中，人类的差别是多么微不足道啊！在我们生活的世界中，真理是支配着一切事物的基础，那里需要解释的并非真理，而是谬误。如果同胞的幸福让你感到悲伤，不要妄自菲薄，沿着你自己的路途继续前行，无须多远你就会偶遇不再让你悲伤的事物，即便你没有前行，那也无关紧要，一定有不再让你感到悲伤的事物存在……

那些无所用心的人和那些整日关心上帝的人相比，他们掌握着同样的真理。真理离起点只有一步之遥，那就是生活的全部。勒南说："甚至在最平凡的生活中，我们为上帝所做的贡献也是巨大的，身处社会最底层的人也希望获得公平的对待，而非偏听偏信。虽然我们毫无意识，但我们还是每天都会无数次地膜拜上帝，我们都会向上帝祈祷。"当偶然事件突然向我们揭示这一神圣部分的重要性时，我们都大吃一惊。在我们的周围，生活着成千上万卑微的生物，他们的生活中丝毫没有美好的事物。不管是来还是去，他们的踪影总是晦涩模糊的。我们认为他们毫无生气，所有的人都不会留意他们的存在。然后突然有一天，一句简单的话语、一阵意想不到的沉默、一滴眼泪从美好事物的源头喷涌而出，告诉我们，他们懂得了如何才能变得高尚。在他们灵魂的阴影中，他们看到了比他们所见的最美好的事物还要美好一千倍的理想，哦！那就是沉默和阴影那高尚而黯淡的理想！最重要的是你给我们带来了天使的微笑，重要的是你径直追随上帝的步伐！或许，在不计其数的茅舍中，在无比简陋的洞穴中，在监狱中，此刻你并不被重视，不幸的灵魂从未露出笑容，但你依然珍视他们纯净无瑕的泪水和血液。甚至像蜜蜂一样，当它们周围的花朵都凋谢枯萎，它们依然为未来的蜂王贡献甘甜的蜂蜜。比起它们在日常生活中为姐妹们提供的蜂蜜相比，这蜂蜜要珍贵上千倍……在生活的漫漫长路上，我们都会不止一次地遇见被抛弃的灵魂，它们还没有丧失勇气，相比其他人在阳光中自主选择的思想而言，它们在黑暗中珍视的那些思想不是更为纯净、更为神圣吗？在此，我们单纯作为上帝最喜爱的仆人，或许，只有少数圣贤知道应该做什么，其余人只知道如何调整自己的行为，但这已经足够了……

美丽心灵

世界上没有任何东西能和灵魂对美的渴望相提并论，世界上也没有什么东西能像灵魂这样，和美结合得如此完美无缺。世界上没有什么东西能如此自发地提升自己，以迅雷不及掩耳之势使自己高尚起来。世界上没有任何东西能够如此分毫不爽地遵循着它所接到的纯洁高尚的命令。世界上存在着一个比其他思想更加高尚的思想王国，没有任何东西能像灵魂那样对这个思想王国如此俯首帖耳。一种灵魂为了变得更加美好而自我折磨，而在整个世界上，只有少数灵魂能够忍受这种灵魂的支配。

或许可以说，在所有的真理中，美是我们灵魂独一无二的焦虑，因为它在所有地方找寻美的存在，即便在最卑微的生活中，它也如饥如渴地追寻着美德存在。实际上，没有任何美能够和灵魂擦肩而过而不被觉察，也许，在我们的无意识中，美也不会和我们失之交臂。比起在青天白日下，灵魂在漫漫黑夜中的行为没有丝毫逊色，它所带来的快乐或许并非清晰可见，但除此之外，它们之间没有任何区别。观察一下那些最平凡的普通人的生活，有时也会有些许美妙的事物竭尽全力进入他们黑暗的生活中。不管来自何方，也不为任何特殊的理由，这些平凡的人聚集在一起。但是，一旦他们聚集在一起，第一个想法就是关上生活厚重的大门。不过，当他们中的任何一个人独处时，就会不止一次地听从他们灵魂的呼声。也许，他也曾深爱过，也曾心怀某种信念，但他一定会听到“来自遥远的壮丽和恐惧国度的声音”。无数个夜晚，他都在比大海还要深邃的法则面前默默鞠躬。但一旦这些人聚集在一起，他们就会倾向于在最微不足道的事情中放纵自己。他们对美有一种莫名其妙、不可名状的恐惧，随着他们的人数不断增长，这种恐惧也是与日俱增。这种恐惧特别像他们对沉默的恐惧，或者特别像他们对绝对真理的恐惧。毋庸置疑的是，如果他们当中有人在白天做了什么英雄事迹，他会认为自己的动机不良，因此，他们会竭尽心力地为自己的行为寻找借口。在他和同伴聚集的低级场所，这样的动机俯拾皆是。但是若你仔细倾听，一个高尚深刻的话语已经说出，这句话在一定程度上使生活之泉不断涌流。因为灵魂只有在瞬间敢于展示自己，比如当灵魂沉浸在爱或悲伤中时，比如当灵魂直面死亡或在繁星点点的夜晚倍感孤独时。不安的情绪在人群中蔓延，有些人面露震惊之色，有些人谈笑自若。所有的灵魂都由衷地发出赞美之声，即便是最弱不禁风的灵魂，也会从它所在地牢的最深处发出对这种语言的赞美之声，就好像这种语言和它本身极为相似。难道你从未经历过这样的时刻吗？他们突然都在属于自己的原始、平常的氛围中恢复生机，如果你能用天使的耳朵来聆听这种语言，我丝毫不怀疑你会在灵魂居住的光辉之国听到最热烈的掌声。你难道没有想过，如果每晚都重复类似的话，即便是最胆怯的灵魂也会在其中汲取勇气？难道你不认为，人类应该过一种更加纯粹的生活吗？虽然这种语言不会重复出现，但重大的事情仍会发生，一定也会留下不可磨灭的痕迹。在每个夜晚，一旦灵魂说出这样的话，就会被同伴认出。从此，交谈不再是无关紧要的事情，虽然我并不知道这是如何产生的，但谈话本身就能使事物蒙上一层庄严的色彩。无论还有什么事情发生，总有一些我们无法掌控的变化出现。这种绝对力量不再依托于事物的黑暗面，从此，甚至最恐惧的灵魂也会知道，世上一定有一处避难所存在……

毫无疑问，灵魂之间原始而自然的关系一定是美妙的事物之间存在的关系。因为美是我们灵魂唯一的语言，除此之外它们之间没有别的语言。它们没有别的经历，也产生不了别的事物，它对别的事情都兴趣索然。因此，那最压抑和最卑微的灵魂——如果灵魂真有高低贵贱之分的话——会毫不犹豫地为每一种伟大而美妙的语言、思想和行为齐声欢呼。美是灵魂内各个部分有机结合的唯一元素，这是灵魂唯一的评价标准。在生活的任何时刻，我们都能深刻地认识到，和那些在自己内心深处寻找美的人一样，在生活中，人们不止一次拒绝了美，这一点一清二楚。在你最需要别人同情的时候，你会去找一个习惯对美报以轻蔑一笑的人吗？你会找一个只需要摇一摇头，就能玷污慷慨行为或单纯动机的人吗？会有这么一天吗？即使你曾经对某个人赞不绝口，但当真理叩击你的大门时，你依然会选择那个能屈能伸、懂得如何去爱的人。在他的灵魂深处，你的灵魂通过了考验。这种沉默不语、准确无误的考验或许会在三十年后为人所知，它会给你带来一个新的同胞，她会比你更真实，因为和你相比，她更接近美丽的事物……

激发我们灵魂中的美所需甚少，唤醒沉睡不醒的天使也不需要过多，或许，你根本无须唤醒它们——只要我们哄骗它们不去入睡就足够了，或许，堕落比进步需要更多的努力。如果缺乏自我约束，当大海在我们面前延伸，当我们在黑夜中面面相对，我们能否将自己的思想局限于日常事务之中？在永恒的长夜中，什么样的灵魂才懂得永远直面大海？如果在日常生活中，我们对美不是那么恐惧，那么，除了美，我们不会看到别的事物，因为美存在于一切事物之中，所有事物中也只有美才存在。所有灵魂都意识到这一点，所有灵魂都对此有备而来，但是，不隐藏灵魂之美的灵魂何在？必须有一个灵魂“首开其端”，为什么不敢成为第一个揭示自身美丽的灵魂呢？其他灵魂都热切地注视着我们，就像一群在雄伟的宫殿前围观的孩子。他们围着门口，在门前窃窃私语，透过大门上的每一道裂缝窥探，但没有一个人敢伸手将门推开。他们都在耐心等待，希望有一些成人将门打开，但几乎从没有这样的人从门前经过。

那么，想要成为他们等待的成人需要具备什么条件？所需甚少！灵魂并不苛求。一个几乎妙不可言的思想——一个虽然在此刻无法言说，但却是你无比珍视的思想，会让你光彩照人，仿佛你是一只透明的容器。如果你正在思考，如何才能更轻易地欺骗你的同胞，它会将这一切看在眼里，然后用一种截然不同的方式来对待你。当一些人告诉我们，他们从未见识过真正的险恶，因此，他们不相信灵魂的卑鄙，这会让我们大惊失色，但我们并没有理由惊讶。这些人已经开始展现自己灵魂中的美，当然，首先他们自身必须是美丽的，这样他们就能够吸引经过他们身边的那些美丽的事物，就像一座灯塔吸引着来自四面八方的船只。例如，一些对女人颇有怨言的人，他们做梦也不会想到，当一个男人第一次遇见一个女人，当他用简单的一句话或一个念头拒绝了美妙或深刻的事物，这就足以永远破坏他在这个女人灵魂中的形象。某天，一位智者对我说："就我而言，我所遇见的所有女人都带给我一些伟大的东西。"首先，这位智者自己就是伟大的，这种伟大隐藏在他的内心深处。只有一件事灵魂无法宽恕，那就是被迫去注意、参与和近距离接触丑恶的行为、语言或思想。它必须严惩不贷，因为宽恕就意味着对自身的否定。但对大部分普通人来说，智慧、力量和技巧只是意味着灵魂必须首先排除在他们的生命之外，深藏于内心的每一种冲动都必须小心翼翼地抑制下去，甚至在爱情中也是如此。因此，和真理更为接近的女人，几乎也从未和男人真正地生活过片刻。仿佛男人对接触她们的灵魂心存畏惧，他们热切地希望在遥不可及的地方保持着自己的美。但恰恰相反，我们应该竭尽全力前进。如果此刻你正在谈论或思考你心中精美绝伦的事物，如果你今天尽力去谈论或思考它，或许明天就会梦想成真。我们必须让自己变得更加美好，永远都不要疏离我们的灵魂。当涉及沉默或隐藏之美的问题上，我们一定会百无一失。此外，只要我们心中的源泉保持清澈，是否犯错其实也无关紧要。我们中是否有人梦想要尽自己微薄无形的努力？在我们所处的领域中，所有的一切都行之有效，所有的一切都待时而动，所有的大门都虚掩着，我们只需要将它推开。宫殿内都是被囚禁的王后，简单的一句话就足以清楚地拒绝所有的障碍。为什么没有勇气用一个优雅的答案来应对一个卑劣的问题？你是否想过，这个答案会在人群中默默无闻，还是会让四座皆惊？难道你没有想过，它更像是两个灵魂之间自然而然的对话？我们甚至都不知道它的勇气和坦率从何而来。但无论如何，甚至是那些对你所说的话充耳不闻的人，他们也会向着自己心中的美前进。不管是哪种美，在使事物得到净化之前，它们都不会消失不见，也不会迷失方向。我们要毫无畏惧地沿途播撒美的种子，几个星期甚至几年之内，它会在那里保持原样，但它会像宝石一样，永远不会消失。直到有一天，有人从它旁边经过，被它的光芒吸引。他会俯身将它拾起，继续快乐地前行。那么，我们为什么还要拒绝高尚美妙的话语？是因为你怀疑别人的理解能力吗？更高尚的美德瞬间向你逼近，即便你不相信它会使你周围的人受益，但你为什么要推迟它的到来？你的灵魂充满了攀登山巅的动力，即使你和谷底的人待在一起又如何呢，这能成为阻止这种动力足够的理由吗？是黑暗消磨了这种力量的深情吗？盲人只能用眼睛来分辨那些爱他和不爱他的人吗？虽然你不理解这种美，难道它就不存在吗？在那些他认为远非自己能理解的领域内，人们不都有能力可去理解一些事情吗？有一天，我极其荣幸地看到了一位聪明绝顶之人，他告诉我说：“即使面对那些悲惨无比的人，我也绝无勇气去回答任何邪恶或平庸的问题。”我花费了很长时间去追踪那个人的生活足迹，目睹了他在最艰深晦涩、最遥不可及、最意气用事，甚至最离经叛道的灵魂上所展示的无从解释的力量。因为对于一个在美的氛围中努力生活，并且自身也朝气蓬勃、妙不可言的灵魂来说，它展现出来的力量用语言是无法形容的。而实际上，难道不正是这种活力赋予生活悲惨或神圣的色彩吗？

如果我们对事情追本究源，我们很可能就会发现，只有借助一些美丽灵魂的力量，其他的灵魂在生活中才得以维持。难道不是我们每个人所选择的某些思想构成了唯一富有活力、行之有效的道德吗？但在这些思想中，它们选择了灵魂的哪些部分，哪些又是灵魂自主选择的呢？这些事物不是神秘地混合在一起吗？比起书本上最美好的道德而言，这种完美的道德不是更加深刻吗？这种道德拥有一种深远的影响，它能影响的范围难以界定。这是我们的力量源泉，我们每天都要无数次从中汲取力量。在美的领域内，有一个你认为完美无缺的挚爱之人，他所显示的软弱，难道不能削弱你对事物普遍伟大的信心吗？你对他们的赞赏难道就不会因此而减少吗？

另外，如果你的灵魂能够认识到，在它的周围存在着一个纯洁高尚、能够毫无保留地去爱别人的人，我怀疑，世界上还有别的东西比这种认识能更积极、更自然地美化一个人的心灵吗？当灵魂真的靠近这样的人，美就不再是展示给陌生人看的可爱但无生命的东西，它突然迫切地需要证明自己的存在，从此，它的一切活动也变得水到渠成、势不可当。因此，你需要认真思考一下，你不再是孤身一人，那些心地善良的人一定可以看到你的存在。

普罗提诺在其著作第五辑（共九辑）的第八卷里，在谈论了“可以融会贯通”的美，即神圣之后，得出结论：“至于我们，当我们属于自身时，我们就是善良的；当我们屈服于卑劣的本性时，我们就是邪恶的。当我们深入了解自己时，我们就是善良的；当我们对自己一无所知时，我们就是邪恶的。”然而，需要铭记的是，我们身处山巅，在那里，无论嫉妒还是深爱，恐惧还是羡慕，幸运还是不幸，不了解自己绝不仅仅意味着我们不知道自己身上发生了什么，而是意味着对活跃在人内心的神圣感毫无知觉。当我们游离于内心的神圣之外，邪恶就会把我们层层包围；当我们发现了这种神圣感，我们就会变得更加美丽。但只有发现我们自身的神圣，我们才能发现别人身上的神圣。神仙之间也需要彼此呼应，没有什么比这种信号更难以察觉的了，但他们必须一一做出回应。即使缝隙极为狭小，也足够天堂之水倾注到我们的灵魂中，这么说并不为过。我们手中的每一只杯子都想汲取未知之泉，我们置身于一个只能想到美的领域。如果我们可以询问天使，我们的灵魂在阴影中的所作所为，或许经过多年的观察，而且天使的眼光远在肉眼所及的范围之外，我相信天使一定会回答："灵魂将所有给予他们的微小事物都转化成了美好。"哦！我们必须承认，人类的灵魂具有独一无二的勇气！它终其一生都在任劳任怨地工作，而我们大多数人却对其视而不见，没有人愿意和它交流。但它毫无怨言，使出全身解数，想从我们抛给它的卵石中找到偶然出现的、散发永恒之光的原子核。它一直在工作中等待这样的时刻，那时，它可以向它的闺蜜炫耀，谁受到了更温柔的照顾，谁更有机会靠近它不辞辛劳积累的财富。但岁月轮回，这样的闺蜜并没有出现。随着时光流逝，生活锻造了羞涩的灵魂，它只能一言不发地告别，甚至没有机会将最暗淡无光的宝石镶嵌在它谦卑的王冠上……

不过，尽管如此，它一直在它无形的天堂之外守护着万物。它会发出警告，会深陷爱河，它会交口称赞，也会引导众生，当然它也会有所排斥。每当从未发生的事件发生时，它就会露面，徘徊其中直至再次被迫沉落，人们会认为它的行为乏味无聊、愚不可及。它走来走去，就像卡珊德拉徘徊在阿特利德斯的大门前一样。它曾喋喋不休地评论着虚无的真理，但是无人倾听。当我们抬眼仰望，它会苛求一束阳光或一点星光，它会将它们形成一种思想，或者是一种偶然的冲动，这些都是无意识的和非常纯净的。但如果它不能从我们的眼中看到什么东西，它仍能知道如何将它可怜的幻觉转变成不可言喻的东西，甚至会终生珍藏。当我们深陷爱河时，它如饥如渴地接受着紧闭的大门后散发出来的光芒——它满心期待，不会浪费一分一秒，对于灵魂来讲，那些悄悄透过缝隙的光就变成了美和真理。但如果大门紧闭（即便是大门大开，又有多少生命存在呢？）它会返回自己的囚禁之所，或许，它的悔恨会变成永远不为人知的更高尚的真理，因为这个领域正发生着不可言说的变化，而我们正身处这一领域中。虽然门内诞生的一切不会消失，但它也永远不会和我们的生活融为一体……

我刚刚说过，灵魂把我们给予它的微小之物都转变成了美丽的事物。即便这样，好像我们对它的思考越深入，灵魂就越没有其他存在的理由，它所有的活动都在我们的内心深处积累起大量的珍宝，这些珍宝的美无法用言语形容。如果我们没有不停地打扰我们灵魂的辛勤工作，是不是所有的一切都会自然而然地转化成美呢？ 一旦罪恶从我们的内心深处收集起忏悔的宝石，难道它不就变得异常珍贵了吗？你会因你罪恶的行为而泪流满面，难道最终这些罪恶的行为不会在你的灵魂中转化成光辉和爱吗？你的目光曾经注意过这净化之火的王国吗？也许，今天你已经铸成大错，这种行为本身低劣而虚伪，行事方式异常拙劣，丑陋的事物环绕着你，你泪如雨下。不过，岁月流逝，几年之后你再重新审视你的灵魂，然后告诉我，在对那种行为的回忆中，你是否看到某种比思想还要纯净的东西——一种无法描述、尚未命名的力量，这种力量和世界上所有的力量都截然不同。这是另一种生活神秘莫测、永不枯竭的源泉，可供你畅饮余生。然而，你并不想帮助这位孜孜不倦的女王，其他的思想充斥着你的头脑。虽然你没有意识到，但那种行为会在你内心的沉默中得到净化，最终它们将汇入从真理和美的大水库中倾泻而出的水流中。这个水库不同于真理或美妙思想的较浅的水库，它的水面平静如镜，这个水库始终位于生活的呼吸之外。爱默生告诉我们，发生在我们生活中的每一件事，每一个行为，迟早都要抛弃它的外在形式，它突然从我们的内心深处展翅飞翔，迷惑了我们的双眼，一直飞到遥远的天际。在爱默生所能预见的广阔天际之外，这样的描述也同样适用，因为我们在这一范围内前进得越远，我们所发现的领域就越神圣。

对于围绕着我们灵魂的这种悄然进行的活动到底意味着什么，我们并没有确切的概念。或许，你对你的伙伴说过一句简单的话，但他却没有理解你的意思。你就认为这句话没有任何意义了，于是你把它从你的脑海中抹掉了。可是有一天，由于偶然的机会，这句话再次出现在你的脑海中，变得精妙绝伦，向你展示它在黑暗中结出的出乎意料的累累硕果，然后，沉默再次凌驾于万物之上。不过，这一切都无关紧要。我们知道，没有什么会在灵魂中迷失方向，甚至最可怜的人也有飞黄腾达的时刻。我们需要铭记于心的是，即便是命途多舛、穷困潦倒的人，在他们的内心深处也会有美的珍宝，这珍宝是别人无法剥夺的，他们只要养成研究这些珍宝的习惯就可以了。把美当作生活中唯一的欢乐是远远不够的，它必须成为每天的幸福所在。无须太多努力，我们就可以跻身这样的行列——“在他们眼中，开满鲜花的大地和辉煌灿烂的天空不再是渺小的碎片，而是一个令人肃然起敬的整体”，我在此提到的鲜花和天空比我们见到的都要完美无瑕，拥有更加持久的生命力，灵魂之美可以通过不计其数的途径进入我们的思想，在所有途径中，最重要的是爱的途径，它奥妙无穷、位于所有途径的中心。

我们要找到可以提供给灵魂的美的要素，而只有在爱中这种要素才最纯正，难道不是这样吗？有些人在美中彼此深爱，因此，去爱就意味着逐渐抛弃邪恶的感觉。人类的眼睛会对生活中所有渺小的事情视而不见，而注视着那些最谦卑的灵魂所展现出来的清新和纯洁。有了这样的爱，我们甚至不再需要去宽恕什么；有了这样的爱，我们也不再需要隐藏什么，因为永恒的灵魂会将一切变得美好。于是，罪恶之所以吸引我们的目光，只是因为我们希望它能得到净化和包容，教育我们不再把罪人和他所犯的罪混为一谈。我们内心深处萌生的这种爱会提升我们周围的人，让他们声名显赫，失败成为微乎其微的事情。在那样的高度，一次低劣的行为必须从高处落到地面，他们被迫放弃自己宝石般的灵魂。我们心中有无数微弱无力的意图，这种爱会悄无声息地将这些意图转化为无限的行动。它会将灵魂、天空和大地中的美汇集在一起，去参加爱的盛宴。有了这样的爱，我们生活在同伴身边，就像生活在上帝的关怀下一样。它意味着最不起眼的姿势也能唤醒灵魂中所有珍贵的财富。灵魂的显现不再需要任何死亡。灾难或眼泪，一个微笑足矣。有了这种爱，我们就能在幸福中感知意义深刻的真理，就像英雄在剧痛的光芒中所感知到的真理一样。它同样意味着转化成爱的美与转化成美的爱是无法区分的，它意味着人类再也不能分辨星光是从何处散发而出，也不能分辨平凡思想的深情一吻从何处开始的。它意味着我们如此接近上帝，我们的命运由天使掌控。有了这样的爱，同样的灵魂会得到前所未有的美化，一切都会逐渐变成斯威登堡所提到的“独一无二的天使”。它意味着每天都会有一种崭新的美出现在我们面前，在这种美的氛围中，我们可以和神秘的天使在美德中同行，这种美德也会变得越来越朝气蓬勃，越来越高尚。在这种爱里也存在一种死气沉沉的美，它全由过去的事物组成。但是真正的爱使过去变得毫无意义，它的到来为美德创造了一个前途无量的未来，没有灾难，也没有眼泪。因此，去爱就意味着解放一个人的灵魂，随着灵魂的解放变得更加美好。在我所接触的智者中，伟大的普罗提诺是最接近神圣的，他在涉及类似的事件时说：“在这些唤醒你内心深处激情的奇观中，你公开宣称它毫无美感可言。如果当你审视自身时，你感受不到任何美的魅力，那么，在这样的处境下，你去寻找可理解的美同样是徒劳无益的，因为你只会用邪恶和肮脏的方式来寻找美。所以，我在这里所说的话并不针对所有的人，如果你已经意识到自身的美，你就可以去唤起那些关于可理解的美的回忆了。”

埋葬的圣殿

正义的奥秘

（1）我们生活的世界，存在着一位独一无二、无所不能而又绝对权威的法官，他始终关注着我们的思想、感情和行动，他在这个世界里维护正义，在另一个世界将正义演绎得尽善尽美，但有些人却不相信这位法官的存在，这就是我撰写此文的意图所在。如果世间没有法官，还有什么正义可言？这位法官正是人们通过法律和法庭为自己制定的规矩，难道在纷繁复杂的社会关系中，不存在一位一言九鼎的法官吗？难道没有一位凌驾于人类正义之上，和我们的观念毫无二致，决定着我们信任或怀疑、赞成或反对自己同胞的法官吗？宇宙中总是存在一些道德体系无法诠释的现象，难道在这种时候，我们不是总在不由自主地相信这位睿智法官的存在吗？当我们欺骗或隐瞒我们的同胞时，我们能战胜正义的力量，抹杀正义的存在吗？当一切尘埃落定，我们依旧奋勇前行时，难道不存在一种更加深奥严肃的正义吗？它虽然遁迹潜形，却是非分明，它无处不在，一切都在它的掌控之中。

众所周知，这样的正义是存在的，因为我们时刻感受着它那无法抗拒的力量，它指引我们的全部生活。这种正义的核心是一种智慧，这种智慧从不自欺欺人，也不是任何人的玩物。既然它已经从遥远的天际降落世间，我们将它置于何处？它如何才能辨别世间的美好与邪恶，灾难与幸福，如何才能做到赏罚分明？虽然我们对这些问题不屑一顾，它们却至关重要，正义的本质和我们的道德都隐藏在这些答案之中。从盘古开天至今，在人们的意识和思想之中，这种神秘莫测、至高无上的正义历经千变万化，因此，对正义的奥秘追根溯源并非毫无意义。在我们所拥有的一切中，难道这种奥秘不是最高深莫测，最令人兴致盎然的事物吗？难道不正是它和其他事物有着千丝万缕的联系吗？难道不正是它的游移不定，才让我们不断深入探寻自己的灵魂吗？或许，大多数人对这种游移和变化一无所知，但对于思想的进化而言，少数人的明察秋毫已经足够。当人们对这种变化了如指掌时，它的影响甚至可以媲美人类普遍的道德。

（2）在这些章节中，我们自然会涉及许多有关社会正义的内容：换句话说，在生活中，这种正义和社会正义互相融合，在此，我们只涉及积极合法的正义，它们只构成社会正义的一个方面。我们首先应该对这种正义了然于胸，它虽然若隐若现，却不可避免，虽然难觅芳踪，却影响深远。它存在于我们的一言一行之中，在潜移默化中决定着我们的行为，它或支持，或反对我们的行为，时而对我们赞赏有加，时而对我们严加处罚。这种正义来自于外部世界吗？在宇宙和万物之间，独立于人类之外，是否存在着一种亘古不变、百无一失的道德准则呢？总而言之，是否存在一种堪称神秘的正义呢？或者说，虽然表现于外，但它是否发自人类内心呢？这是否是一种精神正义呢？神秘的正义和精神正义几乎包含了正义的所有形式，它们都流行于当世，所涉及的范围远非社会正义能及。

（3）实证宗教之路虽然是一条捷径，却起源于人为的诠释。

不管这种正义以疾病还是遗传，地质、气象还是其他现象呈现在世人面前，我们都很难想象，一个摒弃了实证宗教的人，会相信实质正义源于某些道德因素。不过，为了满足自己的幻想和对神秘的好奇心，当他开始仔细追溯自己的个人经历，或探究外部世界的邪恶时，就不得不承认：我们生活的这个世界，善与恶并没有明确的界限。不管是苍穹还是大地、自然还是社会、清风还是其他广为人知的力量，都丝毫没有显示出正义的迹象，它们似乎和我们的道德、思想和动机漠不相关。在外部世界和我们的行为之间，存在着一种无关精神的因果联系，这种联系虽然简单，却必不可少。如果我为自己粗暴轻率的行为感到内疚，如果我让自己陷入险境，不得不向自然赎罪，我们之所以如此粗暴轻率，一定出于某种邪恶的原因——我们之所以认为这些原因邪恶，是因为如果要保持身体的健康和内心的平静，我们必须对自己的生活加以约束——但我们陷入险境，或者不得不为自己的行为付出代价时，我们就会不由自主地联想到这些邪恶的原因。我们再一次相信宇宙间存在正义，而所有的偏见都源于我们的内心。我们迫切地想要获得信心，故而往往故意忽略这样一个事实：我们天真地以为自己的行为崇高而率真，但其实它们和那些粗暴轻率的行为同出一源。如果我跳入冰冷刺骨的水中去救一位溺水的同胞，或者想让他葬身水底，我所感受到的寒冷毫无二致。在天地之间，除了我们自己之外，任何人都不会让我因为犯罪而增加罪恶感，也不会让我因为行善而减轻痛楚。

（4）我们谈论一下实质正义的另一种表现形式——遗传，我们再次发现，这种形式和精神因素毫无关联。这是一种奇妙的正义，实际上，子孙后代甚至远亲都会继承父辈或祖先的缺陷。人类道德并不会加以谴责，人类也只能被动接受，对他来说，遗传是与生俱来的，甚至是庄严迷人的。遗传让人类的特征和观念无限期地延续下去，他的血液得以传承，从这个角度来看，这和一些无可争辩的事实相互印证，人类并非是一个完全独立的个体，我们同过去、未来以及周围的事物存在着千丝万缕的联系，这些联系以微妙奇特的方式呈现在我们面前。

或许，在一些事情上，这种解释不容辩驳，但如若提到身体遗传的正义时，这种解释并非是不刊之论，子孙后代不得不接受父辈行为的一切后果，这完全独立于精神因素之外。一位不注意自己身体健康的父亲和一位因此而遭受痛苦的儿子之间，一定存在着实质性的联系。但无论父亲的意图或动机崇高与否，这位儿子始终要承受同样的痛楚。进一步讲，适用于身体遗传正义的领域非常狭窄，一位父亲可能罪大恶极，他可能是一个谋杀者，一个叛国者，迫害无辜、巧取豪夺，但在他的孩子身上，你丝毫看不到这些罪恶的影子。他只要谨慎行事，远离那些有损自己健康的事情，这就足够了。

（5）关于身体遗传中正义本质的讨论就告一段落，精神遗传似乎也遵循着同样的原则，但精神遗传涉及的是更加复杂、更加费解的个性和思想的变化，因此它的表现并没有那么引人注目，所引发的结果也并非一成不变。病理学是唯一对其进行研究和观察的领域，我们发现，精神遗传不过是物质遗传在精神层面的表现，这是它必须要遵守的准则。精神遗传只是物质遗传的继续，在发展的初期，它也没有涉及真正的正义，表现也同样盲目。不管我们的祖先出于何种精神原因酗酒或放荡，对于酒鬼和浪荡子的后代来说，他们的身心都会遭受同样的伤害。智力缺陷往往和身体缺陷如影随形，身体遭到伤害，灵魂的伤害也不可避免，这与受害者是否智力低下、癫痫、疯狂，或者具有犯罪倾向，抑或是仅仅受到轻微精神错乱的威胁无关。世间有成百上千种罪行，它们造成的伤害之大，手段之残忍令人叹为观止，但并不会遭到惩罚。只有那些不那么残忍，所造成的伤害没那么巨大的行为，最高正义才能施加最可怕的精神惩罚，这种惩罚往往带有盲目的色彩，或许行为的动机情有可原，或许无关紧要，也或许值得称赞，但它对行为背后的动机往往不屑一顾。

如果你认为，在精神遗传中只存在酗酒和放荡两种形式的话，这种想法未免太过荒谬。实际上，精神遗传存在成千上万种形式，只是大部分不为人知而已。一些精神特征可以轻而易举地传承下来，看起来和物质遗传毫无二致。举例来说，我们总是会在一个民族身上找到一些固定的美德，但谁又能说明，这些美德多少来自遗传，多少是受环境和楷模的影响呢？问题变得错综复杂，事实又自相矛盾，实在不计其数。纷繁复杂的原因当中，想要对其中某个特定的原因追根溯源简直是痴人说梦。我们可以言之凿凿地说，只有在那些清晰显著、明确界定的事物当中，那些意图明显的正义才能不动声色地表明，自己是来自物质遗传还是精神遗传。如果我们在这些事物中都无法加以辨别的话，那么，在其他事物中，它们的表现就更为扑朔迷离。

（6）因此，或许我们并不能就此断定，在所有人当中，包括我们的祖先、同辈或子孙后代，不管是这种生活方式，还是其他的生活方式，意图明显的正义在我们子孙后代的生活中是最难觅其踪的。但在我们不断适应生活准则的过程中，自然而然地就会将自己的道德观念和最为熟知的因果关系联系在一起。不仅如此，我们还以同样的方式，炮制了一种和现实正义相差无几的道德规范。对于一个民族的延续来说，有一些原则是必不可少的，这些道德规范就根据我们的行为与这些原则契合或背离的程度，对我们进行嘉奖或惩处。显而易见，如果我在自己的土地上辛勤耕耘，而我的邻居对他的土地不屑一顾，一味追求奢侈的生活，整日无所事事，那么，当夏天来临时，我理所应当比他有更好的收成。一分耕耘，一分收获，劳作是我们的生存之基，因此，在所有的行为中，把劳作列为最合乎道德的行为，是我们的第一要务。这样的例子层出不穷，如果我尽心竭力地照顾我的孩子，公平地善待身边的每一个人，如果我的一言一行都诚实谨慎，始终勤勉不懈、诚挚聪慧，那么，相比于那些和我的行为背道而驰的人来说，我应该更能获得子女的孝心，赢得别人的尊重和爱戴，更有机会品尝幸福的滋味。无论如何，我们不应该忽略一个事实，假如说，我的邻居实际上是一个克勤克俭之人，出于某些令人钦佩的原因，他无法在适当的时候耕耘自己的土地——比如在照料自己的妻子或朋友时不幸染疾——他收获的希望还是破灭了。加以必要的变通之后，我提到的其他例子也会出现类似的结果，在完成职责的过程中，如果存在值得敬重的崇高缘由，那么情况应另当别论。我们应该发现，在通常情况下，原因和结果总是保持一致，精确的法律也会产生相应的效果，正义的观点总是和我们的决疑论相生相存。

（7）不过，即便这一观点在那些最不盲目轻信、最不神秘莫测的人心中根深蒂固，也不能肯定这一观点有益无损。它将我们的美德和本能相提并论，这种本能依附在一块急坠的岩石之上，想象那块岩石之所以坠落，完全出于自己的特殊利益，任由这种错误和谎言在我们心中蔓延滋生，难道是一种明智的做法吗？或许，在过去的一段时间内，这种本能对人类颇有助益，但经过了这段时间，人们就会发现，他们还是需要面对赤裸裸的事实，但放弃这种本能的时机已经一去不复返了。为什么一定要等到这些表面上尽善尽美的错误或幻想泛滥成灾呢？或者即便它们对人类并没有什么危害，但我们对现实深有感触，我们理解和接受现实的方式本来应该臻于完美，它却阻碍了这种方式的到来。所谓君权神授，所谓教皇无误论，所谓死后升入天堂的信仰，难道不是阻碍我们放弃的幻象吗？这种延迟除了带来一丝无谓的希望、一种和平的假象以及偶尔会引发灭顶之灾的慰藉之外，不会带来任何有益的后果。但是，我们的时间已然流逝，我们不能再蹉跎时日，在苦苦寻求真理的过程中，那些坚持到底的人最终找寻到生存下来的充足理由。尽管有一些幻象一开始就已经支离破碎，我们仍然允许它们萦绕在我们的心头，它们异常活跃，形式也变幻莫测，没有什么比这些幻象更能拖延我们的时间了。

人们之所以公平行事，或许因为他认为上帝在监督他的行为，或许因为他认为宇宙间存在一种普遍的正义原则，或许仅仅因为，他认为这件事是正当的而已，有人会问，这有什么区别呢？这才是最关键的。我们提到三种迥然不同的人，或许，认为上帝在监督他的人会多行不义，因为迄今为止，他所崇拜的那个上帝已经颁布了许多有失公允的法令；第二种人不会和第三种人一样，始终表现如一，只有第三种人才能引发道德家的深思，只有他们才能拯救其余的两种人，实际上，当我们被谎言包围时，出于本能，只有他们能预言我们的行为，比起审视自身的行为而言，这能引起道德家更浓厚的兴趣。

（8）有些人始终不愿意相信，宇宙间存在一位至高无上的法官，或许对他们来说，世间万物皆有正义是一个无法接受的事实，我们对这种正义高谈阔论是毫无意义的。实际上，当它呈现出自己的真面目，一切既成事实时，才真的无法接受。但无论如何，在日常生活中，我们对它的看法并非总是如此。当我们意识到罪恶引发的灾难时，当我们目睹非法获得的财富毁于一旦时，当我们目击纨绔子弟的悲惨下场时，当我们认识到邪恶只能猖狂一时时，用道德行为来抵制物质世界的作用已经是我们不变的原则。不管我们如何质疑这位法官的存在，最终所有人都会或多或少地相信，万物中存在一种正义。尽管这种信仰莫名其妙且模糊不清，尽管我们的理性和沉着的观察都证明，这种正义根本是不存在的，但只要发生一件更能触及我们内心的事情，或者出现两三件稀奇古怪的巧合已经足够了，因为即便我们的看法尚未发生改变，我们的内心也会发生动摇。虽然所有的理性、经历以及微不足道的琐事都提醒我们，我们的祖先之所以相信星星在永恒的地方闪耀，只是为了预言或见证他们在战场上让敌人血流如注的伤口，在参谋长会议上的一言一行以及在女子闺房中成功策划的阴谋诡计。直至今日，我们依然会为了自己的利益，将我们的感情奉若神明，唯一的不同是这些神灵不再只有一个虚名，我们的方式也不再那么诚挚和明确。当希腊人对特洛伊城久攻不下时，他们认为需要神灵的启示和支持，于是他们去拜访菲洛克忒忒斯（Philoctetes），抢夺了赫拉克勒斯（Hercules）临死前留给他的弓箭，将病入膏肓、手无缚鸡之力的他全身赤裸地遗弃在荒岛之上。这就是神秘的正义，它远比人类的正义高尚，这是神灵的旨意。同样的情况也会发生在我们身上，当我们为了私利作恶多端时，我们却一再声称，自己这样做完全是为了造福子孙，为了仁爱和故土。另一方面，当我们面临灭顶之灾时，我们就会抱怨不休，认为世间毫无正义可言，宇宙间也不存在任何神灵，但当我们的死敌面临倒悬之危时，我们瞬间就会感觉，世间处处充满了正义的力量。当我们意外地撞了大运，我们马上就会认为，我们拥有一些自己未曾察觉到的优点，相比于那些意外之财，这一发现更让我们感到惊喜。

（9）我们常说 :“人类要为所有的事情负责。”是的，在我们的内心深处，在人类所拥有的一切事物中，个人的悲伤和幸福要为正义买单。在我们所处的宇宙中，同样存在相似的计算方法，只是负责衡量幸福和悲伤的人有所不同而已。法则不同，所拥有的动机也就不同，不同的计算方法自然也迥然相异，这不再是符合我们内心的正义，而是源于自然的逻辑，和我们的道德毫无关联。我们的内心深处有一种精神，它只对我们的意图做出取舍，我们的周围有一种力量，它只对我们的行为权衡利弊。我们一直试图说服自己，这种精神和力量相辅相成。实际上，虽然精神往往能顾及那种力量，那种力量却全然忽视了精神的存在，就像一位在北欧负责煤炭称重的人，完全忽视了在南非负责宝石称重的同伴一样。我们习惯于将自己对正义 的理解强加到这种无关道德的逻辑上，这也是我们大部分错误的根本原因。

（10）进一步讲，我们有什么权利去抱怨宇宙的冷漠无情，有什么权利认为它不可理喻、荒诞不经？我们自己也积极地参与其中，为什么还会对这种不公平震惊不已呢？不管是好人还是坏人，英雄还是叛国者，无恶不作之人还是仁爱之人，从这些人的疾病、意外和大多数的危险中的确很难看到正义的身影。我们急切盼望在“宇宙正义”的幌子下做一些天理不容的事情，只有人类能如此行事，这些行径远比疾病、飓风和烈火普遍，破坏性也更大。我并非意指战争，似乎我们经常将战争的原因归结为人民或国王的意志而非自然的作用，但是，举例来说，我们通常把贫穷看作一种无可救药的顽疾，它的危害可以同海难和瘟疫相提并论，它通常会造成痛彻心扉的伤痛和无休止的堕落，我们何时将其归因为自然环境的恶劣呢？社会环境是人类不公平的根源，我们又有多少次将其归因为社会状况的不公呢？每当遇到不应承受的灾难时，难道我们需要遥望星空寻找理由吗？难道是一道光芒四射的闪电造成了我们的贫穷吗？难道我们需要寻找那位高深莫测、遁迹潜形的法官吗？这难道不是我们自己的领域吗？这难道不是我们最为熟悉和深入的范围吗？难道不是我们制造了苦难并将其传播开来的吗？从道德的角度来看，相比于烈火和疾病造成的痛苦而言，贫穷造成的变幻莫测的苦难又有什么不同呢？人类不仅有感情，还有杰出的司法系统，不计其数的人却因为我们的私利而牺牲，而我们对这些无辜的人向来视而不见，谁是我们可怜的受害者呢？我们自己尚且如此，当面对葬身大海的人，我们却对大海的冷酷无情震惊不已，难道这是合理的吗？我们将其视为无法控制和致命的力量，一种我们完全无法掌控的作用，但这种解释能够为我们开脱吗？实际上，我们对完美正义有着难以理解的倾慕，我们也是奇怪的法官，司法错误引发的恐慌从世界的一端蔓延到另一端，但是，那些让四分之三的人都深受其苦的错误，那些审判中出现的纯粹的人为错误，都被我们归结为一种神秘莫测、冷酷无情的力量所致。如果一个诚实之人的孩子天生失明、低能或畸形，我们会遍寻世界的每一个角落，甚至会在黑暗中探寻我们早已不再信仰的宗教，质问那些神灵的意图。如果一个孩子出身于赤贫之家——一般来说，这种灾难和那些心腹之疾不相上下，让一个人的命运始终卑微堕落——但我们从未想过要质问和我们如影随形的神灵，因为这位神灵就是我们的欲望。在我们要求正义完美无缺之前，首先需要净化自己的心灵，因为，如果你的心灵出现任何瑕疵，它都会在审判过程中暴露无遗。在我们抱怨自然的冷酷无情或谴责其不公平之前，让我们首先审视一下人类自身的偏颇，当我们自身秉持公平之道时，我们会发现，命运的不公就会减少三分之二。相比于我们竭尽心力去预测风暴，控制冷暖，操控疾病或雪崩的过程，或者设法让大海根据我们的美德或秘密的意志表现出不同的状态，这种做法带来的好处更为可观。因为，陷入贫穷的人数远远超过海难或重大事故中的殉难者，相比于我们体系的反复无常和大自然的变幻莫测而言，物质匮乏所引发的灾难要严重得多。

（11）尽管如此，我们对正义的渴望依旧如故，我们的确生活在一个极度有失公允的世界，但我们直到最近才意识到这一点，我们依旧在救偏补弊。不公正的情况由来已久，神灵的旨意、命运以及自然的神秘法令都和不公正的状况联系密切，它们同时也和宇宙间不公平的力量错综复杂地联系在一起，我们昨天才刚刚开始努力消除其中纯粹的人为因素。如果我们能够成功地将其区分开来，如果我们能够始终将人为因素和无法控制的因素区分开来，我们取得的正义要比人类自始以来获得的正义还要多。实际上，在所有的社会不公平的现象中，人为因素根本无法阻止我们对公平的渴望，正是那些无数人认定的原因浇灭了我们的热情，比如神灵的旨意、宿命以及大自然中无形无影的法则。

（12）最倦怠的那部分越来越难以为继，并非因为正义的奥秘将要消失，一般来说，奥秘从来不会消失，它们只会转移存在的场所。但对我们来说，这种变化所引发的结果往往是至关重要、颇有助益的。一般来说，两三次这样的变化就能代表人类思维的整个过程，或许，正义的奥秘在此处有害于人类，如果将这两三种奥秘转移到彼处，或许就会对人类无害或者有益。甚至有时候，有些奥秘并不需要转移自己的场所，只需改变自己的名称即可。以前被称为“神灵”的事物，如今我们称之为“生活”，如果生活和神灵一样难以理解，至少任何人都没有权利对它的名称议论纷纷或借它的名义作恶，从这个角度而言，我们仍是受益者。人类思想的目标并非要摧毁或逐渐消除正义的奥秘，因为这根本是不可能的。正义的奥秘不可能弥漫于世界的每一个角落，因为世界和正义奥秘都是无限的。但是，人类真正的思想首均要决定，什么才是真正无法消除的奥秘。它们竭力剔除那些不属于它们的东西、那些并非真正属于它们的东西以及那些由于我们的错误、恐惧和虚伪而增加的东西。随着那些虚幻的奥秘逐渐消逝，那些真正的奥秘逐渐扩展自己的范围：生活的奥秘，它的目标和起源，思想的奥秘，一直以来被称为“自然的机遇”或“也许不为人知的事实本质”的奥秘。

（13）那个人为的正义，它的奥秘位于何处？它遍布于世界的各个角落，在某段时间处于众神的控制之下，在另一段时间，众神似乎又沉浸在这个奥秘之中，他们完全沉迷于这些奥秘之中。除了人类自身之外，它在别处比比皆是。它位于天空之中，隐藏于岩石之下，掌控着天空和海洋，聚集在无法接近的领域。我们最终探寻到它那虚幻的居所，逐渐靠近并仔细观察，其御座上的乌云开始变化不定，渐渐散去。恰恰在这时，我们认为它已经不复存在，然后我们看见它再次出现，重新在我们的内心深处泛滥。然而，另一种奥秘在人类中间找到了避难所，将自己呈现在世人面前。我们试图摧毁的那些奥秘，总能在我们中间找到恰到好处的最终居所。在年少轻狂的时候，它们曾放弃这些居所去漫游时空，因为它们存在于我们内心，因此我们必须学会面对和质询它们。实际上，在内心深处，人类应该始终保持正义的本能，因为和神灵和宇宙中的力量应该秉持正义的年代一样，它们依旧奥妙无穷、难以言表。要想对我们的记忆、意志和智力的精髓进行诠释是一件困难的事情，但要将它们解释成一种无形的力量和自然法则，同样不是一件容易的事情。如果为了增强我们的好奇心，我们需要一些未知和不可知的事物，如果为了保持我们的热情，我们需要一些神秘和无限的事物，如果将未知和不可知事物比作一条波涛汹涌的河流，我们不能只研究它的原始河道而放弃所有微不足道的支流，我们既不能放弃任何一条通往无限事物的道路，也不能忽略真正奥秘的细枝末节。无论从神灵那里获得什么启示，我们总能在内心深处寻找到它的痕迹，但奥秘总归是奥秘，我们应该选择确定不移的，而非游移不定的，应该舍远取近，应该选择属于我们自己的和我们内心深处的，而不是周围那些有损无益的奥秘。奥秘总归是奥秘，我们不应再和信使交涉，而应和传达信息的君主直接谈判，有一些软弱无力的奥秘，在我们刚刚质询时就潜声而逃，我们不应再质问这些奥秘，而应转向我们的内心，问题和答案都在那里，或许现在我们将答案抛在脑后，但总有一天它会再次呈现在我们面前。

（14）随后，不止一个令人心神不安的问题就会迎刃而解，一般来说，人类面临的惩罚和奖赏都是公平的。这里并非单指那些内在的精神赏罚，也包括那些完全有形的物质赏罚。从一开始起，人类就理智地认为，正义以一如既往的活力渗透到世界的各个角落。虽然伟大的道德法则已经和生命和物质原则相得益彰，但这并不能完全解释这种信仰，应该还有其他更为重要的原因。在任何情况下，我们都不能把所有的事情都归结为奖赏和惩罚之间简单的因果关系，其中必然蕴含一些道德因素，虽然这些道德因素在事情发展过程中并没有表现出来，虽然我们一手炮制了这些因素，但它是真实存在的，而且影响深远。一直以来，我们否认物质正义的存在，然而，除了完全内在的精神正义之外，还有一种精神正义和物质世界保持着恒定不变的联系。我们认为这种正义就是普遍而无形的原则，当我们错误地认为自然带有某种道德属性时，当我们错误地任凭某种对惩罚的恐惧或对奖赏的渴望支配我们的行为时，它就会出现在我们的灵魂深处。值得注意的是，这并不意味着善无善报，恶无恶报。毋庸置疑，奖赏和惩罚一直都存在，只是它们并不存在于我们想象中的地点，它们来自于一个人类无从触及的地方，指引着我们的生活，对我们的行为做出判断，避免我们自我评判。我们之所以承受着错误引发的最严重的危险，只是因为没有人能对我们的行为施加更深远的影响，没有人能保护我们免遭灾祸，更没有人用合理的手段为我们争取幸福。

（15）我们最终在大自然中找到的这些正义并不来源于自然，而是源于人类自身。我们在无意间将它们放置于自然之中，让它们和大自然融为一体，赋予它们生机和活力，并让它们为我们所用。意外、疾病以及恐吓在没有提前预警的情况下毫无来由地从四面八方袭来，它们对我们的想法不屑一顾，但这些并非是我们生活中的唯一要素。我们的生活中还有其他更为常见的因素，当我们对周围的人或事物产生直接影响时，会把自己的个性倾注其中。当大自然中的力量开始指引我们的思想时，当我们狭隘地想用不正当的手段对这种力量加以利用时，就会招致严厉的报复、惩罚和灾难。在大自然中，并不存在精神反响，因为这种反响只发自我们内心或存在于他人的思想当中。正义存在于我们的内心，而非万物之中，正是道德不断改变着我们对外部世界的行为，如果我们发现两者处于水火不容的状态，那是因为我们正在同自己做斗争，正在同我们思想和内心当中最基本的原则做斗争。无论我们的意图公正与否，自然对我们的态度都不会有所改变，道德却始终决定着我们对自然的态度。在此，我们再一次将社会正义归结为一种百思莫解、亘古不变的重大原则，一种我们参与其中的永恒原则，当我们谈论正义、神灵、自然以及那些反抗、报复和惩罚我们的事物时，实际上，正是人类在借此惩罚自己，反抗是人类的本性，而报复则是人类正义的表现。

（16）在以前的随笔中，我曾提到拿破仑的三次极为不公正的行为，那三种世人皆知的罪行对他的命运也产生了有失公允的影响。第一件就是谋杀昂吉安公爵，在未经审判，也没有任何证据的情况下，拿破仑下达了死刑命令，并在文森斯省的一条战壕中执行了死刑。这次暗杀为他的独裁之路埋下了无尽的仇恨，招致了无数报复。随后他用尽了可憎的阴谋诡计，诱使言听计从、平易近人的波旁王朝的王室成员前往巴约纳（Bayonne），在那里剥夺了他们的世袭王位，一场骇人听闻的战争由此拉开序幕。三十万人在这场战争中丧生，帝国的道德优势和财富也被消耗殆尽，所有的威望、信仰和忠诚也都随风而逝，繁荣昌盛的场景也一去不复返。最后，那场与俄国人之间凶险可怕的战争也是不可饶恕的，在万里冰封的贝尔齐纳河与风雪交加的波兰大草原之间，他遭到彻底的失败。

我表达了自己的看法："这些灭顶之灾有无数缘由，但是，当我们仔细地对这些无法预见的情况追根溯源时，当我们注意到拿破仑性格发生潜移默化的变化时，当我们发现这位天才鲁莽、愚蠢、残暴的行为时，我们就会发现，拿破仑是如何刻意地将灾难带到他那一帆风顺的命运中的，位于灾难源头的正是被曲解的人类正义沉默的阴影，难道我们对亲眼所见的情况也有所质疑吗？人类正义中并不存在任何超自然的力量，也不存在任何神秘莫测的事物，却蕴含着成千上万微不足道的偶发事件，不计其数的谎言和错误，每一个谎言和错误都会招致一定的报复——在悲剧的时刻，聪明睿智、披坚执锐的智慧女神总能在暴虐专横的命运中迸发出惊人的力量，但人类的正义并不是这种突如其来的力量，在所有的事物中，只有一种事物带有神秘的色彩，这也是人类正义永恒的存在。我们意识到，人类的本性是神秘莫测的。与此同时，我们也应该探讨一下这个奥秘，毋庸置疑，这种奥秘的意义最为深远，对人类也最有助益，它是唯一不会抹杀人类向善热情的奥秘。虽然在日常生活中，这种持久警惕的阴影并不会像在拿破仑身上表现得那么明显，虽然正义不会始终活跃，也不是始终不容置疑，但当机会来临时，我们依旧应该明智地对其研精致思。至少它会引发我们的质疑，激起探究的欲望。在通常情况下，我们放任自己轻易地赞成或反对某项主张，这完全是一种徒劳无益、目光短浅的做法，而那种探究和质疑远比这种做法有意义。在所有的此类问题中，我们的目的并不在于证明什么，而是要引起众人的注意，在人类遵从的普遍规律和随后产生的后果中，为尚且无法解释的人类行为赢得勇敢庄严的尊重。”

（17）正义的奥秘必然会在我们的内心深处发挥实际作用，让我们来观察一下，它发挥作用的方式。那些多行不义的人，他们的内心上演了一场千古不朽的戏剧，这是关于人类本质至关重要的戏剧，以人类的伟大和知识水平而言，它变得更加危险和致命。

在这个兵戈扰攘的时刻，拿破仑可能会自言自语，一个伟人的品行不可能像普通人那样单一，相比于那些脆弱呆滞的意愿而言，那些活跃坚定的意志可以拥有更多的权利。他认为，自己理所应当抛弃那些良心上的顾虑，他之所以藐视这些顾虑，并不是因为无知和软弱，而是他比大多数普通人站在更高的起点来看待这一事实。他的目标伟大而崇高，因此，实际上，他的优势和才智将处心积虑的麻木不仁转化成了一场酣畅淋漓的胜利，当一个人拥有恰当的理由，故意犯下错误的时候，这种错误是无足轻重的。而且无论什么时候，这种错误都不会迷惑我们内心最深处的意识。不公正的行为往往让一个人对自己以及命运产生怀疑，通常在一个重要的时刻，他开始仰人鼻息，这一刻会被永远铭记，因为他再也不可能独当一面；他开始困惑，甚至开始自甘堕落，莫名其妙的力量开始支配他的命运，他无法辨别自己的个性和内心的力量，有一些力量是他自身拥有的和从自身衍生出来的，还有一些力量是那些险恶的朋友给予的，这些朋友对他的缺点一清二楚，他已经不能清晰地加以辨别。他不再是一支秋毫无犯、贯彻其思想的军队的将军，他的麾下只有一群帮凶，而他也成了一名僭越者；他已然发誓放弃个人的尊严，他的内心毫无荣誉感可言，只能像一个热情似火却命途多舛的情人那样，对着背信弃义的情妇无奈地苦笑。

他的确拥有坚强的意志，小心谨慎地审视着自己的一言一行为自己带来的赞誉和优势，他下意识地为自己的行为规定了明确的界限，默不作声地抗拒任何僭越这条界限的要求。他的意志越坚定，这条界限就越靠近万物最深处的秘密真理。任何不公正的行为都是一种缺点的暴露，大多数暴露都向敌人表明了你灵魂深处最脆弱的地方。或许，那些有失公允的人会获得一些荣誉，或者能够保持他原来的那点荣耀。不过，他不得不承认，他所拥有的和他想要得到的远比他应该拥有的多，他力图得到的东西也超过了他脚踏实地所能得到的一切，如果他执念于此，他的生活就会充满错误、幻象和谎言。

最终，在经历一系列软弱、背叛、放任和理应受到谴责的行为之后，我们发现，过往的生活只能让我们心灰意冷，然而，我们需要过往的生活带给我们鼓舞和支持。只有了解过往的经历，我们才能真正发掘自己的本质。在我们自我怀疑的时候，只有过往的经历浮现在我们眼前，它对我们说：“过去你能够轻松地驾驭这种事情，如今你也能轻而易举地完成此事。当那个可怕的灾难将你击倒在地时，你依然相信自己，最终你会克服一切困难。时至今日，环境依旧如故，只要你对自己充满信心，你的运气也会一如既往。”但是，如果过往的经历只会对我们低语：“你过去的成功完全是由于谎言和错误，因此，你理所应当再次行骗和蒙蔽他人。”我们应该做何反应呢？任何人都不会心甘情愿地将自己的注意力集中在背信弃义、见异思迁和通敌叛国的行为上，我们不能静下心来冷静地思考过往所发生的一切，也不能心满意足、自信满满地回顾自己的言行。为了更美好的未来，我们必须仔细钻研过往的经历，这会让我们的目光更加坚毅。

（18）不，并非万物固有的正义对拿破仑三次严重有失公允的行为进行惩罚，它也不会用虽然不会令人惊奇，但同样悲痛的方式惩罚我们的错误。它并不是一种宁折不弯、公正廉洁、不可抗拒的正义，“并没有达到苍穹的拱顶”。我们的思想决定着我们的道德，而我们之所以受到惩罚，是因为除了在正义的氛围中，我们的道德根本无法存在和发挥作用。离开了这个环境，我们就放弃了自己与生俱来的本性。我们似乎来到了一个一无所知的星球，我们脚下的大地在不断下沉，所有的事物都让我们惊慌失措，虽然最卑微的灵魂也对公正的环境了如指掌，他们能够轻而易举地预测出每一个公平行为的后果。在自己营造的不公平的氛围中，即便学识最为渊博、最明察秋毫的灵魂也会绝望地迷失方向，对即将产生的结果也没有丝毫预感。即使最卑微的农民，在他的内心深处也不断追求公平，如果一个天赋异禀的人放弃了这种公平，那么，他就会发现，他会对所有的道路感到陌生。不断有陌生人涌现，迫使他不断逾越正义设定的界限，因为正义已经翱翔于天空，和智慧一起为那些突破限制的行为设置新的界限，与此同时，它们还对本能古老的界限进行加固夯实，让其变得更加难以逾越。一旦我们超越了公平的原始界限，我们发现，似乎所有的一切都让我们大失所望。一次错误会引发成千上万种错误，背叛也从四面八方向我们袭来，如果我们心中仍有正义，我们就会勇敢地前行，因为最基本的事情肯定百无一失；但如果我们中间充斥着不公平的行为，即便是最公正合理的行为，我们也要保持谨慎，因为甚至这些行为也并非准确可靠。我们的身体与生俱来就适应我们星球上的氛围，因此，我们的道德体系也只能生存在公平的氛围中。对于我们身体的各种机能来说，这种氛围必不可少，它们对这种环境的熟悉程度甚至超过了对重力定律、光热原理的认识。置身于不公平的环境中，就像是仓促中置身于充满敌意、全然陌生的氛围中。我们用公平的眼光看待那里的一切，但所有的事物都敦促我们适应那里的一切，不过，当我们开始包容各种不公平的现象时，我们需要同自己的内心做斗争。最终，当不可避免的惩罚时刻到来时，当我们在哭泣声中忏悔，匍匐在地时，我们意识到，一切事物、天空、宇宙以及无形的东西都开始反抗，所有合理的事物都团结起来和我们针锋相对。直到现在，我们可以由衷地说，不光它们一直以来都保持着公平，我们自己也一如既往，即便在不公平的环境中，我们依旧竭力保持着公平。

（19）我们断言，自然和我们的道德绝对没有任何关联，如果这种道德要求我们将自己的邻居置于死地，或者让其遭受最严重的伤害和痛苦的话，相比于要求我们取悦或帮助这位邻居，自然给予我们的帮助如出一辙。不管我们给他造成痛苦还是为他带来快乐，自然总是给予我们同样的赞许，这难道不能证明——为了完成通常的表述，词语往往具有多重含义，我们用其中最合乎逻辑、必不可少的基本含义进行表述——自然是毫无道德属性的吗？我们不一定要立即回答，自然的目标是什么，我们一无所知，我们甚至不知道，自然是否拥有目标，提到自然的意识和思想，我们也茫然无知。我们甚至也不知道，自然是否拥有意识和思想。我们唯一关注的就是它的所作所为和它的行为方式，在这一过程中，我们发现，我们的道德和自然的行为方式之间存在着矛盾，我们的意识与自然赋予我们的本能之间也存在矛盾，而这两个矛盾如出一辙。因为经过最终的剖析，这种意识依旧是自然赋予我们的，而不是我们自身形成的，它立足于人类道德的最高点，坚定地抗拒着人类本能的欲望。如果我们只听从意识的支配，那么，我们就应该像自然那般行事，我们就会认为，在出师无名的战争中，在臭名昭著的不公平和残忍的行为中，强者的胜利是理所当然的，贪功冒进和装备精良的部队取得胜利也是合情合理的。我们唯一的目标就是取得胜利，我们无须关注受害者的权利和痛苦，我们也无须顾及他们的无辜、美好以及道德和知识上的优势。既然自然想要我们采用这样的行为方式，那么，为什么它又赋予我们一种公平的意识来抑制我们的欲望呢？难道是我们自己产生的这种意识吗？我们能否从自身衍生出一种自然不具备的东西呢？有一种力量一直在同自然的力量相抗衡，我们能否让这种力量异常壮大呢？如果我们拥有了这种力量，难道自然不会凭借自己的理由，禁止我们拥有这种力量吗？为什么在万物之中，只有在我们的内心深处，存在着两种截然相反的趋势，它们冲突不断，轮流占据着上风呢？如果一方消亡，另一方会存在倒悬之危吗？它是否已经超越了自己的目标，或许，就像没有征服欲望的公平意识会导致我们无所事事一样，不受公平意识约束的征服欲望是否会招致灭顶之灾呢？这两种趋势，哪一种更加自然，更被人类需要，哪一种来势汹汹，哪一种略逊一筹，哪一种是一时之势，哪一种又是永恒存在呢？我们从何而知，哪一种应该抑制，哪一种应该助长呢？我们应该遵循众所周知、绝对权威的法律呢，还是应该顺应我们的内心，服从于一种有悖常理的规则呢？是否存在这样一种环境，允许我们寻找生命中的光辉典范呢？虽然大自然的意图模糊不清，我们对其一无所知，但显而易见，我们应该遵循人类和种族无法抗拒的道德准则，这难道不是我们的责任吗？难道人类应该维持和发展一种完全违背种族和人类的道德吗？

（20）实际上，我们在此遇到的问题，不过是道德在发展过程中本质问题的另一种形式，或许，科学并不能解决这一问题。道德的发展以自然中的正义为基础，每个人的个性和行为造成的结果有好坏之分，虽然道德从未明确表示，它以自然中的正义为基础，但正是这种正义将善恶强加给人类。另一方面，如果那些固有的，不公平的行为有利于物种的繁荣，进化中的道德有必要证明这些行为的合理性，它就会无奈地诉诸大自然的冷漠和不公。我们有两个不为人知的目的，一为人性，二为自然。它们被层层包裹，带有浓厚的神秘色彩，或许时过境迁，它们依旧和我们的思想格格不入。实际上，所有纷繁复杂的问题都可以归结为一个问题，这个问题对时下的道德至关重要，人类似乎并没有意识到依旧悬而未决的问题，而是意识到，道德并不会参与创造历史的过程，但这种时机尚未成熟，或许会造成灾难性的后果。

这种令人不安的意识也许正逐渐入侵我们的私人生活，在一年当中，我们差不多遇到三个这样的问题，它们涉及的范围非常广泛。一是美国惨败于西班牙，（这个问题让人迷惑不解，因为除了目前他们铸成的大错之外，西班牙人过去也是罪行累累，问题变得错综复杂）；二是一个无辜的人为了国家的利益甘愿牺牲自己；最后是邪恶的德兰士瓦战役。实际上，这些现象并非没有先例，人们总是竭尽全力证明他那不公平行为的合理性，当人类的正义无法为其提供任何托词和借口时，他会在众神的意志中找到一条凌驾于人类正义之上的法则。不过如今，我们的借口和托词将我们的道德置于更加危险的境地，因为它建立在自然的法则之上，至少可以说，它以自然的习性为基础。比起神灵的短暂和狭隘来说，这一法则更加不容置疑，也更加具有普世性。

武力和正义，到底谁将取得最终的胜利？武力中是否包含着一种未知的正义，这种正义是否最终会吞没人类的正义？或者说，我们内心那抵制盲目武力的正义冲动，实际上只不过是那种武力发出的迷惑信号，最终它们将殊途同归，这是否是我们唯一的偏差？这个问题我们并没有答案，我们试图解开自己制造的那个谜团，只有从另一个世界的巅峰处一直注视着我们的人，才能够回答这个问题。这个人对宇宙的目的和人类的命运了如指掌，与此同时，如果我们说自然是正确的，我们正义的本能是自然赋予的，因此它在本质上也带有自然的属性；但如果我们说这种本能是错误的，而我们支持这种本能，那么，这种支持一定来源于某种实践，而这种实践的真实性肯定饱受质疑。

（21）这是对的，但同样真实的是，人类总是试图通过简单的三段论来诠释这个世界，这是人类古老而愚蠢的习惯。不过，在未知和不可知的领域内，这种三段论本身就存在着巨大的风险，在目前的形势下，我们所有的疑惑都来自于另一种危险的推论。有时，虽然是窃窃私语，但我们也勇敢地告诉自己，我们在大自然中成长。因此，我们的一言一行都要符合自然的法则，遵循她的先例。大自然之所以对正义漠不关心，是因为它另有所图，它必须维持生命的持续发展和繁荣。迄今为止，我们尚未得出任何结论，至少，这个结论还不敢强行涉及道德领域。虽然到目前为止，只有我们最熟悉的领域才能模糊地感受到它的影响，例如我们的亲戚朋友和我们直接接触的环境。但它也逐渐影响到更为广阔和遥远的领域，我们对那里的人们一无所知，素未谋面，我们甚至不知道他们的姓名。在许多行为的根源处，你完全可以发现它的身影，它已经渗透到我们的政治、经济和商业等各个领域。对于大多数人来说，只有壁炉附近的狭小区域还存在着寥寥无几的仁慈、真正的正义和友爱。

实际上，当我们从这一片狭小的区域走出来时，我们的一言一行无不深受它的影响。它自称是经济法则、社会法则、进化、竞赛和生存竞争，它可以用成千上万个不同的名称加以乔装，但它所犯的错误总是如出一辙。没有比这更荒谬的结论了，且不说我们有足够的理由推翻这种简单的三段论，让它承认大自然中必然存在一定的正义，因为，在大自然中成长的我们是心怀正义的，依照目前的状况，我们只需意识到，至少其中的一个前提是多么的不确定，给我们留下了诸多争辩空间。

从之前的章节我们可以了解到，我们认为，自然在表面上并没有秉持正义。但我们也绝没有办法判断，自然没有秉持正义是否出于自愿。它的确对我们的行为是否合乎道德漠不关心，这并不能推断出，自然本身不具备道德，也不能推断出我们是万物中唯一具备道德属性的。我们可以说，它对我们的出发点是善良还是邪恶不屑一顾，但我们不能因此得出结论说，自然没有道德属性，从不秉持正义。这就等于说，我们已经断言，世间不再有任何未解之谜，我们对宇宙的全部法则、起源和结局都了如指掌。它的行为方式的确和我们存在天壤之别，我再次重申，我们对于它采用如此迥异方式的原因一无所知，或许，它采用这样的行为方式，是出于一些意义深远、颇有助益的理由，在我们详细了解这些理由之前，我们没有权利认为，这种方式对于我们来说是残忍和不公平的。大自然的目的何在？今世如何才能到达来生？意识起源于何方？自然法则和道德定律转化的节点位于何处？生活是混沌无知的吗？我们已经对自然的一切一清二楚了吗？难道只有在我们的大脑系统中，它才会转化成意识吗？最重要的是，从其他的高度来看，什么才是正义呢？难道行为的意图是重中之重吗？难道毫无意图的领域是不存在的吗？我们必须首先回答这些以及其他的一些问题，然后我们才能回答，从大多数人的立场出发，自然正义与否的问题。它设置了一个我们一无所知的目标和空间，或许在那里，存在一种与它的持续时间、范围和目标相一致的正义，就像我们的正义本能和我们生活的范围和时间维度也保持一致一样。它有几百年的时间改正它在几个世纪内犯下的错误，但我们只有短短几天时间，我们有什么权利去效仿我们从未见过，从未理解，从未关注的东西呢？如果我们对过去的一切不屑一顾，我们衡量它的标准又是什么呢？举例来说，如果我们只关注自己创造的几乎无法察觉的细枝末节，而忽略了我们周围举足轻重的事物，那么，我们就全然忽略了生活的各种可能性。我们已然忘记，以我们现在的知识水平，我们还无法断言，死后的生活不是一种或多或少有意识或明白是非的生活，我们也无法得出结论，死后的生活完全独立于外在意志之外。有些人敢于坚持，不管在我们的内心还是其他人的内心，所有的事物都荡然无存，面对我们良好的意图和内心的诉求，他们或许会大吃一惊。虽然一系列的实验并不能对这一现象做出诠释，但至少证明，这一现象具有科学性。或许，我们的一部分个性和神经系统的力量永远不会消失。在人类面前，因果关系的法则已经存在了几个世纪之久，当它们和人类的灵魂有所接触时，总能够伸张正义。如果我们对因果关系的法则敞开大门，那么，未来将是多么广阔的一片天地啊！我们不能忘记，虽然在我们眼中，自然有所不公，但自然至少是合乎逻辑的，我们面临的困难是，如何在行不义之事的同时合乎逻辑。当我们的思想、感情、意图和激情符合逻辑时，它们和正义又有什么区别呢？

（22）我们不要急于得出结论，因为有些见解尚未成熟，我们应该模仿自然的不公平吗？我们应该只是在模仿和促进我们内心深处的不公平。当我们抱怨自然的不公平时，实际上，我们只是在抱怨自然对我们那所剩无几的美德、善意和英雄主义的行为无动于衷。我们之所以愤愤不平，只是出于我们的虚荣心，而非公平意识。我们的品行取决于我们的精神高度和我们有限的命运，我们没有权利放弃它，因为它并不依赖于宇宙浩瀚无穷的命运。

进一步讲，就算我们能够证明，自然在各个方面都是不公平的，但还有一个问题，我们尚未触及：人类必须要遵守的命令是否来自于自然的不公平？我们最好听从内心的声音，而不是被迫遵从一个震天动地的声音，我们没有听到任何一个字，甚至我们都不知道，它有没有说话。理性和本能告诉我们，应该听从自然的建议，它也告诉我们，如果自然的建议同内心深处的另一种本能格格不入时，我们便不必遵从。因为这种本能影响深远，这就是判断正义与否的本能。如果这种本能真的接近于自然的真理，那么我们必须对它的力量心生敬畏。因为它与我们内心深处的其他力量孤军奋战，而且它依然存在于我们的内心。在一切尘埃落定之前，我们不应当拒绝它，我们本应该按照人类的方式，在人类活动的领域秉持正义。在别的领域，我们没有能力深谋远虑，也没有能力明察秋毫。我们不能误入深渊，或许，外来的种族和民族尚能找到一条出路，但深陷其中的人类，一定会走投无路。对于这个种族或民族来说，自然的不公平总会演变成公平和正义，它的时间尚且充裕，它还可以耐心等待，它的不公平实际上是它的庇护所。对于我们来说，这种力量来势太过凶猛，而且我们已经没有时间从长计议。这种力量不仅统治了整个宇宙，而且还驾驭了我们内心的公平意识，我们应该为此感到欣慰。虽然这个民族势不可挡，虽然不管公平与否，群体拥有个体所不曾拥有的权力，有时也会铸下不可避免但颇有助益的大错，但每个人都有责任秉持正义，他必须保持和增强自己的这种意识。在我们对所有重大而显然的不公平探根溯源之前，无权敷衍塞责。如今，我们得知，物种在繁衍和发展的过程中，总是选择那些最强壮、最完美、最合适的，但这并不能解释为什么会发生如此翻天覆地的变化。我们竭尽全力适应生活的需要，为了抗拒它的改造，我们努力变成最强壮、最老练的物种，但迄今为止，它依然拥有征服一切的品质，将自己的道德力量和聪明才智发挥到了极致，这些品质让它成为真正最幸福、最强大、最老练、最适应环境的物种，准确地说，这些品质是最人性化、最正直、最公平的品质。

（23）在布鲁日坐落着一座古老的航海家宅邸，它的横梁和三角墙上镌刻着一句话：“我的内心有更丰富的内容！”这座宅邸游人如织，在其中的一个角落里，布置着一个倾斜不稳、令人心生哀思的码头。这个码头死气沉沉，满目疮痍，貌似只有在画布上才会出现这样的场景。也只有这样的人敢于宣称：“我的内心有更丰富的内容！”每一条道德法则，每一个可知的秘密都逃不过他的眼睛。或许，在我们之前或在我们之后，还有许多其他人，但如果他们始终默默无闻，对我们来说，他们就好像从未存在一样。如果有一天，我们知道了他们的存在，只能是因为他们已经成为我们的一分子，或者已经和我们融为一体。或许，我们可以在后面加上一句话："我的内心有更丰富的内容，我无须畏惧内心深处的任何东西。"

至少有一点是确定无疑的，在我们的内心深处，正义的奥秘可以找到一处活动和支配的区域。在那些缺乏连贯性的区域里，正义的奥秘或许只是幻想，它们难逃被忽略的命运，最后只能无果而终。它们总是让人类充满幻想，有时也能达到一些目的，但它们并不总是有益无害的。虽然我们没有权利要求所有的幻想都破灭，至少在表面上，它们不能同我们普遍的观念背道而驰。我们一直在万物中寻找事实的幻象，这并不是最终的解决方式，也不是唯一合乎情理的办法，但在目前的状况下，这是我们所认为的最值得称道的必要之举。每个人都对正义和真相由衷地热爱，我们必须勇于承认这一点。如果情况的确如此，只有在确定无疑的正义和真相面前，我们才会心生赞誉。我们应该循序渐进地加深对这份热情的认识，这是人类特有的标志。至关重要的是，我们一定要掌握让这份热情持续高涨、不断净化的方式，我们的内心是这份热情真正活跃的唯一场所，我们能感受到，它在我们的内心深处充满了活力。当我们把这种热情同我们的所思所想、一言一行结合起来时，我们瞬间就能发现，哪些行为能让它更加清晰，哪些行为能让它陷入黑暗的深渊。哪些行为能将其引入康庄大道，哪些行为让其误入歧途。我们应该认识到，哪些行为能让这种热情不断高涨，哪些行为让其遭遇挫伤，哪些行为能够保护这种热情，哪种行为对其形成攻击。

难道正义和人类生存和自我保护的本能毫无二致吗？难道这是我们的理性最完美的衍生物吗？或者更精确地说，它形成了一系列情感力量，虽然这种力量和我们的理性直接相悖，却总是正确无误——对于它们自身来说，这种力量就是一种无意识的，涉及范围更加广泛的理性，这种理性能够到达我们的理性无法达到的高度，看到我们无从企及的一切，我们的理性只能大吃一惊，并闻风响应。难道正义依赖于人类的才智吗，或者说依赖于人的个性吗？对正义的热爱是人类灵魂最珍贵的宝石，如果我们想要深入探究这一宝石的光芒和力量，这些问题并不是一无是处。每个人都热爱正义，但热情、激烈和专一程度却要因人而异，每个人的顾虑、情绪以及坚定程度也有所不同。比起那些雄才大略之人来说，那些才智平庸之人关于正义与非正义的观念更加敏锐和明确。因为，在此展示的是我们称为个性的东西，而个性的大部分内容都是鲜为人知、模糊不清的。很难说，真挚可靠的个性究竟需要多少无意识的才智，我们的当务之急是，如何用最快捷的方式启发和增强对正义的渴望。毋庸置疑的是，相比于对正义的渴望而言，我们的个性更多受到才智的直接影响。这种渴望的发展受到很大的限制，我们的才智认可和鼓励良好意图的发展，它们之间的相辅相成有利于这种意图渗透到我们的个性之中，有利于个性的最终形成。对正义的热爱和才智之间会形成一条畅通无阻的通道，而对正义的热爱有一部分取决于我们的个性，因此，这部分热爱将会令我们受益匪浅。随着我们的才智不断获得发展，受到启迪，它就会成功地控制、启发和改造我们的本能和感情。

我们不要再认为，对正义的热爱是人类无法企及、粗鲁野蛮和游移不定的，如架这种热爱的庄严和美丽同人类的才智不相称的话，那么，这种热爱也只能是不合乎逻辑、模糊不清、死气沉沉的。这种热爱源于我们的内心，如果我们诉之于自身，探究它的发展，倾听它的声音，关注它如何得益于我们思想的发展和内心的喜乐，我们就会发现增强和净化这种热爱的最佳方式。

（24）由于受到诸多限制，我们的任务需要耗费大量的时间并且举步维艰，我们如何才能增强和净化对正义的渴望呢？对于我们要实现的理想，我们只有一些模糊的概念，但这一理想依然处于不断的变化之中，虚无缥缈，在宇宙依旧未知的事物面前，在我们没有察觉和没有完全察觉的事物面前，在我们所有肤浅的问题面前，这一理想变得更加模糊不清。它的周围潜伏着最难以置信的危险，那些匪夷所思的困难和那些莫名其妙的漠视都有可能让它沦为牺牲品。在所有的理想当中，我们必须用最谨慎和最焦虑的眼光注视着其中的一个理想，用最热烈和最虔诚的渴望和关心来关注这个理想。或许在此时，对我们来说，毫无瑕疵的正义只是正义微不足道的一部分，然而正是这部分正义能够改变我们的立场和观点。我们只需要同昨天的自己作比较，如果我们能够更进一步，与明天相比，我们今天的所作所为都有违公平和正义。我们只需要一个短暂的过程，一个可以付诸实践的念头，一种对我们来说形式明确的责任，一种突然之间清晰可辨的义务，因为我们内在正义的整个体系都已经被改造，变得软弱无力。我们前进的步伐举步维艰，我们又在不知不觉中营造了悲伤的氛围，制造了许多挫折和阻碍，我们发现，在这样的环境中，我们根本无法开始新的生活。当这些事情在我们周围渐成规模时，我们看起来正确无误，并没有意识到自己的不公平。不仅如此，直到今日，我们依然相信，我们的意图无与伦比；我们告诉自己，如果生活中没有眼泪和痛苦，我们会是最大的功臣。我们从未抱怨过幸福，也没有减少和平友爱的时光。或许，一种不可抗拒的不公在不知不觉中从四面八方袭来，控制了我们四分之三的生活。

（25）今天我有幸拜读到最近出版的《一千零一夜》，这是马尔德吕斯博士的经典译本。其中穿插了许多历史悠久，早已销声匿迹的文明的图片，这让我不禁啧啧称奇。无论是《奥德赛》还是《圣经》，不管是色诺芬还是普鲁塔特，他们的阐述都没有如此清晰。其中一个故事是由苏丹新娘谢赫拉莎德讲述的——这是这本书中最精妙的故事——她讲述了一种人类无法想象的，纯洁而高尚的生活，一种充满美好、友爱和幸福的生活，一种充满生机和智慧的生活，一种发自内心、有滋有味的优雅生活，从某种程度上讲，这是一种接近真理的丰富多彩的生活。在许多方面，这种生活的物质文明和精神文明都已臻于极致。支撑这无与伦比的幸福的支柱就像是散发出耀眼光芒的光柱，这根支柱由无数敏锐精妙的正义观点组成，处处闪耀着智慧的光芒，因此，我们从一开始就望尘莫及。我们的生活少了诸多生机和活力，因此我们根本没有能力去规划和领悟这种幸福。尽管如此，这个幸福的居所，这个朝气蓬勃、庄严雅致、灵活高尚的道德生活的避难所——在这个宫殿内，最高尚纯洁的智慧掌握着人们的喜怒哀乐，但从整体上看，这种生活建立在不公平的基础之上，它被不计其数、根深蒂固、骇人听闻的邪恶层层包围，即便是我们当中最卑鄙无耻之人也会沮丧地从它那闪闪发光、铺满宝石的门槛前退缩。在这座美轮美奂的居所里徘徊的人却从未怀疑，他们甚至好像从未靠近过窗户，即便有一扇窗户出于某种原因被打开，他们悲伤地发现，在狂欢和欢宴之间充满了痛苦，虽然和他们眼前的罪恶相比，那些触目惊心的贫穷根本不值一提，奴隶制的罪恶，甚至妇女的自甘堕落，远比贫穷可怕和厌恶，但他们依然视而不见。因此，无论他们多么自恃清高，甚至当他们向周围的人炫耀他们的善良和正义时，当他们提醒周围人，他们担负着最慷慨动人的职责时，这些妇女也不过是取悦玩弄的工具而已，他们会在烂醉如泥、卖弄虚荣或表示感谢的时候，随意地将这些妇女买卖或赠送给那些野蛮可怕的人。

（26）貌美如花的女奴诺扎坦（Nozhatan）躲在由丝绸和珍珠编织的窗帘后面，对王子沙堪（Sharkan）和王国内的才学之士说道："他们告诉我，当夜幕降临时，哈里发奥马尔在德高望重的阿斯拉姆·阿布扎伊德（Aslam Abou-Zeid）的陪同下出宫，在远离宫殿的地方，他发现了一团火焰，于是他走上前去，认为他的出现或许会有用。他看到一个可怜的妇女在生火烧饭，在她的旁边是两个不幸的小孩，他们正在痛苦的呻吟。奥马尔说：'愿你平安，天气如此寒冷，为什么你深夜独自在此？'妇人回答道：'阁下，我正在烧水，我的孩子正迫不及待地等着喝水，他们因为饥饿和寒冷而奄奄一息，不过，我们今天所承受的痛苦，总有一天阿拉会找哈里发奥马尔算账！'乔装打扮的哈里发深受触动，他对妇人说：'既然奥马尔没有缓解你的痛苦，难道你认为，他会了解你的处境吗？'妇人回答道：'如果奥马尔对他的人民和所有臣服于他的人的痛苦茫然无知，那么，他怎么有资格做哈里发呢？'奥马尔陷入了沉默，他对阿斯拉姆·阿布扎伊德说，我们赶快离开这里吧！他仓皇而逃，跑到厨房的储存室，冲进去拿出了一袋面粉和装满羊油脂的罐子，他对阿布扎伊德说，‘你帮我把这些弄到背上！’但阿布扎伊德拒绝了，他哭喊着说：‘我忠实的长官，请放到我背上吧！’奥马尔平静地对他说：‘难道在复活的那一天，你也要背负我的罪恶吗？’阿布扎伊德不得不将装满了羊油脂的罐子和面粉放在奥马尔的背上，奥马尔快速地负重前行，来到那个可怜的妇女的面前，他拿出了面粉和羊油脂，将它们放入沸腾的大锅中。他亲手为他们准备食物，俯下身去吹气，让火烧得更猛烈一些。但他的胡须太长了，滚滚浓烟熏黑了他的胡须，饭菜准备好之后，奥马尔亲自端给那个妇女和两个可怜的孩子。在他们狼吞虎咽的时候，奥马尔轻轻地吹气，让食物尽快凉下来。他将剩下的面粉和羊油脂留给了他们，回来之后，他对阿布扎伊德说：‘我今天看到的这团火焰，同时也照亮了我的内心。’”

（27）既然如此，我们不妨再深入探讨一下，这里涉及一位睿智的国王，他在五位忧郁的女子中挑选了一位，她说：“陛下，要知道人类最完美的行为就是公正无私的行为！所以他们告诉我们，从前，在以色列有一对兄弟，一个人问另一个人：‘在你的所作所为中，哪一件事是最卑劣的？’他的兄弟回答道：‘我有一天夜晚经过母鸡栖息的树枝时，伸手抓住一只小鸡，并把它掐死，随后，我又把它放回原处。这就是我平生做的最卑劣的事情，你呢，我亲爱的兄弟，你最卑劣的行径是什么？’他的兄弟回答道：‘有一天我向阿拉祈祷，希望能得到他的青睐。因为只有祈求自己的灵魂真正得到提升的祷告才是动听的。’”

她的一个同伴，和她一样被俘虏，地位卑贱，她也对国王说："学着了解你的内心，直到那时，你才可以不必虚伪掩饰，你才能随心所欲，但你必须小心翼翼，不能伤害你的同胞！"

我们今天的道德并不能为最后一条准则锦上添花，也无法制定一个规则，让这条准则更加完美。我们最多只能延伸一下"同胞"的含义，让"正义"这个词的含义在一定程度上更加模糊和富有弹性。任何包含这两个词语的著作都是一部关于恐惧的作品，尽管这些书遣词造句极为精妙，充满了智慧的气息，但这仍是一部关于恐惧和血泪、专制和奴役的作品。说出这两个词的人都是奴隶，一个商人不知道从哪里购买了她们，将她们卖给一个年迈的女巫，这个女巫会教给她们或者说逼迫她们学习哲学、诗歌以及东方的自然科学，以便有朝一日她们能够成为珍贵的礼物进献给国王。当她们学成归来时，她们的美貌和智慧让每一个靠近她们的人都艳羡不已，那个勤勉精明的女巫就将她们进献给那位睿智公平的国王。当这位非常睿智、公平的国王夺走了她们的童贞之后，就会寻找其他的猎物，或许，他会把她们赐予自己的臣属。（我忘了这个故事具体的结局，但在这些美妙的传说中，所有女主角的命运都如出一辙）。这些大臣或许会用她们来交换一瓶香水或一条镶有宝石的腰带，或者把她送到乡下，去安抚一位尾大不掉的臣属或一位势力熏天、令人畏惧的敌人。这些女人对自己的命运了如指掌，她们可以洞察别人的心思，这些人一直都在沉思正义以及人类和民族道德最崇高庄重的问题，但她们从未关注过自己的命运，她们是社会环境不公的受害者，但她们从未质疑过这种不公。那些倾听她们心声，仰慕和理解她们的人也从未质疑过这些不公平。这一切让我们感到惊讶，我们依旧反省我们的正义和美德、仁慈和友爱，难道我们就能确定，在我们现在的社会状态下，我们的后人不会发现同样令人不安的现象？

（28）我们很难想象，理想中的正义是什么样子的，因为，我们的每一个思想都被不公平的生存环境阻断了。当人类早已销声匿迹的行为造成不幸和不公时，谁又能言之凿凿地说，新的法则和关系将会显现。为了同道德进化的原则相契合，不管结果是好是坏，我们应该在何时接受自己的本性产生的结果，或者由本性衍生出来的结果呢？但目前的情况发生了变化，我们毅然决然地宣布，借用斯宾塞的话来说，就目前大多数人的物质条件，行为和结果之间的联系只会以最荒唐、最武断、最邪恶的方式表现出来。当每个人都陷入不公平的瓶颈时，难道我们就不能用同样的胆量和见识想象，或许，我们的想法是公正无私的？在这种不公平的环境中，任何人的得失都身不由己，不止一个人的付出和收获不成正比，他们的收获不是寥寥无几，就是远远大于自己的付出；含着金钥匙出生的人不止一个，出身卑微的人也不在少数。我们竭尽全力想要把自己的思想从这种由来已久的不公平的环境中解放出来，这种有违人性道德的痕迹一直挥之不去，但这种痕迹对原始种族来说必不可少。相比于不公平的痕迹荡然无存的环境，认为我们的思想在当前环境中依旧可以像原来那样奋发、独立和清晰，这是很荒谬的想法；认为这两种思想殊途同归也是徒劳无益的想法。人类能够高于现实的那部分思想必定是忐忑不安、游移不定的，人类的思想可以让很多事情发生翻天覆地的变化，即便是那些看起来一成不变的种族和物种，它们也会取得突飞猛进的发展。即便是不经意间的一瞥，人类的思想也开始考虑变化，即使在那时，它依旧像它要改变的事物那样思考、感受和观察，即便它依然处处受到掣肘，但它仍热切地渴望获得完善和提高。尽管它竭尽全力，而实际上，它的确会使一些事情发生变化，因为人类的思想缺乏预测未来的能力，它们只能塑造新的事物，而不是去诠释、评价、协调、协助和激励现存的事物，让它们为更为人所知。但迄今为止，这一点也尚未得到印证，当它冒险进入一个未知领域时，并未产生任何有益持久的影响。我们所在的社会环境也对其施加了深远的影响，当我们周围充斥着各种不公平的现象时，我们如何才能形成一个令人满意的正义观点，并且平心静气、发自内心地对其加以思考呢？在我们对正义进行研究或理直气壮地谈论之前，它一定会轻而易举地变成一种真正无可指摘的社会力量。在目前的状况下，我们唯一能做的就是求诸毫无意识、神秘莫测，甚至可以说无从感知的努力，我们从人类不公平的海岸就开始注视着它，虽然在浩瀚纯净的苍穹下，一望无际的海洋上漂浮着不容置疑的道德意识，它却从不允许我们亲眼得见。如果在自己控制的领域，人们把一切能够做到的事情做好，那么，他们就有权利更进一步，并对其他领域提出质疑。他们的思想会更加清晰，他们的道德意识也会更加自由。

（29）进一步讲，只要我们想变得更加完善，增加我们的知识时，当我们萌生友爱和仁慈之心时，一种极大的耻辱感就会浇灭我们的热情。虽然我们不断净化自己的意识，使自己的思想变得高贵，虽然我们努力让那些靠近我们的生命变得更加温和、亲切，但我们的一切努力都在门槛处戛然而止，外面的世界丝毫不受我们的影响。虽然我们积极地参与并加深了社会的不公平，但当我们离开家的时候，我们认为自己什么都没有做，而且也无事可做。我们无法摆脱困境，却仍努力让自己变得高尚、守信、仁慈、天真和忠诚，这难道不是一件很滑稽的事情吗？我们的意识在最细致、最微妙的问题之间保持着平衡，甚至拒绝了苦涩念头的任何怀疑，一旦我们抛头露面，遇到陌生的力量，难道我们就丝毫不考虑别的方法，以迅雷不及掩耳之速将仁慈、正义和友爱全部抛在脑后吗？在这种双重生活中，究竟有多少尊严和忠诚？在门槛的一边，他们的生活是如此睿智、崇高、仁慈和富有思想，但在门槛的另一边，他们的生活却如此冷酷无情，如此受本能的支配。如果和匆匆而过的劳工相比，我们能少感受一丝寒冷，我们能得到更好的食物和衣服，在生活必需品之外，我们还能购买到其他一些物品，这就足够了。我们正通过成千上万条偏僻的小路回归到残忍的本性上来，就像一个野蛮之人在他兄弟久卧病榻之际，抢夺了他的财产一样。我们没有享受任何特权，但深入的调查显示，或许，这是权力滥用、未知暴力或处心积虑的阴谋诡计的结果。我们所调动的一切再次和我们一样，悠闲地坐在桌边，在小镇上闲庭信步，在夜幕降临之际，躺在一张别人制造的床上。不仅如此，这种安逸能让我们有什么提高呢？它能够让我们更加仁慈，更加优雅，对别人遭受的不公更加感同身受吗？难道这就是最严重的不公平所培育出的最成熟的果实吗？

（30）我明白，这些顾虑都应该适可而止，对于有些物种的温文尔雅和有条不紊，我们还是必须要服从，但这些顾虑会产生一种徒劳无益的反抗情绪，致使这些物种遭受灭顶之灾；或者这些顾虑会引导我们进行一种茫然无知、神秘莫测却徒劳无功的反抗，这种反抗直接同那些不言而喻、一成不变的生活渴望相背离。生活中总有一些无可避免的法则，我们的用词却愈发谨慎。在此，我们特别要强调睿智正直之人的态度所发生的变化，或许，马可·奥里利乌斯比任何人都诚挚地渴望正义，拥有一个更加多愁善感、高尚敏锐的灵魂。他从未要求外部世界发生的一切为他的美德和观念罩上一层光环，他那神圣的仁慈和虔诚已经为自己、朋友和仆人带来了无尽的光芒。他对不计其数的邪恶了然于胸，它们从四面八方向他袭来，他却安之若素。对他来说，这是一件不可避免的事情，它们像汪洋大海一样神秘庄严，这是众神和宿命统治的一望无际的领域，神圣未知、无法抗拒的法律掌控一切，这一法律虽然不可靠却永恒存在。他不会知难而退，相反，这会让他更加果敢自信，聚精会神，鞭策他继续前进。就像是独自在漫长黑夜中燃烧的火把，虽然局限于一隅之地，却熊熊燃烧，黑暗只能激起它征服的欲望。他心平气和地接受了命运的审判，为大多数人戴上奴役的枷锁，他接受了不可更改的法律，虽然悲伤却充满了坚定的信念。他再次展现了自己的虔诚和美德，退而坚守自己的内心，在一个阴暗静止的空间内，变得愈加公平和仁慈。在那些睿智仁慈的人当中，我们每个世纪都能发现同样激情四射、以自我为中心的隐士。虽然那些不可移易的法律的名称千变万化，实际的内容却一成不变，每个人都用听天由命和心灰意冷的忧郁眼光注视着它。但是，如今我们将何去何从呢？我们已经不再需要邪恶，我们也已经进入众神、命运和未知法律统治的领域，或许它们依然控制着疾病、意外、暴风雨、闪电以及死亡的奥秘，我们对此不得而知。但我们已经知道，贫困、不幸、无望的劳作、奴役以及饥荒完全不在它们的控制范围之内。我们给予了这些事物以生机和活力，我们负责对它们进行维持和分配。我们对这些令人望而生畏的苦难了如指掌，也只有我们可以对其加以利用。我们越来越质疑那些超人类的起源，对于那些贤明和善良的人而言，允许并保护他们退回到自己内心的虔诚严谨、不可逾越的海洋，这些现在已经变成模糊不清的回忆，如今，马可·奥里利乌斯再也不能心如止水地宣称："它们前来寻找一个避难场所、一处村居，寻找山巅和海岸，你已经习惯了对这些外在的避难所保持迫切的希冀。只要你乐意，它们允许你在任何时候退回到自己的内心深处，难道这不是无知笨拙的人才有的行为吗？一个人要想在他的灵魂之外，找到一处更加安静、不被世事烦扰的避难所几乎是不可能的，特别是如果他对一些事情的沉思能够获得内心的平静，直接获得享受和欢愉，在我看来，这就是灵魂的和谐与完美。"

如今，我们关注的不只是灵魂的和谐，或者说我们必须同马可·奥里利乌斯自由的灵魂达成一致。总而言之，人类四分之三的痛苦对我们来说更加真实明确，更加迫切和人性化，我们也不再认为它是恒定不变、难以企及、百思不解的宿命的审判。

（31）圣贤们的利己主义无可厚非，他们从中获得了灵魂完美的和谐，即便我们尚且没有资格要求这种完美的和谐，也并不意味着我们需要放弃他们对于灵魂和谐的渴望。虽然这种和谐并非美德的最终定论，但首先，我们依然需要尽自己所能，公平地对待自己、邻居、朋友和仆人。我们只有绝对公平地对待他们，才能意识到自己对其他事物是多么不公平。我们还不知道，怎样才能对他们做到实际的公平，伟大英勇的放弃无济于事，因为这并非毫无瑕疵的做法，或许，这种放弃还会违反影响深远的自然法则。除了母爱之外，自然的法则杜绝任何形式的放弃。

因此，这种实际的公平仍是人类的奥秘所在，当历史到达真正生死攸关的关头，这些不计其数的奥秘就会陆续展示在世人面前。它对付那些棘手困难的方法也往往出人意料，简单明了。如果这种奥秘再次发出信号，揭开奥秘的时刻就会更近一步，让我们心怀希望，但也不要过于乐观。我们必须谨记，仁慈绝不可能出现在“放弃的世代”，历史也无法作答，或许，所有人到最后都认为自己是放弃的一代。但是，不可否认的是，虽然这种放弃有失公允、徒劳无益，但它们会变得越来越仁慈，也并非不可避免。控制它们的法则也会越来越被人熟知，一个高尚的灵魂无须变得冷酷无情便可以越来越靠近它们。

（32）无论如何我们必须承认，“人类理念”的进步异常缓慢、姗姗来迟，原始人互相了解需要几个世纪的时间。他们互相躲避，或在穴居的洞口处残忍厮杀，面对外部的威胁，他们认识到，应该团结一致共同对付强大的敌人。贤达之士对于“人类的理念”有独到的见解，但这些见解和原始人的看法截然不同。它似乎独立存在、自发而成，建立在一定的事实之上，虽然人类的理性见证它的横空出世，这些事实却丝毫没有人类理性的痕迹。实际上，不计其数的无名小卒决定脚踏实地迈向那未知的目标，对于道德家和社会学家来说，摆在他们面前最棘手、最严重的问题是，这些决定是否会在一个小时之内激发他们的全部努力，或者在千钧一发之际使他们的努力偏离方向。

很久以前，当冰川和岩穴离开地心之后，它就不再属于地质学和古生物学的范畴了，而是隶属于人类的历史，这可以说是最早的科学断言之一。人类安然度过了一个危机，这个危机和即将发生或正在威胁它的那个危机大同小异。唯一的区别就是，过去的危机似乎更带有悲剧色彩，更加难以解决。或者可以说，人类的确对更危险、更具决定意义的时刻，或对逐渐靠近覆灭的时刻一无所知。事实上，我们之所以繁衍至今，似乎是因为那些出乎意料的权宜之计，当从人类的理性和最势不可当的正义和非正义的本能中衍生出来的苦难来临时，当生存的欲望和生存的可能性之间伟大的平衡面临被打破的危险时，它们总能救人类于危难之间。

我指的是暴力、野蛮、掠夺和谋杀的行径，这些在早期的人类群体中，完全是习以为常的行为。这些罪行通过最耸人听闻的描述，成为威胁人类生存最大的危险。因为虽然复仇之魂让人望而却步，但起初呈现在世人面前时，却是追求正义最盛行的形式。冤冤相报，永无休止，目前，这种复仇的精神已经沉迷于自身之中无法自拔，并且有不断蔓延之势。即便复仇的念头没有冲昏所有人的头脑，至少那些以此为傲的早期人类，他们的复仇念头并没有消失。我们对现存的一些野蛮部落的习性有所了解，我们发现，在这些野蛮民族当中，同那些野蛮的部落一样，当他们的武器越来越致命时，曾经有一度，复仇的念头突然在一种名为“血祭”或“谋杀的和解”的习俗而前戛然而止。按照这种习俗，杀人犯可以给予受害者的朋友和亲戚一些补偿，逃避他们的复仇。起初，这种补偿相当随意，随着时间的推移，被严格地分成了不同的等级。

在这些民族整个早期发展史中，冲动和英雄主义情结成为决定性的因素。虽然那种习俗众人皆知，但这条习俗让人感到无比震惊和奇怪，因为精心设计的内容似乎太过折磨，太具商业色彩。我们可以将它归结为酋长们的远见卓识吗？据说，在那些酋长缺乏权威的民族中，经常会出现这条习俗。是否是原始人群中德高望重之人、思想家或圣贤制定了这条习俗呢？大概就是如此，因为这条习俗蕴含着一种思想，比起那些孤傲的先知和野蛮时代的天才的思想而言，这种思想或相对激进，或相对滞后。圣贤、先知、天才，特别是那些涉世未深的天才，在他们所属的那个时代和宗族中，存在着一股势不可挡的英雄主义潮流，而他们倾向于走在这股潮流的最前线。他对这种逃避符合自然规律的神圣复仇行为深恶痛绝，认为这是胆怯狡猾的行为，这是以我们的友谊、忠诚和友爱做交易的可憎行为。另一方面，很难想象，他能够拥有足够崇高的思想，能够让他俯视当时最崇高、最不容置疑的责任，只关注于部落或民族的最高利益。直到今天，即便是我们当中最博学多识的天才，如果他们孤独的内心和理性没有经历痛苦的挣扎和精心锻造的话，他们也不能理解生活中神秘莫测的欲望，也不能证明这些欲望正当合法。

如果人们找到了解决问题的方法，他们的想法就不会如此。与此相反，人类总是在不知不觉中被迫自我防卫，反对那些固有的、个别人的想法，而迎合生活中不可避免的紧急情况。人类极度沉着坚忍，那些与生俱来的理性、进步的渴望、想象、激情、罪恶、美德和感情都加诸其身，但他们会竭尽所能地负重前行。当他们无法再承担这份重负，直面灾难的威胁时，人类就会以迅雷不及掩耳之势，冷酷地将其抛在一边。他们对于手段的运用不屑一顾，往往采取近在手边、最简单实用的方法，他们从来不怀疑，并且一直认为自己的观点是最公正、最杰出的。在所有的观点中，他们只想保留一种观点，而这种观点可能真正超越了所有的英雄主义和慷慨无私的梦想，但这种观点或许位于被人类遗弃的负担之上。

实际上，在人类理性的历史上，最伟大公正的思想往往不会获得最崇高的地位。有时人类的思想有点像喷泉，泉水被封存在喷泉内，一旦有机会从狭窄的通道中喷涌而出，它便骄傲地冲上天空。由于它从哪个狭窄的通道中喷涌而出，奋力冲向天空，因此，它似乎对底下那片静止的、无限蔓延的水池不屑一顾。无论如何，人们总会认为，那个水池是正确无误的，虽然它表面上静止不动，缄默不语，却平静地完成了我们星球上最艰巨、最重要的常规任务。那喷涌而出的泉水不过是偶然事件，未过多久，它就会回到普遍的体系之中。对于我们来说，人类是那个永不犯错的水池，虽然这个观点有时会违反人类固执的理性，即便如此，他们也认为这种观点是正确的。这个观点兼容并蓄、包罗万象，包含着无尽的时空。难道随着时间的流逝，我们不是日益清晰地明白，无论最广阔的观点栖息于何处，最终都会变成最公正、最合理、最明智、最美妙的观点吗？

（33）我们有时会扪心自问，虽然人类的本能时常迟钝冷酷，但人类的命运掌握在精英和圣贤手中，而不是依据人类的本能，对我们来说，这是否合适呢？

如今，这个问题是否还能按照以前的形式进行回答尚且值得商榷。毋庸置疑的是，如果将人类的命运透露给柏拉图、亚里士多德、马可·奥里利乌斯、莎士比亚或孟德斯鸠是极度危险的事情。在法国大革命最艰难的时期，人们的命运掌握在哲学家手中，但没有一个哲学家能够带来社会秩序的稳定。不可否认，在我们这个时代，思想家的习惯已经发生了翻天覆地的变化，他们不再沉迷于纯粹的理论或空想，也不再单纯地依靠自己的直觉，不管是政治领域还是文学领域，不管是哲学领域还是所有的科学领域，都尽量减少自己的想象，同时增加自己的观察。他倾向于关注现存的事物，对其加以研究并竭尽全力探究它的组织，而不是研究那些尚不存在的事物，或者创造出尚不存在，而且永远不会存在的事物。因此，或许他的观点更具权威，他的直接干预也不会带来更多的危险。必须承认的是，相比于之前，他的介入也不会带来更大的希望，不仅如此，由于掌握了更加确切的证据，或许他会变得更加谨慎小心、目的性更加明确。他只关注人类的发展，或许他还能发现，他对人类有着天生的同情心，他正缓慢地扩大自己的影响力。因此，经过最终的分析，我们再次证明，人类是正确的，他们才能决定事态的发展趋势：人类的本能引导着那些观察它的人，因此，跟在那些观察它的人背后，实际上就是在跟随自己无意识、无形状的欲望，而这些欲望需要人类表述出来并加以阐释。

（34）直到此时，人类应该尝试一些新的必要的方法，当危险逐渐迫近时，它能够迅速地发挥作用。不仅如此，众所周知，我们已经准备好了应急之策，而且我们深信，这个权宜之计最终会转化为我们命运的一部分。直到此时，我们被束缚在外部的世俗事务上，仿佛同胞是否得救完全取决于我们的努力，就像古代贤达获得的启示那样，它希望我们能够偶尔退回到自己的内心深处。我们应该发现，如果我们只关注其中的一件事情，即便我们的内心不能在瞬间获得彻底的平静，至少会给我们带来无尽的希望。虽然自然在表面上有失公允，虽然没有人授权我们宣称，在尘世中或其他地方，一种超自然的力量或一种宇宙的智慧，会和我们意识的法则或我们承认的其他法则在赏罚上保持一致。最终，虽然人与人之间——换句话说，在同朋友的交往过程中，我们热切地希望公平能够转化成一种残缺不全的正义，虽然这种正义处于理性的每一个错误、私人利益的每一次攻击以及社会环境中所有邪恶习性的支配之下，但依然可以肯定的是，我们徒劳无益地在天空或宇宙中寻找无形、正直的正义的影像，却潜伏在每个人道德生活的最深处。虽然我们的大多数朋友，甚至我们的意识对它的行动毫无察觉，虽然所有的行为都悄然无声、难以触及，但它的确符合人的本性，的确真实存在。我们在外部世界的所思所想，我们努力奋斗的一切，它似乎都了如指掌。如果它在其中发现一丝真诚，一丝诚挚向善的欲望，它就会将其转变成道德力量，丰富和照亮我们的内心生活，帮助我们在今后的生活中更好地思考和表达，更加努力。它的行为不会增加，亦不会减少我们的财富，它也不会带来对疾病或好运的免疫力，不会延长我们珍视的人的寿命。但如果我们学会反省，学着去爱，换句话说，如果我们的灵魂和头脑都能各司其职，它会让我们的灵魂和头脑都得到满意的答案。或许，你不再拥有什么幻想，这一切仍取之不尽、崇高豪壮。它将赋予生命以尊严和智慧，当我们千金散尽之后，当灾难或好运降临之后，当我们爱的人永远离开我们之后，我们仍能鼓足勇气继续前行。一个好的思想或行为能让我们的灵魂受益匪浅，但如果缺乏大自然公认的审判，这种益处就不能惠及周围的事物。它虽然不会给我们的物质生活带来任何变化，却竭力让我们的内心充满幸福。杜绝了一切外部的出口，它充盈着我们的灵魂，对于我们不断发展的智力、不断扩展的平和与友爱所需要的空间，它已经准备就绪，徒劳无功地抗争着自然法则。它无所不能，控制着人类意识巧妙的平衡，同时也掌控思想发展的每一个阶段和我们的一切行动。一个体力劳动者体面地将他的孩子抚养成人，他过着卑微的生活却体面地完成命运交给他的任务，还有一个人，他坚持不懈地维持着道德英雄主义，这两者之间似乎有着不可逾越的距离，但他们的行为和生活符合统一的标准。他们同样忠诚，可以受到同样的抚慰。虽然，我们的一言一行的确会极大地影响我们的物质幸福，如果深入分析，我们会发现，只有通过精神器官，我们才能充分持久地享受物质幸福，因此，思想十分重要。从我们对生活中的悲伤和喜悦的反应角度来看，至关重要的是我们的个性、心情、道德水准以及我们的一言一行、所思所想在我们内心产生的效果。许多证据可以证明令人钦佩的正义的存在，要想获得精神上的实质幸福，我们的灵魂和头脑必须不断向善，当我们认识到，这种幸福不过是闪耀在我们内心深处善良的思想和感情的外在表现形式时，我们就越发了解这种幸福。我们徒劳地在外部世界寻找智慧以及原因和结果之间的道德联系，在这里，一切都将获得答案。在我们的内心深处，善良和邪恶一直在不断斗争，在道德领域，存在着一种驾驭这种斗争的力量，或许，在物质领域，我们也能发现一种大同小异的正义，而且我们一直渴望辨别这种正义。如果这种渴望不是源于我们内心的正义，那么，它又来源于何处呢？难道因为这种正义在我们内心深处如此活跃，如此强大，以至于我们不愿意相信，它在宇宙间并不存在吗？

（35）我们用大量的篇幅详细阐述了正义，难道它并非人类最大的奥秘，难道它并非要取代掌握人类命运的精神奥秘吗？它已经废黜了不止一位神仙，也不止消除了一种无可名状的力量。它是从我们不计其数的本能和难以理解的生活中喷薄而出的一颗善良的星星，它并非模棱两可的话语，当时间充裕的时候，它会清晰地展现在我们面前，实际控制着地球上的一草一木。关于我们是谁，我们为什么是现在这个样子，我们来自何方，将要去向何处，我们并不会有更深的了解，但至少我们应该服从正义的第一句话，并且带着更加自由的精神和更加平和的内心不断前进，去探寻它的最后一个秘密。

最终，它构成了人类所有的美德，除了正义之外，没有什么能露出欢迎的笑容，而这种笑容能让人类的美德更加高尚和纯净。除了正义之外，没有什么能让人类的美德深入到我们的道德生活之中。因为每一个美德都有不利的一面，充满了阴谋诡计，它们并不能持续专注地注视着正义。在每一个偶像的内心，我们也能发现正义的身影，它位于我们对真理和美好的热爱的中心，它是仁慈和同情，它是宽容、英雄主义和爱，这些都是一个秉持正义之人的行为。如果一个人站得足够高，他就会认识到，正义和非正义并非仅限于他眼前的事物中，也并非仅限于由于机缘巧合，被迫承担义务的狭小圈子里；它们早已超越了时间的限制，超越了他近在眼前的命运，超越了他的责任范围，超越了他钟爱的事物，超越了他追寻和遭遇的事物，超越了赞成和拒绝的一切，超越了他的怀疑和惧怕，超越了他的不道德行为，甚至超越了人类和他同胞的罪行。

奥秘的进化

（1）有人认为，人类命运真正崇高非凡的首要利益都存在于我们周围的奥秘中，这种看法并非异想天开。在所有的奥秘中，或许宿命和死亡是两种最强大可怕的奥秘。实际上，由于科学与生俱来的不确定性，许多人都心智匮乏，虽然形式多种多样，但他们都被迫接受了这种观点。我也相信，对一切形式的奥秘进行研究是灵魂最高尚的奉献形式。在科学、艺术、哲学和文学领域，对于那些不满足于仅仅对微不足道的小事、众所周知的真理、事实和生活现状进行观察和描述的人来说，对奥秘进行研究成为他们的日常活动，也成为他们极为关切的事情。我们发现，这些人之所以取得成功，是因为不管在付出的精力，还是深入观察的程度上，他们对已知事物和未知事物都一视同仁，高尚的思想和想象赋予了他们未知的力量。我们对未知事物的感悟赋予生命以意义和尊严。如果我们一味固执己见，只关注于已知的事物，如果我们轻而易举地就断定，已知事物的重要性远远大于未知事物，那么这种意义和尊严就会消失不见。

（2）每个人理所当然对这个世界都有大体的概念，这一概念包含了他的所有人性和道德。如果我们对其追根溯源的话，就会发现，这一概念与对未知事物的理解大同小异。我们必须谨慎行事，当形形色色的观点将我们层层包围，而选择变得至关重要时，虽然其中一个选择让我们怦然心动，对我们也颇有助益，貌似是最好的抉择，我们却没有权利做出决定。我们的职责是选择那个最真实可靠的，而不是那个看起来真实可靠的，因为我相信，我们会在表面的真理和实际的真理之间犹豫不决。当我们认为其中的一个比另一个更加真实时，我们就会在我们的一言一行中，在我们的所思所想中，在艺术和科学领域，在情感和知识生活中坚持那项真理。或许，我们对它的界定模糊不清，它也不会带来任何可靠的信念。不仅如此，虽然它比以往的假象都深奥和真实，但从本质上讲，它仍然仅仅是一个假象而已。这些都无关紧要，因为我们选择的真理并不一定要无懈可击、确定不疑。虽然我们之前秉持的真理和生活的现状或可靠的经验格格不入，但我们也受益匪浅，积累了大量的经验。在真理切身体验到它强加给前人的命运之前，我们有充分的理由怀着感恩戴德的心情珍视我们的每一个真理。那个导致我们的道德毁于一旦，让我们的思想和个性支离破碎的巨大伤害，并不是我们欺骗自己，秉持一个并不确定的真理，而是我们依然固执于那个我们已经不再深信不疑的真理。

（3）如果我们用前所未有的规模和力量，以空前绝后的壮丽和悲惨来探究未知事物的概念，那么，目前的种种限制也就多此一举了。毋庸置疑，很多人都认为，当面对奥秘时，最优雅、最感人、最严谨的方法就是沉默、祈祷以及毫无畏惧的接受。当我们遇到这股势不可挡的强大力量时——这种神秘莫测、无休无止、充满警惕的力量，众所周知，无论是人力范围内外，还是至高无上的智慧领域，甚至我们自身都渗透着这种力量——难道我们不是认为，这种力量更令人敬畏、更有价值，它的意图在于让我们完全顺从，征服我们的恐惧，而不是悄然无息地进行一场旷日持久的调查吗？我们还有选择的余地吗，我们还有选择的权利吗？我们的态度是否优雅高贵已经无关紧要，目前，我们需要用事实和真诚来面对一切——当我们和奥秘短兵相接时，我们得需要多少事实和真诚啊！过去，一个人双膝跪地、膝盖弯曲的动作看起来非常优雅，因为在过去，一切看起来都是真实的。一直以来，我们没有获得任何新的确定无疑的信念，对我们来说，过去真实的一切甚至也不再真实。我们依旧对未知事物一无所知，虽然我们不知道它们是什么，我们却了解，它们一定不是什么。对于这一点，我们像我们的先辈那样屈服。因为，虽然我们并没有毋庸置疑的证据证明，未知事物既没有警惕心，也没有理性；既不拥有至高无上的智慧，也不拥有绝对的公平，或者，它也不像人类那样，拥有激情、目的和善恶之念，但毋庸置疑的是，未知事物对我们生活中至关重要的事情兴趣索然。同样毋庸置疑的是，如果在未知事物庞大永恒的体系中为人类留有一丝时间或一席之地，不管是人类最擅长还是最生疏的行为，不管是最好还是最坏的行为，就像是模糊不清的地质运动在沧海桑田的历史长河中一样，变得无关紧要。虽然我们并没有无可辩驳的理由证明，不计其数、遁迹潜形的奥秘在我们上空盘旋，按照我们善良和邪恶的意图赐予我们悲喜，按部就班地支配着我们的命运，在无数力量的大力协助下，准备制定一部费解但永恒的法律，这部法律控制着我们的出生、未来、死亡以及死后的一切，毫无疑义。这种无影无形的力量无时无刻不在左右着我们的生活，但它只是一个无关紧要、盲目轻率的因素。虽然它和我们擦身而过，与我们同生共存，进入我们的内心深处，启发和塑造我们的生活，但它像空气、水和光一样，对个体的存在不屑一顾。整个有意识的生活让我们形成了一个信念，这个信念就是我们在时空中的固定点，上面存在着“无可比拟的可能性”，但和奥秘的可能性相比，这种可能性并不是那么“无可比拟”。

（4）当一个崇高的信念抛弃我们时，我们不必感到遗憾。如果我们长期坚守的信念不复存在，如果我们内心的弹簧断裂，如果我们最终罢黜了长期以来占统治地位的思想，这是我们不断前进，获得生机与进步，充分利用我们所拥有的一切的明证。如果时至今日，一直以来占统治地位的思想甚至无以为继，我们应该感到欣慰。虽然无法修补断裂的弹簧，但我们完全没有必要顾影自怜。因为相比于被一个锈迹斑斑的弹簧占据，或者接受一个将信将疑的真理，我们的内心还不如空空如也来的好。不仅如此，实际上，我们的内心并非完全空无一物，虽然确定无疑的真理尚未到来，但在我们的内心深处，一个籍籍无名的真理正在等待着人们的召唤。如果它望穿秋水仍无人召唤，如果断裂的地方依旧一无所见，我们依旧发现，不管是在精神生活中，还是在物质生活中，形势的发展会让一切一应俱全，最终这个心灰意冷的真理会激发自己最深处的力量，让整个闲置的系统正常运转。人们只要拥有这种力量，就不会无所事事、心灰意冷、一无是处。

虽然我们的信仰毅然决然地弃我们而去，但它丝毫带不走我们给予的一切。为了让这个信仰获得充实升华，为了让这个信仰熠熠生辉，我们付出了纯净、虔诚、无私的努力，这些努力并不会因为信仰的离去而付之东流。我们每一次的灵光闪现，为了确定它的名称所付出的勇气和牺牲，都会在精神生活中留下不可磨灭的印记。信仰虽然消失，但思想的框架依然存在，它所控制的领域永远也不会就此封闭。为即将到来的真理提供避难所，保持那些注定要为其服务的力量秩序井然，在内心深处为其提供休憩地是我们义不容辞的责任，所有的准备并非枉费光阴。

（5）几天前，我重新浏览了两三本自己撰写的剧本，我全身心地投入到奥秘的探索中，这些剧本无一不流露出我的焦虑与不安。我因而产生了上述思想。就其本身而言，这种焦虑并非杞人忧天，但也不必寝食俱废。这些剧本的基调是对周围未知事物的恐惧，出于内心深处模糊的诗意（对于诚挚的诗人来说，艺术生活中的本能和真实生活中的想法必须泾渭分明），我一直相信，一种拥有巨大、无形和致命力量的生物正在留意我们的一言一行，它对我们的笑容、生活、秩序以及我们所珍爱的一切都深恶痛绝。虽然不能预知这种力量的意图，但根据剧本的精神，一般将其设定为一种险恶的力量。实际上，或许这是一种公正无私的力量，只是它已经愤怒无比，以一种扭曲隐秘、生僻懒散的方式主持着正义，因此它的处罚——它从来不奖赏——披着命运神秘莫测、武断任意的外衣。简而言之，在上帝或基督的思想中，或多或少地混合着古老的宿命论，它们隐藏在大自然无法穿透的薄雾中，在那里，它们密切注视着人类的思想、感情、幸福和设想，并对其提出质疑，为其暗自神伤。

（6）未知事物通常会以死亡的形式表现出来，死亡来势汹汹、无穷无尽，永远暗藏杀机，它出现在每首诗的字里行间。只有毁灭之谜才能回答生存的难题，这是一种冷酷无情、难以避免的死亡，盲目地探索着唯一一条神秘的道路。它首先将双手伸向那些年轻幸福的人，因为他们比其他人更活跃，一切在黑夜中突如其来的行动都会引起死亡的注意。围绕在死亡周围的，永远只是一些可怜兮兮、瑟瑟发抖的小动物，它们在悬崖边上战栗不已并低声哭泣，只有当它们的声音和眼泪落到深渊之中，并偶尔产生不可思议的共鸣时，它们的声音和眼泪才具有价值，因为人们会认为，如果眼泪和声音落入深渊后会产生如此低沉混沌的声音，那么这个悬崖一定深不见底。

（7）不管这样的生活理念如何富有理性，它总是不合理的。在此，若非我们发现这种理念或与这种理念相近的思想，在微不足道的灾难到来之际，虽然不动声色，却会在方方面面认真地控制着绝大多数人的思想，我绝不会在此提及这种理念。显而易见的是，虽然我们学习和掌握了诸多知识，虽然我们获得了一些确定无疑的观念，但这绝不意味着我们和那些可怜兮兮、孱弱不堪、一无是处、献身神灵的生物，与那些巨大无情力量的玩物有什么不同。我们在浩瀚的太空中如同昙花一现，担负着繁衍生息的使命，但在宇宙的宏图中，物种的繁衍并没有任何具体的规定，即便对于最果敢坚强的人来说，宇宙的范围和寿命也让他们困惑不已。这是一个意义重大却枯燥乏味的真理，诗人在人生旅途中或许会向这个真理致敬，诗人们在作品中塑造了一个担负诸多重负的人，这也是一条他无法长期遵循的一条真理。在此类真理中，许多都仰之弥高，值得我们敬重，但我们在这些领域中昏昏欲睡绝非明智之举。我们可以信誓旦旦地说，没有人能发现潜藏在身边的真理，那些罪大恶极的人，他们甚至从未接受一条重大崇高的真理的指导和建议。最为确定无疑、至关重要的真理是，我们所有的生活都不值一提，我们所有的努力不过是一个笑柄，在宇宙的长河中，我们的星球不过是一朵微不足道的浪花。同样重要的是，我们的星球和生活不可小觑，不仅如此，在宇宙发展的长河中，它们是唯一重要的现象。在所有的真理中，哪一条更为真实呢？第一条真理是否和第二条真理水火不容？如果没有第二条真理，我们是否有勇气系统地阐述第一条真理？第一种真理要求我们具有想象力，在它自己的领域内，或许对自身大有裨益；而第二种和我们现实生活密切相关，坦白地说，它们各有所用。但毋庸置疑的是，相比于从宇宙角度出发最真实的真理，那个从人类角度出发最真实的真理对我们更有吸引力。我们对宇宙的意图一无所知，我们又如何得知，它是否关注我们的切身利益？或许，那些对我们的生活和自身徒劳无益的行动并非和我们直接相关，因此，我们完全有理由暂时搁置。而第二条真理明确阐述了生活的重要性，或许这种真理受到诸多限制，但它和我们自身存在着真实可靠、无可争辩的直接联系。让这种真理从属于一种迥然相异的真理，为之牺牲奉献显然是本末倒置。我们绝不能摒弃第一种真理，因为它能够巩固和启发第二条真理，从而使它的运行更为明智和有益。对于第二条真理之外的一切事物，第一条真理引导我们从中受益，无数悬而未决的问题中隐藏着一些重要的真理，但如果我们因此心灰意冷或行动迟缓，那表明我们尚未充分意识到，在真理所掌控的所有范围内，这一真理所占据的空间多么浩瀚无穷，多么岌岌可危。当第二条真理所面临的难题在日常生活中逐一解决时，第一条真理仍处于危险狂热的阶段，在能够自由出入我们的心灵和头脑之前，这是所有真理的必经阶段。这是一个充满戒备、野蛮粗鲁的阶段，致使另一条真理的范围无法与之共存。我们必须等到这种狂热的情绪逐渐冷却，如果我们在内心深处所准备的空间足够宽广崇高，未过几时，我们就会发现，那些势若水火的真理会发现它们之间存在着一条神秘莫测的纽带，并悄无声息地互通有无。这有利于维持和帮助那些当其他真理吵闹不休时，悄然发挥作用的真理以及那些竭尽所能、带来无限希望的真理。

（8）一种神秘莫测的未知力量介入到生活中真正重要的事件中，除了在最清晰、最平静、思虑最为周到的时刻，我们的思想、感情和本能都处于困惑不解的状态，这是如今最稀奇古怪的特征。我们发现，受这些困惑的影响，我们的感情不再同那些清晰活跃、众所周知的想法——例如相信上帝的确存在，认为上帝和人类同形同性、同样幸运、富有理性，同样时刻保持警惕——保持一致。到目前为止，我们发现，感情不过是那些涉及宿命、天意和万物正义的思想的一部分，思想很快也会转化成有关物种法则、进化论、选择标准以及人类意志的感情。最终我们会发现，思想仅仅是思想而已。对我们来说，它们过于随性和分散，我们无法预知，它们在什么时候能够转化成感情，从而对我们的行为、我们的生活以及我们的喜怒哀乐产生实质影响。

（9）如果这种困惑在实际生活中表现得不那么明显，那仅仅是因为，现实生活通常隐藏自己，或者不满足于仅仅用影像或准则来阐述自己的经历。在那些自愿承担任务的人身上，这种心境表现得异常明显。这是对真实生活的描述、诠释和说明，揭示了好运或厄运背后的深层原因。我所涉及的是所有的诗人，尤其是那些专注于外部积极生活、声名显著的诗人，我赋予这两类人充分的重要性，并不在于他们是否能够创作出小说、戏剧、悲剧或者历史研究。

不可否认的是，如果一种主流思想和其他的思想格格不入，它必须赋予诗人或“生活的记录者”以强大的力量。这种思想越神秘莫测，越难以界定和控制，这种力量在诗歌就越突出。只要诗人对其思想的价值深信不疑，这种力量的展现就完全合情合理。一些才华横溢的诗人从未迟疑彷徨，从未迟疑不决。因此我们发现，英雄式的职责在高乃依（Corneille）的悲剧中占据举足轻重的地位，绝对信仰在卡尔德隆（Calderon）的戏剧中占有很大的比重，命运的专制在索福克里斯（Sophocles）的作品中尤为突出。

（10）在这三种思想当中，英雄式的职责最富有人性，同时也最通俗易懂，虽然同高乃依的时代相比，这种职责受到更多的限制，或许如今看起来合乎情理或带有英雄主义情节的职责都颇受质疑。实际上，英雄式的职责越来越难觅其踪，在这种情况下，诗人的做法或许是合理的。

然而，他的确发现——事到如今，这不过是狂热信徒心中模糊不清的记忆——力量和灵感吗？在这种力量和灵感的启发下，高乃依在他的剧本中将基督徒们的上帝设定为令人敬畏、无所不能的男主角，虽然来去无踪，却时刻活跃，并处于统治地位。一个理性的人平静地注视着自己的生活，他是否仍然相信命运的残酷，是否对那种神秘莫测、不可避免、行动迟缓、坚定不移的破坏力量深信不疑？这种力量迫使一个人或一个家庭遭受灾难或死亡。虽然，我们的生活的确受到诸多未知力量的支配，但至少我们知道，这些力量看起来是盲目的，无关紧要和无意识的，它们最有力的攻击或多或少都会被我们当中最聪慧的人化解。我们是否依然相信，宇宙支配着如此闲散、如此拙劣的力量，这些力量的唯一意图就是让人们痛心疾首，心灰意冷，打乱人们的设想和计划。

内在的正义是另一种至高无上、变幻莫测的力量，并且这种力量已经在发挥作用；但只有那些籍籍无名的作家全面接受了这一说法。对于他们来说，现实和可能根本无足轻重。人们认为，邪恶之人必然会在大庭广众之下得到惩戒，行善之人也一定会在众目睽睽之下得到奖赏。显而易见的是，这和日常生活中最基本的经验南辕北辙，和我们的愿望大相径庭，因为真正的诗人从来不会将其作为剧本的基调。如果人们将来生作为赏罚的标准，我们不过是穿过了一道门，进入了神圣正义的领域。因为实际上，如果内在的正义无法成为绝无谬误、亘古不变的必然之势，那它只能沦为稀奇古怪、反复无常的命运。从那一刻起，它将不再是正义，甚至连命运都算不上，它只能被称为一种际遇，或者它早已不再存在。

毋庸置疑，内在的正义的确真实存在，世间存在着一种力量，致使那些邪恶堕落、冷酷无情、不忠不义之人远没有那些坦诚善良、温润公平、富有人情味的人幸福。我所说的内在正义就是这种力量。在此，我们能够看到内在正义的运作方式，这是一股富有人性、浑然天成、通俗易懂的力量，那些撰写心理分析剧的人必须要研究它内在的因果联系，当研究历史和传说时，我们也不再需要那些浩瀚神秘的背景为我们提供庄严肃穆的视角。不过，如果我们仅仅为了重现这个神秘的背景，故意对支配我们生活的神秘力量做出错误的诠释，难道这是正确的做法吗？

（11）当我们在研究这些变幻莫测的主流思想时，我们应该留意一下宿命过去以及未来所采取的形式，因为甚至直到今日，宿命都为我们未知的一切提供了最权威的解释，“生活的记录者”也不断求诸宿命论。

诗人们竭尽全力去改造它，让它看上去引人入胜、朝气蓬勃，他们在自己的作品中虚构了一百条蜿蜒曲折的新河道，人们在建造房屋时，逐渐避开了一些流经荒无人烟的区域的大河，而在诗人的作品中，这些河流通过虚构的新河道相贯通。所有这些都成功地让我们产生一种幻觉，他们赋予了生命一种庄严明确的意义。始终令人敬畏、毫无过失的命运拥有一种随性的力量，所有人都本能地认为，这种力量对人类的行为至关重要。宿命看起来是一种巨大的悲剧力量，一旦这种力量出现在剧本中，它就会释放四分之三所需要的力量。可以肯定地说，迄今为止我们所知的一切诗人，不管在科学领域，在我们周围的一切未知事物中，或者在他们的内心，都没能找到一种众所周知。同样势不可挡，预先注定的力量，这种力量能够替代古老的宿命，让他们准确无误地撰写出一部杰出的著作。实际上，我们都在竭尽全力破解那个巨大的谜团，他们与此同时也在做同样的努力，以便这个设想不会很快实现。

（12）清澈的泉水从此处汩汩而出，诗人们用此净化那些悲剧中最残酷无情的行为。人们总是本能地崇拜宿命，倾向于关注一切庄严美妙、无可置疑的事物。诗人渴望自由，但情势的发展让他宁愿告诉自己，他并没有获得自由。相比于一味努力避免灾难的上帝而言，人们更容易接受那个冷漠恶毒的女神，虽然如此，让我们感到欣慰的是，一切都在宿命的股掌之中。不管这种浮华的虚荣心会让我们的尊严和信仰有多少得失，我们的尊严总会心满意足地凝视着一种无穷的力量，这种力量一直注视着我们的计划，即便是最简单的行动，它也能赋予我们永恒神秘的意义。简而言之，宿命为我们的一切行为提供了解释和托词，对于一切难以解释，更难以寻找托词，无法理解的无形事物提供了足够的距离。

（13）因此，许多人竭尽全力肢解欧里庇得斯（Euripides）、索福克里斯和埃斯库勒斯（Aeschylus）作品中支配一切的冷酷无情的女神。她零落的四肢为诸多诗人提供了塑造新女神的灵感，和原来的女神相比，这位女神更富人性，更平易近人，不再那么武断任性。举例来说，苦难的宿命也是如此，对于一个有自知之明的灵魂来说，苦难的确是致命的，神秘的事物会赋予罪恶以崇高的意义，使其超出人类意志的范围之外，以便使其得到赦免。对此，我们需要上帝的调停或一些同样势不可挡、无穷无尽力量的介入。因此，瓦格纳（Wagner）在《崔斯特瑞姆和伊索尔特》（Tristram and Iseult）中使用了爱情魔酒，就像莎士比亚在《麦克白》中引入了魔法一样，拉辛（Racine）在《伊菲革涅亚》（Iphigenia）中强调了卡尔克斯的神谕，在《菲德拉》中重申了维纳斯的憎恨。我们一直在做圆周运动，我们发现，自己不止一次重燃之前最热烈的渴望。这种权宜之计在古老的 戏剧和传奇杂剧中或多或少被认为是合法的，这些戏剧为多姿多彩的诗意幻想留下了足够的空间，但在那些自诩纪实的戏剧中，我们则需要其他力量的介入。对于我们来说，这种力量必须真正势不可挡，倘若麦克白的滔天罪行和阿伽门农的罪行毫无二致，或许菲德拉那不可磨灭的爱恋能成为他们神秘的托词，并且赋予他们一种本身并不具备的庄重悲壮的尊严。如果麦克白没有遭到预言的诅咒，没有邪恶势力的介入，如果在成千上万叛乱人群的缝隙中，神秘的正义并没有伴随着英勇的斗争表现出来，那么，麦克白也仅仅只是一个丧心病狂、卑鄙无耻的谋杀者。如果没有卡尔克斯的神谕，阿伽门农的行为完全令人憎恶，如果没有维纳斯的怨恨，菲德拉只不过是一个精神错乱的人。如果她所遭受的灾难想要引起我们的注意，难道她的"道德品质"和抵抗邪恶的能力不是太不堪一击了吗？

（14）实际上，这种超自然的干涉在今天既不能让旁观者心满意足，也不能让读者拍案称绝。虽然著者对此心知肚明，尽管他也做出了诸多努力，但在他的内心深处，始终无法正视这一问题。他对于宇宙的概念和众人迥然相异，在他的内心和周围存在着无数与其抗争的力量，他已经无法从这些力量中察觉出一种顽固猛烈、精确果断的意志的作用。他明白，他在日常生活中遇到的罪犯，他们或许只是因为不幸、教育、遗传或一时的激愤而铸成大错，他对此深有体会，也承认，他们的压抑或许会让问题更加严重。实际上，他并不总能找到这些不幸和愤怒的根源，他也未必能够清楚地解释教育和遗传不公平的原因。即便如此，他也不愿意将任何罪行归因于上帝的愤怒，邪恶势力的介入或命运之书中一成不变的法令。既然他在现实生活中已经否定了这种解释，我们为什么又要强迫他在诗歌中接受这种诠释呢？难道诗人的职责不就是为他的读者提供一个更崇高、更清晰、更广泛和更人性化的诠释吗？实际上，上帝的愤怒、邪恶势力的介入以及那些激愤的语言，如今在他看来不过是一些无法使自己满足的符号而已。诗人们必须意识到，只有当这些符号可以取代众所周知的真理，或者能够代替那些我们无法或不能接受的真理时，这些符号才有意义。如果这些符号本身就是我们孜孜以求的真理，那么这些符号便是不合时宜的。此外，当这些符号在一首栩栩如生的诗歌中出现时，它们至少应该和它们所代表的真理一样伟大和美妙。不仅如此，它们应该引领这些真理，而不是在真理后面亦步亦趋。

（15）因此我们得知，在现代作品中诠释罪大恶极的罪行，或冷酷无情、强烈悲惨的情感，尤其是这部作品注定要在舞台上进行表演是多么困难的事情。诗人们总是徒劳无益地为这些罪行或愤怒寻找莫名其妙的理由，不过，尽管如此，对这种变幻莫测的理由的渴望深深植根于我们的内心。实际上，人们并没有表面看上去那么邪恶，这一点让我们深感欣慰。当我们想到，这种罪行或愤怒至少证明了，那些命中注定的干涉并不像想象中那么受人排斥，我们就心满意足了。

但是，只有当人们对违反人性的罪恶感到内疚时，当他们无法预知不幸的灾难时，当他们完全意识到那些微不足道、百思莫解的反常事物时，我们才寻找此类理由。我们勉强承认，一个重大的罪行或严重的灾难完全出于人为因素，尽管如此，我们还是固执地对那些莫名其妙的现象做出一些解释。如果诗人只是敷衍地告诉我们："这个强壮聪慧、神志清醒的人铸成大错，一连串的不幸将降临到这位英雄身上，这个善良的人将会一无所有，伤心欲绝。看，这种邪恶将会产生无法挽回的损失，在这些事件中，人为因素显而易见，除非宇宙对人类的行为无动于衷，否则我无法提供其他解释。”我们是绝不会满意的。如果他能够成功地让我们感受到宇宙的无动于衷，或者他能够用行动展示出来，我们的不满就会随之烟消云散。但宇宙的无动于衷就决定了它不会进行干涉或行动，因此这或多或少都无法实现。

（16）奥赛罗那根深蒂固的嫉妒心理，或者罗密欧与朱丽叶的不幸都不是命中注定的，当我们提及这些时，我们发现，我们并不需要解释或净化宿命的影响。在福特的另一本杰作《她是个妓女》（Tis Pity She's a Whore）中，剧本围绕着乔瓦尼（Giovanni）和他的妹妹安娜贝拉（Annabella）之间的禁忌之恋展开，我们既没有被迫在战栗中落荒而逃，也没有被迫前往悬崖峭壁上的栖息地为其寻找变幻莫测的托词。不过，当第一波沉痛的打击结束后，我们发现一切都没有必要。因为如果你站得足够高，你就会发现，虽然兄妹之恋违背道德，但其并没有违背人的本性。至少，这对年轻的怨偶尚有缓解痛苦的措施，他们只是被一时的激情蒙蔽了双眼。奥赛罗兽性大发，掐死了自己的妻子苔丝狄蒙娜，由于受到艾古（Iago）阴谋诡计的蛊惑而疯癫；即便如此，我们依然可以为之辩护，奥赛罗的憎恨并非毫无缘由。至于维罗纳（Verona）那对不幸的情侣，他们的灾难完全可以归咎为受害人的经验不足以及敌人过于强大的现实。虽然我们对屈服于超自然力量的人们表示同情，但他们的衰败完全在我们的意料之中，我们无须去别处寻找理由，也不需要质问命运，除非他沦为人们无法企及的不公平的牺牲品，否则，我们就会心满意足地告诉自己，所发生的一切终将发生。我们绞尽脑汁设计了一切预防措施，只有当灾难依旧来临时，我们才会意识到其他解释的必要性。

（17）因此，我们发现，对于一个天赋异禀、神志清醒的人来说，要我们理所当然地允许或设想他出于人为因素铸成大错，这是非常困难的事情，我们也无法想象，莫名其妙的无妄之灾会突然降临到他头上。因此，在舞台上（这个词仅仅是一个缩略词，它更为准确的表达是“我们冒着风险出现在这个舞台上，但对于演员和事情的发展一无所知”）诗人们只能展示那些神志不清的人所犯下的错误、罪行和不公正的行为。灾难也只能落到那些无法控制自己欲望的无用之人身上——或许，他们是无辜的，却轻率鲁莽、不辨是非。在这种情况下，人类心理学之外的任何介入似乎都是多此一举。但是，如果戏剧秉持这样的观念，就会和我们的真实生活南辕北辙，因为在日常生活中，神志清醒的人铸成大错，最明智善良、正直谨慎的人遭受莫名其妙的无妄之灾的现象比比皆是。当戏剧中出现神志不清的人时，他们的压抑和痛苦引发了我们的兴趣和同情，但真正的戏剧却能发现事物的本质，掌握重要的真理——简而言之，我们的戏剧始终处于真实生活之上，而在真正的戏剧中，精明能干、神志清醒的人也会犯错，聪慧正直的人会和灭顶之灾做斗争，会和一切毁灭智慧和美德的力量对抗。值得一提的是，不管观众多么愚昧虚伪，在现实生活中，他也努力同那些善良、正直、强壮的人为伍。当他深思弱者的不幸，甚至当他亲眼看见时，他会义无反顾地站在受害者的立场上。

（18）在此，我们将人类的意志发挥到了极致，我们目睹了最博学正直的人能够对他未来的喜怒哀乐所施加的最大影响。实际上，伟大的戏剧或具有崇高目标的诗歌并不存在，只是其中的主角不由自主地走到命运规定的边界。为什么如此明智善良的人会犯下这样的罪行或错误呢？一个女人对自己的所作所为一清二楚，她为什么还要冒险做出注定要招致懊悔的事情呢？是谁为这个无辜的家庭招致了灭顶之灾？为什么所有的灾难都降临到一个人身上，将其置于死地，而那些不如他活跃和坚强、聪明灵巧的邻居们却总能重建自己的生活？为什么一些人总能收获柔情、美好和爱，而另一些人却要遭受憎恨、恶意和背叛？为什么此处欢声笑语，应该得到同样待遇的那边却灾难不断？为什么这间房屋遭受暴风骤雨的袭击，而那间房屋却永远处于永恒平静的星光之下？为什么这边的人天资聪颖，健康富足，而另一边的人却孱弱不堪、愚钝贫穷？如此骇人的不幸，它的根源何在？产生幸福的根源又何在？为什么昨日我在静谧的小路上遇到的青年朝气蓬勃，他的朋友虽然也同样有条不紊、平静懵懂，却不得不走向死亡的深渊？

（19）生活经常会为我们设置这样的难题，我们却从未诉诸超自然的、人力范围之外的，命中注定、变幻莫测的力量。只有那些狂热的信徒依然渴望上帝的干涉，如果一个人进入过一间遭受狂风暴雨的房子，也进入过一间风和日丽的房间，他们就会对背后的人为因素有深入的了解。那些正直博学的人，对自己的过错和罪行深感愧疚，他们对诱发自己行为的原因也一清二楚，而在我们看来，这些因素并不出于任何超自然的力量。当我们靠近那个为自己招致灾难的妇女时，我们很快就会发现，这种行为应该能够避免，但站在她的立场上，我们应该有所节制。那个一无所有的人，他的朋友和邻居永远都能重新开始新的生活，当他们站在橡树前时会发现，有些橡子落到了岩石中，有些却落到了肥沃的土壤中。虽然在人类发展的历史中，疾病、死亡和贫穷始终是三个不公平的因素，我们并不会因此对过去的时光感到畏惧，时至今日，我们依旧用冷漠、无动于衷的眼光看待它们。我们认识到，虽然我们曾经认为，它们会符合那些理想的法则，但实际上，它们与之格格不入。只是当我们低声自言自语“涤罪、审判、奖赏、惩罚”时，它们通常会证明，我们本来打算授予的这些过于崇高、过于正义的头衔都一无是处。

（20）实际上，我们从心底默许，甚至渴望超自然力量的介入，虽然如此，即便那些对神秘主义深信不疑的人也认为，从本质上讲，我们在精神领域遭受的灾难源于自身的思想和性格。同样，我们身体所遭受的灾难，部分是由于未知力量的影响，部分则是由于模糊的因果联系。随着我们对大自然奥秘的不断深入，我们希望清楚地了解这些问题，这也无可厚非。在此，我们的全部生活依赖于一个坚定的信念，只有当我们审视自己的不幸时，这个信念才会动摇，因为那时，我们会不加分析地规避自己所犯下的错误。人们还抱有一丝幻想，因此他们不愿承认，造成他们不幸的原因就如同在沙滩上逐渐消失，或在悬崖峭壁上飞驰而下的波浪那么明显，或者像在阳光下若隐若现的昆虫翅膀，直到在此经过的鸟儿发现它的踪迹。

（21）假如我有一个邻居，我们的私交甚好，我尊重他的日常习惯和一切无意冒犯人的行为，假如灾难接二连三地发生在他身上，他的妻子死于火车事故，他的一个儿子死于海难，另一个死于火灾，第三个儿子和幼子都死于瘟疫，我理应感到震惊和悲伤。但我依然不会将这一连串的灾难归因于上天的报应或无形的审判，也不会归结为一个奇怪、不幸的预言，或者积极持久、在所难免的宿命。对于生活中成千上万不幸的灾难，我都秉持这样的想法，但灾难接踵而至依然让我感到畏惧。在我看来，并不是什么超自然的力量致使火车冲下悬崖，海船触礁，大火熊熊而起。我始终无法相信，这个可怜的人犯下了一些过错，仅仅为了惩罚他，让他感到绝望，就要施以如此残酷的处罚。人类犯下的滔天罪行在宇宙面前简直微不足道，或许，一个不是在他的灵魂或头脑中萌生错误，甚至连地球上的一根草都惊动不了。

（22）接踵而至的灾难就像暴风骤雨的夜晚闪过的几道闪电，我的邻居是否会和我的想法一致呢？对于他来说，这些灾难是否是意料之中，可以解释的平常之事？诸如命运、天意、意外、霉运、宿命、星象等词语，或许还有上帝一词，会在他内心产生从未有过的影响吗？难道他扪心自问的角度和我不是迥然相异的吗？难道他没有感觉到，在他的周围，存在着一种我无法察觉的力量、影响和邪恶的动机吗？那么，在我们两个之中，谁才是正确的呢？谁的视野更为清晰长远呢？在万分危急的时刻，那些平时隐藏的真相是否会浮出水面？我们应该选择哪个时机重建生活的意义呢？

一般而言，那些“生活的记录者”会选择在危急时刻重建生活的意义，他认为自己和我们的心理状态同他笔下受害者的心理状态如出一辙。他将他们的不幸如实地展现在我们面前，如此透彻翔实，以至于我们产生了某种幻觉，认为这种灾难降临到了自己头上。实际上，他的描述或多或少都和实际生活中的灾难有所不同，戏剧中主角的经历让我们深感痛心，如果我们能有数年时间和他们相伴，如果他们是我们的兄长、父亲、朋友，或许我们能记录、辨认出他们的一言一行，对他们的所作所为一清二楚，就不会觉得造成他不幸的原因如此离奇。甚至我们会认为，他们的不幸在所难免，有着必然的人为因素。但是，作为“生活的记录者”他们既没有能力，也没有机会向我们展示其中真正的原因，因为通常情况下，这些原因的进展异常缓慢，数量巨大、异常繁琐。因此，他接受了一个普遍的原因，对于一个剧本来说，这个原因已经足够。这个原因代替了他无法向我们展示的，真正的人为因素，同时，他也没有能力研究和检验这个真正的原因。当我们都保持缄默时，如果三言两语无法解释清楚——例如宿命、天意、上帝或晦涩难懂、不可名状的正义——这个足够巨大的原因又该如何描述呢？

（23）我们不得不考虑的问题是，这样做会有多少益处，在多大程度上是合理的。当我们认为自己拥有足够的力量和理性时，又会面对多少在不知不觉中遭受的不幸和困惑？迄今为止，这是否还是诗人的责任和义务？当我们遭受不幸时，依然能够苦中作乐，找到一些值得庆幸的事，因此，当我们沉浸在不幸的幻想中时，肯定也能想到一些快乐的事情。当我们仔细审视自身时，我们的弱点和错误就会展露无遗，我们就会知道自己是从何处迷失方向的。一束耀眼的光芒笼罩在我们的意识之上，相比于我们多年来苦思冥想、潜心造诣所得的一切，这束光要强烈成百上千倍。我们不得不放眼看世界，关注我们周围的一切。我们对其他人的痛苦有了更加切身的感受，有些人告诉我们，不幸的作用不止于此，它迫使我们关注苍穹，臣服于一种比我们强大的力量，一种无形的正义和一种无法预知的无穷奥秘。难道这的确是所有道路中最好的选择吗？如果从宗教道德的角度出发，我们的确应该从不幸中学会开阔自己的眼界，将注意力转移到永恒不变、无可争辩的上帝身上，他代表着至高无上的优雅、正义和善良。如果诗人在自己的上帝那里发现一个无可挑剔的典范，他就会一直在我们面前炫耀这个独一无二、确定无疑的典范，这本是件好事。但是如今，如果我们不再关注真理和日常生活中的经验，那么，我们那充满渴望的眼光应该聚焦何处呢？如果我们或多或少地抛弃了良知和精神幸福的补充原则，当我们遇到来势汹汹的不公平，或成功免于处罚的罪恶时，我们将如何解释呢？在日常生活中，现在的解释虽然已经足够了，但它们只能诠释一部分现象，如果我们想要寻找更明确、更高深、更广泛和更不容置疑的解释，我们将如何解释一个儿童的死亡，一个无辜之人的悲惨结局以及残酷的生活让不幸的人遭受的苦难呢？诗人迫切地希望在他们的作品中营造一种庄严肃穆的氛围，故意激发他们麻木不仁的情绪、错误、偏见和恐惧，如果我们在自己的朋友和子女的灵魂深处发现这些，我们一定会毫不犹豫地攻击和非难，诗人的做法是正确的吗？人们通过苦心研究灵魂和头脑的习性、生存的法则、命运的反复无常以及大自然一直以来的冷漠之后，最终获得了一些确定无疑的结论，这些结论值得所有人的敬重。宿命无法解释日常生活中的所有行为，为了以宿命论代替那些确定无疑的结论，诗人是否有资格利用诸多悲伤的时刻，是否能利用那些我们无须屈服的力量呢？我们所遭受的打击是否让他剧本中的主角心灰意冷呢？虽然神秘的正义能避免许多尴尬的解释，但是，这种正义和日常生活中我们公认的那种具体活跃的正义没有任何关系，诗人是否有权借助这种神秘正义的力量呢？

（24）“生活的记录者”致力于赋予他的作品以崇高的精神、深奥严谨的美感以及深远的意义，从那一刻起，他们就或多或少、小心翼翼地利用这些力量。即便他的作品是最真诚的，或许，其中表达的是他所能表述的最精确的真理，但他依然相信，如果这个真理被无法追忆的幻觉所包围，它就会得到巩固和提高。难道那些从未在幻象中出现的，无法诠释的符号、臆测、观念和检验的标准，在那些会演化成真理的事物中，我们才会经常发现它们的身影吗？发现过去的错误，或借用已经不复存在的地狱之光，是否能让死亡变得更加庄严肃穆？依赖于一个虚构的、至高无上的意志是否能让我们的命运变得高贵？针对大自然道德力量和物质力量一成不变的智慧，人类的行为和反应编织成了一张大网，这张大网就是所谓的正义。如果一个法官拥有剧本中废黜和毁坏的精神，如果正义掌握在这位独一无二的法官手中，那么，正义是否会变得更具权威呢？

（25）一直以来，我们都用这些符号、意向、建议和美好的事物来美化我们心中关于世界的印象，让我们扪心自问，对这些进行重大调整的时刻是否尚未来临？

时至今日，这些美好的事物、意向和建议，的确只和我们客观存在的想象、见解和幻想有着微不足道的联系。如今，如果它们依旧同我们形影不离，也只能是人们幼年时期，容易相信别人时的天真幼稚的回忆。有一些人与生俱来的使命就是向我们清晰地展示，我们所处的这个世界是多么的美好与和谐，他们必须永不止步，逐步揭示这个世界的真相。了解他们对这个世界的观念，并不需要消除任何他们用以润色的装饰品，不过，我们为什么仅仅从回忆中寻找这些装饰品呢？无论如何，不管是微笑还是困扰，它们都不会存在于帮助人类建设或有效组织其精神和情感生活的基本思想当中。

沉迷于这些假象是不正确的，况且众所周知，这些假象是错误的。它们貌似代表着合理的观念，但总有一天，它们会鸠占鹊巢。我们不应该利用其他幻象，或通过制定其他更为合理的观念来压缩无限和神秘的部分。我们如何做才能使它们不会有所减少呢？实际上，在宇宙的万事万物中，我们经常会在人们的内心深处，在每个问题的根源发现它的存在。虽然这些神秘物质的内容和位置看起来似乎有隔世之感，它的范围和力量却一如既往。在此，我仅举一列说明，在我们当中，你随处可见一种至高无上、纯粹精神领域的正义，它赤手空拳，没有任何装饰和准备，在一个不公平恣意横行的世界里稳定不变地前行，虽然缓慢但矢志不渝。难道这种现象的因果关系不是和那位亘古不变、无处不在的上帝的智慧同样深奥莫测，同样无穷无尽吗？难道不是同样令人震惊和赞叹吗？难道因为上帝难见其踪，我们就认为他更加可信吗？和那些与生俱来、晦涩难懂的事物相比，难道在那些通俗易懂的事物中，天才们无法找到美好事物的源泉来锻炼他们的洞察力，增强他们的力量吗？举例来说，在一场获得胜利的非正义战争中（例如罗马人发动的数次战争、如今的英格兰、在美洲的西班牙征服者以及许多其他战争）一般来说，胜利者最后都会士气低迷，他们会不断地失误、铸成大错，从而为自己的胜利付出惨重的代价。精神正义的这种不断积累、冷酷无情的作用，是否同那种超自然的正义同样引人入胜、影响深远呢？在我们每个人的内心也存在一种正义，根据我们追求正义或非正义的努力程度，同我们的灵魂和心灵产生不同程度的联系，同时它也是宇宙追求平静、内在幸福和爱的源泉，对于这种正义的阐述是否同上述两种有所不同呢？

（26）我们再来阐述一种最为可怕的奥秘——死亡。因为死亡不再是生活中唯一的剧痛，当我们关于正义、善良和美好的观念，知识和感情的力量，对一切的渴望不断接近无限、全能和永恒时，我们是否都应佯装，这些力量和渴望已不再那么强烈？随着死亡的方式不再那么激烈，死后的恐惧逐渐消逝，难道新生的一代没有发现，他们的负担已经逐渐减轻了吗？疾病总是发生在身体病痛之前，虽然我们对身体的病痛惶恐不安。不过，死亡已经不再是一个神秘愤怒的审判时刻，不再是唯一可怕的终点，不再是不幸的港湾和永恒的惩罚。死亡已经逐渐变成——实际上，在一些情况下，它已经成为——一种终止毫无生机的生命的渴望，它已经丝毫无法影响我们的行为，最显著的变化是它已经无法干涉我们的道德。我们的道德对此无动于衷，难道可以由此证明，我们的道德变得不那么崇高、不那么纯粹，不那么深刻了吗？这种切肤入骨的恐惧的消失，是否意味着人类一种不可或缺的珍贵感情的消失呢？难道生命无法从死亡的重要性中受益匪浅吗？毋庸置疑，我们一直在储备一种中立的力量，它们已经准备就绪，每当有沮丧、悲伤和恐惧离我们而去时，它们马上就会被确信、赞美和希望所取代。

（27）诗人们竭力让宿命和正义人格化，赋予我们内心深处的力量以外在的形式，因为，展现它们在我们内心的作用实在是一件无从着手的事情。此外，就无限和未知事物的无限和未知程度而言，它们缺乏个性、智慧和美德，很难触及我们的内心。值得一提的是，虽然一些重要的奥秘充满了危险，晦涩难懂，虽然我们密切关注精神正义的结局，但我们绝不会受到它们的影响。在大自然中，迷惑和掌控我们的并不是百思莫解的奥秘，而是一种引导自然发展的，清晰出众、逻辑严谨的意志的思想。这种意志虽然是人力所不能及，却和人类的意志有着千丝万缕的联系。简而言之，我们所畏惧的不过是上帝，他以正义、奥秘和宿命的形式出现，我们真正畏惧的却是上帝。上帝虽然无所不能、永恒存在、无形无穷，但他和我们毫无二致。如果在人类的内心深处，道德力量并没有发挥作用，那么人们也就无所畏惧。并不是大自然中的未知事物，也不是我们所在的这个世界的奥秘让我们心生畏惧，而是另一个世界的奥秘让我们畏缩，不是物质领域的谜团，而是精神领域的奥秘让我们不寒而栗。举例来说，在所有的灾难中，没有比地震更可怕的灾难了，也没有什么比造成地震的原因更加晦涩难懂的了。不过，虽然地震给我们的身体造成巨大的伤害，如果我们不把它视为一种正义的行为，一种神秘的报复或者一种超自然的惩罚的话，地震就不会让我们毛骨悚然。暴风骤雨、疾病、死亡以及生活中成千上万的现象和意外也是如此。我们内心深处真正的惊慌，能够激发内心深处其他本能的恐惧，不过是一种自我保护的方式。只有当固定不变的神仙、神秘的意识、一种不可磨灭、无影无形的正义以及永恒警惕的上帝的思想涌上心头时，恐惧才会如影随形。“生活的记录者”成功地激发了我们的恐惧，但是，他能否让我们更接近真相呢？他的任务是带给我们悲伤、麻烦和痛苦，还是带给我们和谐、平静、满足和希望呢？

（28）我知道，想要一个人完全摆脱传统观念的束缚是非常困难的，因为，每当我们竭尽全力摆脱束缚的时候，它总是适时加强它的影响。这样的事情就发生在易卜生身上，他在为宿命探索一种科学、崭新的形式，在他出名的剧本中，塑造了一个含蓄、威严、残暴的世袭人物。这些科学的遗传奥秘激发了我们内心的恐惧，这种恐惧并不比动物的恐惧更加深切，因为和星空、海洋以及可怕疾病的科学奥秘一样，仅仅依靠遗传根本无法深化我们的恐惧。但是，与大自然即将到来的灾难所引发的恐惧相比，易卜生在剧本中设定了模糊的正义概念。他声称，父辈的罪恶必然会由子女来承担，一位至高无上的上帝和人类的女神在密切关注着我们的一言一行，并将它们记录在古铜色的小册子上，用他们那双永恒的双手控制着永无止境的奖赏，这些概念引发的恐惧有着本质的不同。简而言之，人们相信，岩石可以阻挡古老地狱之火的重现，即便我们严词拒绝，上帝依然会再次出现在我们面前。

（29）那些基本的古老力量普遍存在，没有明确的界限，它们并没有严格界定自己的行为，因此适用于大量的情景。相比之下，宿命或与正义的新形式的适用范围就没有那么广泛，也没有那么易于接受。在易卜生挑选的那些特殊案例中，或许我们能偶然发现正义的存在，但就像一个盲人拿起弓箭射向人群，却歪打正着射中了自己的父母一样，可能性非常之小。但从这些偶然的正义中寻找规律，是对奥秘的新颠覆，因为这种规律只存在于人类道德中，你根本无法从这些正义中找到。如果这些规律象征着确定无疑的真理，我们就会欣然接受；但由于它们同真理和现实生活南辕北辙，因此，我们应该毫不留情地将其放在一边，不予理睬。我在其他地方已经证明，我们的经验丝毫察觉不到遗传当中的正义，或者说，我们丝毫察觉不到父亲的错误和儿女所受奖罚之间的道德联系。

诗人有权提出臆测，也可以在事情发生之前就设计出自己的方案，但是，只有当他认为自己目光高远时，他才会这么做。否则，他只是在原地打转，他认为自己发现了新的真理，但实际上，他只是在寻找埋葬了的幻想的路上迷失了方向。在我提到的事情中，诗人们教会我们的，远比我们从经验中得到的要多，或许，他应该在否定正义的路上更进一步。不管我们在这个问题上的观点如何，至少一点是确定无疑的，诗人如果想要他的臆测正当合理，服务于人类，这些臆测显然不能与日常生活中的经验格格不入。因为在日常生活中，这些臆测没有任何作用，甚至是危险的——如果故意犯下这样的错误，它们甚至都不值一提。

（30）那么，从这一切中我们能得出什么结论呢？如果愿意，我们可以得出诸多结论，以下这点是至关重要的："生活的记录者"和践行这种生活方式的人应该小心翼翼地接受和对待奥秘。一直以来，他们都相信，不管在现实生活中，还是在戏剧中，那些最为高贵美妙的事物都不容许任何辩解，如今，他们必须摒弃这一想法。许多最美妙、最富有人性、最值得赞叹的作品，几乎都完全摆脱了这种"普遍奥秘的不安"，如果我们不断将自己的思维强加于无限和未知的事物上，我们根本无法从这些事物中获得崇高、持久和深奥的想法。只有当我们的大脑获得意想不到的灵感后，一五一十、毫无保留地研究那些有限、已知的事物时，这种沉思才会真正地发挥作用。只有这样，我们才会发现，人们未知的奥秘和我们已经熟知的奥秘之间，存在多么奇妙的不同。或许，前者包含了诸多不幸，那只是因为不幸在那里聚集，那里只坐落着三个山峰，这些不幸聚集在其中的两处山峰上。后者包含的不幸要少得多，因为它的区域非常辽阔，当视野变得宽广之后，悲伤就不那么深切，而且它们会以希望的形式表现出来。

（31）是的，总的来说，人类的生活看起来或许有些悲伤，和寻找生活必需的慰藉，让这些慰藉变得更加重要相比，以一种更加愉悦的方式来谈论悲伤，关注悲伤似乎更加容易一些。悲伤信而有征、显而易见，即便我们愉悦地接受生活的责任，慰藉也寥寥无几、无凭无据，而且难以察觉。悲伤看起来高贵崇高，充满了奥秘，这些奥秘和我们密切相关，亲切感由此而生。而慰藉看起来傲慢、肮脏，有时还很卑劣、转瞬即逝，即便如此，如果我们细致地观察就会发现，它们也有奥秘。如果这些奥秘看起来不那么显而易见、通俗易通，那只是因为它更加深奥、更加神秘。对生存的渴望和对生活的容忍，或许只是通俗易懂的表达方式，但在不经意间同自然的法则相契合，这种法则包罗万象，同宇宙的精神相辅相成，因此，这种表达方式比逃避生活不幸的欲望，以及与这些不幸相生相存的虽然崇高，幻灭的智慧要更加神圣。

（32）我们对于悲伤的描述总是言过其实，这是一个非常严重的错误，目前，只有心中的层层疑云可以为这个错误开脱，但我们仍未找到完美的托词。时至今日，人类的命运像往常一样，不得不屈服于未知的力量。虽然一些力量消逝于无形，但一些新的力量又如雨后春笋般出现，这些无所不能的力量绝不会消逝。为了解释这些力量的所作所为，诠释它们对人类生活的干预，我们采用了各种各样的方式，付出了艰苦卓绝的努力。虽然它们日益清晰，最终还是被迫回归到无法解释的宿命，或至少是陷入莫名其妙的悲哀中。因此有人相信，面对这样的现实，诗人们认识到，所有的解释最终都无济于事。这就是我们在易卜生的戏剧、俄国小说、最绝妙的现代小说和福楼拜的小说中得出的结论（参阅《战争与和平》以及其他著作）。

毋庸置疑，如今的宿命不再以古老女神的形式表现出来，甚至（至少大多数人这样认为）不再是行事果敢的上帝，他虽然时刻保持警惕，却顽固无情、武断盲目。如今的宿命涉及范围更广、更加缥缈模糊，更加理性冷漠和普遍。简而言之，在找到更好的代名词之前，宿命只是一个暂时性的称谓，代指那些显而易见，但又难以解释的不幸。在这个意义上，我们可以欣然接受，但或许，我们只是赋予了那个一成不变的谜团以新的名称，没有对那些未知的事物做出任何诠释。不过，我们不能夸大它的重要性，也不能渲染它所起到的作用，我们也不能认为，自己已经从一个崇高明确的立场上，真正地审视了人类以及所发生的一切。或许，我们根本无须去别处寻找，因为在每一个生命行将结束时，我们有时也能深刻地感受到那种晦涩难懂、所向披靡的力量的存在。从某种角度来说，不幸的确是人类生活不可或缺的一部分，他的面前始终是深不见底的深渊，随时宣布他将面对死亡和世事的变化无常，面对衰老和疾病。如果我们只关注生命的终结，那么，即便最幸福成功的人生也充满了不幸和痛苦。不要误解这些话的意思，我们对于人类的生活和事物的本质有着诸多想法、激情和感受，如果我们只能给予它们更多的关注，我们尤其不要从头至尾都无精打采，过分依赖于神秘的悲伤，从而放弃了可以诠释的部分。我们应时刻谨记，我们正专注于未知的事物，因为这一领域是最富成果、最持久也是最有益的，未知事物始终保持中立，我们无法将其归结为一种它不曾拥有的力量、规划和敌意。据说，在拿破仑与歌德在埃尔夫特的那次著名的会见中，拿破仑对其看重宿命作用的剧本不屑一顾，在我们“对灾难的强烈爱好”中，这种作用被认为是必不可少的。他说：“宿命属于黑暗的时代，如今，宿命又教会我们什么呢？国家的政策就是宿命！”拿破仑的声明并不深刻，政策只是宿命中微不足道的一部分，他的命运很快就向他证明，将宿命限制在政策狭小空间内的欲望，就像是将地球上汹涌澎湃的河流汇集到一个易碎的花瓶中一样，只是一个徒劳无益的努力。虽然拿破仑的思想并不健全，他依然诠释了部分原因，这或许是一件无关紧要的事情，但在无法确定的海岸，正是微不足道的事情和一无所有之间的区别激起了人类的力量，注定了他们的命运。他拒绝将未知的事物归结为宿命，正是凭借这一束光线，他将未知的事物掌握在股掌之中。对于紧随其后的我们而言，他掌握的那部分未知事物似乎并不充分，但如果纵观全局，这的确已经达到人类能力的极限，这代表着他所有的——不管是好的还是坏的——成就。我们不应对他进行审判，或者质问，如果他顺应潮流，是否更有利于这百年以来的幸福。我们在此仅考虑，未知事物已经在我们的掌控之中。虽然我们的命运更加谦卑，我们面临的问题和坚持的原则却毫无二致。歌德曾描述过这个原则：“尽可能发挥你的想象，但不要逾越这个界限，因为在这个界限之外充满了妄想、幻觉和迷雾，我们的灵魂要面对无计其数的危险。”只有当这种神秘无形、不可抵挡的干预变得真实、具体可见、明智和符合道德标准时，我们才能做出让步，放下我们的武器，温顺地接受它们带来的安静。想要给它们的干预添加诸多限制，这也只是空想而已。我们必须承认，这样的奥秘的确存在，但是，直到它完全展示在我们面前之前，我们不能松懈或放弃我们的努力，我们也不能缴械投降或保持缄默。

物质的国度

（1）在之前的随笔中，我们不得不承认，人们兴趣盎然地在宇宙中为他们的道德寻求支持，但无论是苍穹还是大地都对人类的道德兴趣索然。所有的一切都联合起来，致使我们当中最正直的人认为，人类只是被操纵的傀儡。若非在人类的内心深处，存在一种无法言说的获得认可的话语和无形的奖赏，就算是历经千辛万苦，我们也无法捕捉到它最持久的兴趣。一些人或许会问，难道我们艰苦卓绝的努力，一直以来我们遭受的痛苦和拒绝，我们放弃了自己的天性和快乐，难道我们不应该得到这些支持和奖赏吗？这些支持和奖赏用理所当然应该用来增加我们的幸福感，甚至是必不可少的。难道在我们的内心深处没有对正义的渴望吗——我们也不知道这种渴望来源于何处，或许，它出自我们的本性，同我们身处其中的这个更加广阔的大自然有着明显的冲突。是的，如果你将这种无凭无据的正义看作是一种可怜兮兮的事物，一切都取决于你。因为这种正义唯一的好处，就是能带来一种朦胧的满足感。但随着时间的流逝，这种满足感越来越引人憎恶，当它被越来越多的人感知到之后，它甚至会自行消失。无论如何，我们应该谨记于心，如果从正义的角度来看，我们应该同样掌握道德领域所发生的一切。爱情无关紧要，我们一度认为，拥有爱情的时刻才是最真实的，才能保证人类的永恒，但随着人类越来越文明开化，如果我们的生活中没有爱情，那么，在人类眼中，爱情就越来越没有价值，我们的思想和情绪，最甜蜜和多愁善感的岁月都充斥着这些无关紧要的感情。美丽也是一件无足轻重的事情：绮丽的风景，美丽的脸庞、身体或姿势，悦耳的声音，雄伟的雕塑——海边的日出、花园里的花朵、森林上空闪耀的星光以及月光下的河流——或者一个崇高的思想、一首优美的诗歌以及隐藏在慈悲、深刻的灵魂之下的悲壮牺牲。我们或许会对这些惊叹不已，它们或许能为我们带来前所未有的欢愉。但与此同时，我们心头用涌现了一种莫名其妙的忧伤和不安，它们也无法给我们带来任何幸福。就像人们所说的那样，它们和那些让我们不快乐的事情如出一辙。在一个懂得权衡之人的眼中，它们不会产生任何效果；其他人也不会看到或艳羡它的美丽。但是，如果一个魔术师突然出现，他可以剥夺其中一个人的审美意识，拥有悄无声息消灭美好事物的力量，而且这些美好的事物一旦消失，就永远不会再出现。难道我们不是宁愿失去我们的财富、平静的生活、健康，甚至数年的寿命，也不愿失去这种无人能识、我们也无法确定的莫名其妙的感情吗？那些美妙的友谊和珍贵的回忆同样值得我们坚持和敬畏，但它们同样无影无形、捉摸不定。还有无数其他的思想和感情，它们无法穿越任何山峰，驱散任何云彩，它们甚至无法移动路边的一粒沙土。但正是这些感情让我们感到最为幸福和美好，它和我们如影随形，已经成为我们的一部分，它正是那些未曾拥有的人，嫉妒那些拥有的人的原因所在。随着我们逐渐从动物中脱颖而出，我们就越接近人类可靠的理想，我们就越来越了解，虽然同大自然惊人的法则相比，这些思想和感情看起来微不足道，但它们的确是我们唯一的遗产。无论最终发生什么事情，它们都是人们逐渐靠近的壁炉和灯光。

（2）我们生活在一个热衷于物质的年代，在我们热衷于物质、征服和拥有物质的同时，我们也展现了前所未有的热情。这个时代是一个物欲横流的时代，我们都急于一劳永逸地洞察、征服和拥有物质，我们似乎在竭尽全力揭示它所有的秘密，以便于我们以后不必再焦躁不安地在物质中寻找应有的幸福。同样地，在真正的爱揭示其一成不变、深层次的纯洁之前，我们首先应该了解人类的爱。总有一天，这种物质享受的欲望会产生重大的反作用，但是，人类永远不可能获得完全的自由，一味地努力也并非明智的做法。毕竟，在一切有生命的物质中，我们只是其中微小的一部分，对人类的起源视而不见，并不是值得提倡的事情。如果将我们所有的欲望、幸福全部放在狭小的起源范围内，这样的做法是正确的吗？在我们的生命历程中，所有人都用一种近乎偏执的固执，坚持将对物质的追求放在首位，并始终维持其至高无上的地位。将若干男人和女人聚集在一起，他们都摆脱了生活中令人沮丧的烦恼——如果你愿意，也可以成为其中的一员——在他们面前宣读如下几个词："祝福、幸福、快乐、幸运"，想象一下，如果恰恰在那时，一个天使出现在魔镜或神奇的篮子里，这个场面和这些话语就会出现在那些能听到这些词语的人心中。你能从魔镜和那个神奇的篮子里发现什么呢？天生丽质的人的拥抱、黄金、宝石、宫殿还是一座宽敞的公园；年轻人的激情，还是代表着浮华梦想的奇怪的宝石和华丽的装饰品？我们必须承认，其中最为突出的必然是饕餮盛宴、名贵的酒水、华丽的餐桌以及美轮美奂的建筑。人类看待其他事物的角度是否和起初相差无几？我们曾理所当然地希望，魔镜能够反射出那个强大无私的才智和正在休憩的良知：公正无私的爱心，一种洞察力，一种可以实现的想象以及在任何情况下都能引人入胜的美景——美妙的夜晚、城市、森林和海洋以及漂亮的脸庞，悦耳的语言，舒心的微笑以及灵魂的感应和活动，不过是否合适的时机尚未来临？目前，我们在这个魔镜中只能看到一丝不挂的美女，相爱的两个人已经认识到，虽然他们的思想和感情更加错综复杂，但只有当这些思想和感情随着时间的流逝逐渐清晰时，只有当他们在男欢女爱之后，没有感觉到随之而来的不安和苦楚时，我们才能体会到他们之间深沉而伟大的爱情吗？沉闷的饕餮盛宴，以及一直以来，我们竭力想要消灭的敌对势力激起一种病态反常的兴奋，我们何时才能看到，它被一种审慎从容的精神取而代之，它之所以兴奋，只是因为它无时无刻不在追求理解和被爱？这些事情早已众所周知，他们的重复完全无济于事，我们依然需要一而再、再而三地同这些最明智、最敏锐、最善良的人同行，认识到他们对于更加美好生活的探索是多么不易和迟疑，我们也惊叹不已，因为他们所追求的那种无意识的快乐，和那些心灵空虚之人所追求的快乐毫无二致。我们同时注意到，在他们的眼中，他们的后裔想要从层层迷雾之中突出重围是多么的困难！一些人会说，人们将精神和肉体明确区分开来的时刻尚未来临，不过，如果当他们竭尽心力去寻找自己的幸福时，还要长期遭受别人最难以置信的偏见，那么，这个时刻何时才能来临？当他们名利双收时，当他们收获爱情时，他们或许能够摆脱些许浮华粗糙的虚荣和粗野的荒淫，但除此之外，他们却丝毫没有获得触动心灵的、纯粹的幸福。他们所拥有的优势并没有教会他们扩大物质索取的范围，抛弃那些屡遭非议的东西。他们认为，自己在获得生活乐趣的同时也必须遭受精神损失。比如说，一个知书达理的人进入戏院，但正在上演的戏剧却并非整个文学领域最杰出的那五六件作品。他明知周围的人之所以欢呼喝彩，主要出于他们对涉及荣耀、赞颂、宗教信仰、爱国主义、牺牲、自由和爱的戏剧的成见，或者是出于过分理想化感情沉闷的迸发。但他依然受到这种热情的感染，在这个紧要时刻，他必须号召心中所有的信念齐心协力；他必须坚信，虽然他们人多势众，但他们对古老谬误的盲信都是错误的，虽然他孤立无援，却是正确无误的。

（3）实际上，当我们考虑到物质和人类之间的关系时，我们就会惊奇地发现，他们之间的关系是多么模棱两可，多么模糊不清。毫无疑问，这是最基本，也是最重要的关系，人们经常在最危险的信任和最惯常的怀疑之间，在爱慕和恐惧之间，在禁欲主义、自暴自弃以及另一个极端之间摇摆不定、迟疑不决。当我们大肆宣扬荒谬无用的节欲主义时，时间飞逝而过，实际上，过分的节欲同毫无节制具有同样的危害。我们有权维持一切有益的东西，一切进步和肢体的发展，但也必须适可而止。我们必须精确无误地界定权利的界限，任何非法的僭越都必然会阻碍另一方面的发展，枝叶衬托下的花朵不是凋零落败就是欣欣向荣。一直以来，人类都密切地关注着这朵花，心无旁骛地研究它，对它转瞬即逝的香气和颜色的渐变一清二楚，他们的性情也会反复无常。那些潜在的力量，就像这些花朵上的叶子一样，不是谨慎地保持持久的活跃，充满生机，就是完全的自我保护，给人类带来毁灭性的打击。这对于那些转瞬即逝的时刻和契机，对于这些潜在力量的管理是否有利呢？迄今为止，一切都安然无恙，人类的理想（起初，人类只关注于身体的发展）在物质和精神之间左右摇摆。如今，它带着前所未有的确信，和人类的智慧紧密结合在一起，我们无须和狮子和黑豹比力气和敏捷度，我们也无须和海边的花朵以及闪烁的星光比美。目前为止，人类最显著的目标就是利用我们的智慧激发所有潜在的力量，逐步征服物质，揭示它们的奥秘，这也是最有可能实现的目标。在那些疑惑重重的日子里，我们不是事事不遂就是异常亢奋，但只要道德未曾给肢体带来无可挽回的损失或伤害，一切都可以被原谅。由于人类的责任变得愈加清晰，即便是它未曾给精神生活带来直接的助益，我们也有责任维持它的存在。肉体所得到的枯燥无味的欢愉必须逐步消失，简而言之，实际上，这种欢愉同思想更为广阔持久的能量并不和谐，虽然这种欢愉并不会造成什么损失，但其中的偏见却有利于粗俗享乐的蔓延，侵占原本属于智慧的空间。身体发展的另一个区别是，一些发展或许会持续，而另一些发展将会延缓，思想的极乐世界里没有满足，只有活力、热情和力量。在这个世界里，思想的繁荣更倾向于依赖于狂喜、放荡、热情、理解和怀疑。

（4）总有一天，我们的道德会有助于完成人类的任务，这项任务设计了一些合乎逻辑、不可避免的限制，这些限制迟早会取代现在那些武断荒谬的限制。个人和整个人类一样，只有一个道德的准则——个人的生活方式要和人类总体任务的要求相协调。因此，许多罪恶和违法行为的核心就发生了变化，因为到最后，所有针对人类的罪行最后都会被摧毁人类命运的真正罪恶取代，换句话说，这些罪恶最终都会被削弱人类权威、正直、安逸、自由和才智的罪恶所取代。

我们远不能就此断定，就像基督教理论中阐述的那样，认为人类的肉体是精神势不两立的敌人。不仅如此，对于我们来说，至关重要的就是赋予肉体以前所未有的活力和魅力。但它就像一个任性的孩子，难以讨好、毫无远见，而又自私自利，随着它不断地壮大，它又变得愈加危险，它只专注过去的时光。它踌躇于微不足道的思想，或者在小狗和黑人简单原始、转瞬即逝的傻笑前陷入沉思。它认为智慧理应产生满足感——安逸、保证、安全和欢愉，并且自鸣得意。如果听之任之，它就会用野蛮粗鲁的方式享受这一切，这些满足感都来自于人类的智慧，但不久之后，它就会将这种智慧扼杀在摇篮里。因此，所有人都认为我们必须明确限制条件，有所舍弃。不仅包括那些有理由相信和希望，自己竭尽全力揭示谜团，在冷酷无情的物质面前，为人类的命运和思想带来胜利和成就的人，也包括那些数量巨大、毫无意识的后卫，他们心平气和地看着思想的进步就像一道闪电照亮了黑暗的世界。因为人类是一个独一无二、意见一致的群体。当大众的思想——这时还不应该称之为思想——不断传播后，哲学家、诗人、化学家和天文学家的个性、道德、理想、责任感、工作习惯和敏锐的智慧都将受到这种思想的显著影响。如果山谷中无数相同、琐碎的思想得不到升华，那么伟大的思想也不会出现在山巅。那些琐碎的思想没有任何优势，许多人却将其奉为圭臬，这种思想的影响由此成为一种氛围。这些思想或许能在这种氛围中到达山巅、悬崖峭壁、冰河的边缘，或许因为它们太过明亮或太过昏暗而无法到达，它们或许能受到慷慨之情的鼓励，或许会受到野蛮行径或下流欲望的阻碍。一个民族的英勇行为（例如法国大革命、宗教改革以及所有为了独立和自由进行的战争）会在接下来的几个世纪中让自己的民族从中受益，得到净化。但这些远远无法满足那些为了人类命运孜孜以求的人。让人类的习惯变得高尚一点，欲望变得无私一点，激情和渴望、幸福和爱被愉快、优雅和来自心灵的热情照亮，那么，那些处于山巅之上的感情就会获得支持，可以自由自在地呼吸，不必再同人类的本能抗争，这些思想中蕴含的力量会轻而易举地得到驾驭，人类可以随心所欲地运用这些力量。星期天来临时，农民们不再在啤酒馆里畅饮，而是在自家果园的果树下安静地读书；谦逊之人无法从赛马场的喧嚣中获得欢愉，而是乐于度过一个恬适的下午；工匠们不再在大街上唱着淫秽粗俗的歌曲，而是走进乡下，或欣赏日落的美景——这些都将陶冶他们的心境，虽然这些巨大的帮助悄然无声、毫无个性，但对整个人类燃起胜利的火焰却大有助益。

（5）在这团伟大的火焰平静安然地燃烧之前，我们还需要做很多事情，学习很多东西！我们常说，在人与物质之间的关系方面，人类依然在尝试和探索的初期。他甚至不知道自己适合的事物以及需要多少营养，自己是肉食动物还是素食动物。他的才智让他的本能误入歧途。直到昨天，他似乎才明白，他一直以来都在营养的选择上做出了错误的决定，他必须减少三分之二的氮化合物的吸收量，增加碳氢化合物的摄入量，增加一点水果、蔬菜和谷物的吸收量。如今，他夙兴夜寐地工作，他持续奋发、不断努力的主要目标，就是在这丰富多彩的饮食之外，希望能够维持浩瀚、美好生活的激情。在此，我并非要讨论素食主义或者相反的问题，虽然我们必须承认，如果提出相反的意见，没有人能经得起一丝不苟的如实调查。至于我自己，据从我所认识的人那里得出的结论，我可以断定，采用这一养生法的人，他们的健康状况得到了改善和提高，他们的力量得到了增强。此外，还获得了清晰的头脑、快乐和幸福，从长期令人憎恶的土牢中解放出来。这样一个过程看起来合情合理，但我们并不能以营养学的讨论作结。实际上，我们的一切正义和道德、思想和感情，都来自于三种或四种主要的必需品，而其中最重要的一种便是食物。其中最稳定的一种必需品必须在我们的道德生活中发生天翻地覆的变化。如果有一天，人类不再食肉成为一种共识，那么，不仅在经济领域会引发一场革命——一只公牛每增长一磅肉，就要消费成百倍的粮草——而且道德领域的状况也会得到改善。这种共识至关重要，会产生具体持久的影响，或许上帝的使者会再次出现，纠正他上次朝圣之旅中的错误和遗漏。因为我们发现，如果人类拒绝肉类，也就意味着他拒绝了酒精，拒绝了酒精也就意味着他放弃了生活中大多数粗俗堕落的乐趣。正是由于追求这种乐趣的热情，他们形成了顽固的偏见，而这种偏见就成为人类和谐发展过程中最大的障碍。以此为分水岭，我们就拥有了高尚的娱乐方式和一种欲望的新规则，和他们在酒精中获得的粗俗的满足感相比，人们现在对乐趣的追求无疑会高尚得多。但是，我们还能享受到这种更加幸福、更加纯净的时光吗？酒精不仅摧毁和毒害了一半以上的人类，它还对那些对其深恶痛绝的人产生了虽然不是直接但却深远的影响。它关于幸福的观点依靠众人无可挽回的行为，成功地在人群中开辟出一条大路，打破了人类的平静与和睦，人们豪爽的性情、愉悦和幸福也变得迟滞。可以肯定的是，更加真实深奥的幸福应该更加简单、平和庄重，更加神圣和富有人性。到目前为止，这个理想仍比较虚幻，看起来无足轻重。迄今为止，和其他事情一样，让困惑的人群接受人类选错了营养品的观念，并让他们获得启发和安慰（假设这个事实已经得到了实际经验的支持）需要耗费大量的时光。如今，为生活而奋斗就意味着为肉和酒精奋斗，这两种物质就是偏私和浪费的根源，从未代表人类的幸福和需要，难道这不是生活变得绝望、难以忍受时，自然所采取的权宜之计吗？

（6）人类要去向何方？人们对于目标和终点的焦虑实际上反映了人类的本性，这透露出思想的狭隘和不足，和现实状况格格不入。事物有自己的目标吗？它们为什么要有目标？一个无限的有机体，应该有什么样的目标和结局？

虽然我们的使命只在瞬间占据狭小的空间，虽然这一个空间也可以被紫罗兰或蚱蜢占据，不会对宇宙的结构和壮丽造成任何影响，宇宙的寿命也不会因此延长或缩短一个小时。虽然我们所做的一切都毫无意义，虽然我们的行动漫无目的，但这个毫无意义的过程依旧会让我们兴趣盎然，而且这完全合情合理，这也是我们所能追求的最崇高的路线。如果蚂蚁有能力去研究恒星的法则，如果能够意识到，这些法则亘古不变，永远不能修改，依然专心致志于此项研究，它会更加关注于自身的发展或蚁群的未来。我们看待昆虫的方式就像伟大的天神看待我们的方式一样，我们对动物进行审判，掌握着它们的命运，就像我们被审判和掌控的方式一样。我们应该认可这只蚂蚁，因为它普遍存在，所以就将它视为慷慨和正义的代表吗？

理性达到巅峰就变得枯燥无味，惰性成为它唯一的箴言，在认识到自身的渺小之后，我们难道没有意识到感情和希望的虚无吗？最终，理性又回到了原点，重拾自己对平凡琐事的强烈兴趣。虽然同样虚无，但理性认为这是世界上唯一的事情，因为只有在这里，它的协助才有价值。

我们不知道自己将去向何方，但我们依旧享受旅途的乐趣，我们竭尽全力想象下一站的风景，这会让我们更加轻松愉快。下一站在哪里？我们面前阻挡着一座巍峨的山峰，让我们望而生畏，但前进的道路越来越宽，不再那么曲折蜿蜒，树木枝繁叶茂，花团锦簇，流水悄无声息地流过，平稳而安静。人们一直都在曲折的山路上攀登，这些迹象或许表明，我们正在接近前所未有的大山谷。我们能称其为“第一个安逸的山谷”吗？我们或许不相信未来会让我们惊讶不已，等待我们的是恼人的麻烦和忧虑，不过，我们仍有理由相信，大部分人会对机械、农业、化学以及医药领域的发展感激不已。我不知道科学意味着什么，或许，我们不再需要持续不断地奋力劳动，劳作也不再那么重要、那么残暴和无情。人类应该如何利用这份安逸呢？它的使用似乎决定着整个人类的命运，如果人类开始用更加高贵和有价值的方式利用这份安逸，难道不好吗？自由时间的安排像战争和劳动一样，决定了一个民族的道德价值，它会增加或减少，补充或耗尽这个民族的道德价值。在如今的大城市里，我们会发现，一个数周或数月辛勤劳作都毫发无伤的人，三天无所事事的生活就会让他们住进医院。

（7）因此，我们所说的幸福应该是，或者说在一段时间内，应该是人类真正的幸福。如果我们参与创造世界，我们应该会竭尽所能，使用最特殊、最与众不同的力量。这种力量无形无影，从本质上讲是最人性化的力量。有些人对那些爱的思想、智慧之光、关于正义的只言片语、表示同情的行为、宽恕他人或牺牲自我的渴望、表示怜悯的姿态和对美丽、善良以及真理的渴望了如指掌。如果这些感情能够像影响这些人一样，对宇宙产生深远影响的话，它们会开出绚烂华丽的花朵、发出神奇莫测的光芒和难以置信的旋律，它们会让四季如春、阳光普照、黑夜如昼，它们会阻止疾病、悲伤、灾难和不幸，人类也会笑逐颜开，青春永驻，灵魂获得自由，思想和生命得以永恒。没有什么能够阻止这些情绪的蔓延，它们由此带来的好处就像劳动者上交的赋税、夜莺的歌声以及蜜蜂的作品一样明显。不过，我们最终也会意识到，在道德世界里，人类始终是孤独的，这个世界与物质没有任何关系，如果它能对物质世界产生任何影响，这种影响也是极为特殊和危险的。但是，这个世界依然是真实存在的，并不是无穷无尽的，如果你找不到合适的词语来形容这个世界，只能说明语言仅仅是物质的碎片，它想进入一个物质无足轻重的世界。语言表达出来的意向始终同它秉持的思想格格不入，当我们想要表达心中的狂喜、高尚神圣的喜悦或者一种意义深远的不朽之爱时，语言就相形见绌了，它只能将这种情绪比作动物普遍的激情，一种醉态或残忍粗俗的欲望。它们将人类灵魂高贵无比的胜利比作原始的本能，它们不仅通过这种方式贬低灵魂的胜利，还煽动我们相信——不仅我们自己，和我们的感情和宗旨所倾注的对象相比，这些感情和宗旨远没有那么真实和具体，任何解释人类秘密的努力都蕴藏着偏颇和缺点。不过，就算语言完美无瑕，我们依旧应该密切关注自己内心世界的一切动向。

（8）虽然语言被物质力量的洪流裹挟，就像它们吸收从清晨洁白的花朵上掉落的露珠一样，我们仍不能认为其一无是处。虽然我们所居住的世界无穷无尽，但它仍像一个铁球一样密不通风。没有什么东西能泄露出去，因为它根本没有出口，甚至连一粒微尘都无法飘落。虽然人类终将灭亡，虽然未来会发生翻天覆地的变化，但物质碎片会留下永恒的法则和不朽的目标。古生代时期令人望而生畏、昙花一现的植物，中生代杂乱无章、发育未全的怪兽——蛇颈龙、鱼龙、翼手龙——它们依然认为自己是大自然尚未成熟之时的一种徒劳无益的短暂尝试，一种荒谬的实验，而自己没有在一个更加和谐的星球上留下任何足迹。不过，他们的努力并没有消失殆尽，它们净化了空气，冷却了无法吸入的氧气，为身材更为匀称的动物的到来铺平了道路。如果现在的空气适合我们的肺呼吸，那么，我们应该感谢那些藤蔓杂乱无章蔓延、超出人类想象的蕨类植物，我们的大脑和神经能够进化到今天这个程度，必须要感谢那些飞禽走兽和爬行动物。它们遵循了各自生活的法则，履行了自己必须履行的责任，按照规定的方式改变着物质世界，我们用人类思想特有的非凡热情来研究物质的微粒，一定也要在未来留下一些无法磨灭的痕迹。

过往

（1）从长远来看，我们的过往在我们身后不断延伸，它蛰伏在地平线上，就像是一座被遗弃的城市笼罩在迷雾之中。几座山巅高耸入云，明确了它的边界，寥寥无几的几个重大的事件像宝塔一样凸现出来，一些依旧灯火通明，另一些却处于荒废的边缘，逐渐被湮灭和遗忘。树木早已枯黄，城墙已经断裂，一切都笼罩在阴影之中。一切都死气沉沉、万马齐喑，只有当记忆被唤起时，它才会被一道虚幻的光芒短暂地照亮。不过，除了从我们零散的记忆中得到的一丝生机之外，一切好像又陷入了永恒的沉默和静止之中，一切都亘古不变，现在和将来被一条汹涌的大河割断，并且再无交汇的一天。

实际上，它还是生机勃勃的，对于许多人来说，不管是和现在还是和将来比较，过去的生活都更有意义，更具生机与活力。实际上，这座暮气沉沉的城市正是我们生存的温床。按照人们恢复这座城市的精神，一些人在这里找到了他全部的人生财富，而一些人则变得一无所有。

（2）我们对于过去的概念，和我们对幸福、命运、爱和正义的概念存在诸多共通之处，虽然大部分的概念都模糊不清，但它所拥有的精神体系同样让我们畏服，蕴含着一种我们必须服从的强大力量。我们原封不动地继承了祖先陈旧的思想，即便当我们的第二意识开始觉醒，并且自豪地认为，从今以后，我们不能再盲目地接受任何事物。小心谨慎地审视这些思想时，这些思想明依然在徒劳无益地大声扬言，自己拥有陈情权，对于周围的一切都熟视无睹，但至今为止，似乎并没有任何进展。一般来说，我们并不需要去发现其他的观念，它们已经成融入我们的血液中，成为我们的一部分，等待着我们对其进行探讨。虽然它们缄默不语，但并不意味着它们无所事事。在世人的喋喋不休和嘈杂声中，它们悄无声息地引导着我们的部分真实生活。当它们比那些自满的姐妹们更接近于真理时，它们也会更加简洁，更加美妙。

（3）我们对于过去的观念就蕴藏在这些顽固不化的陈旧思想之中，这些观念和命运一样，拥有一种令人望而生畏、无法抗拒的力量。实际上，它已经变为和命运相反的力量，它将双手伸向了在前方摸索的命运，成为我们链条上的最后一个环节。一种力量拉我们回到过去，另一种力量督促我们前进，两者势均力敌，同样无法抵挡。但或许，过去的力量更加可怕和令人担忧，它不相信命运，一些人从未见识过这种力量，但任何人都无法逃避过去的压抑，人们迟早会感受到他的影响。即便那些拒绝承认无形力量存在的人，也不得不承认，触手可及的过去中蕴含着全部的秘密、影响和至高无上的干预力量，而他们早已剥夺了这种力量。因此，过去就成为人口稀少的天国中独一无二、令人畏惧的神仙。

（4）过去的力量的确是人类背负的最沉重的负担，这让他们感到悲伤。然而，也没有一种力量能够如此温顺，如此热忱地按照我们指定的方向前行。而我们对如何利用这种力量心知肚明。实际上，如果我们仔细想来，过去给予我们的和现在能赋予我们的相差无几，而且过去远比未来具有可塑性。和未来相比，过去和现在一样，它的一切都在我们的脑海中，都在我们的股掌之中。这不仅是指过去我们认为尚可修补的物质世界，而且也指我们迟到的赎罪心理，我们认为无法挽回的精神世界。

（5）我们常说："过去的一切无法挽回"，这种说法是错误的，过去就意味着现在。我们常常叹息："我们必须背负过去的包袱"，这也是不正确的，是过去在背负着我们的负担。"过去的一切已成定局"，这也是错误的，人类的意志只要稍加努力便可以让现在和将来穿越到过去，抹杀我们希望消除的一切。"坚不可摧、无法挽回、无法移易的过去！"这同样也是不正确的。对于发表上述言论的人来说，现在才是无法更改，不知如何挽回的。我们再一次说到："我的过去是充满邪恶、无所事事的过去，充满了悲伤。当我回首过去时，我看不到任何美好、幸福和爱，映入眼帘的只是断壁残垣……"这完全是谬论，因为当你第一眼看到过去时，你就敏锐地意识到，你曾经做过什么。

（6）我们的过去完全依赖于我们的现在，并且随着现在的变化而不断地改变。我们的过去已经印在我们的回忆里，这些回忆存在于我们的头脑和灵魂中，一直受到它们的影响。我们的回忆是这个世界上最容易改变、最缺乏独立自主、最容易受到影响的事物。我们对过去的主要关注点，存留在我们心中，成为我们生活一部分的东西，并不是我们做过的一切或者我们冒险经历的一切，而是此时此刻，过去的一切所产生的道德反作用，这种反作用完全取决于我们看待过去的方式，我们内心至高无上的私密感受也就此形成，并且随着道德内容的变化而变化。但随着我们的感情和智慧提前深入，这些道德内容势必会发生变化，随后，这些不可更改的事实似乎马上就会在过去的石头和青铜器上留下永远无法磨灭的痕迹。它以完全不同的形式呈现在我们面前，生机勃勃、富有活力，给我们提供了视野更为宽广、更加冒险的建议，在它们上升的过程中，我们的回忆也随之变得高尚。那座已经满目疮痍、在黑暗中逐渐被人遗忘的城市开始变得熙熙攘攘，阳光普照。

（7）对于过去发生的一些事情，我们用一种武断的方式呈现在人们面前。我们将它们局限在回忆的范围之内，我们自言自语道，它们已经成为一个世界的一部分。在这个世界里，无论人类如何齐心协力，都无法擦去一滴眼泪或者让一朵花尽情绽放。不过，在承认我们已经无法控制这些事情之后，我们那敏感的心理又在作怪，认为他们已经完全控制了我们的行动。然而事实却是，只有我们放弃控制它们，它们才能掌控我们。只有在那些道德不再进步的领域，过去才能宣示自己的存在，直到那时，它才会变得令人望而生畏。从那时起，我们的过去的确变得无法挽回，过去的一切也成为我们无法承受之重。但只要我们的思想和个性不断前进，过去就会在我们头顶如影随形，我们只要轻轻地瞥它一眼，它就会像哈姆雷特对待波洛尼厄斯（Polonius）那样，表现得彬彬有礼，欣然接受我们认为完美的，关于希望或恐惧、平和或不安的形式。

（8）一旦我们的道德活动有所减弱，那些过去发生的事情就会群起而攻之。那些打开房门，让它们占据自己灶台的人就大祸临头了，他们必须同那些天资聪颖、千方百计想要摧毁他们勇气的人抗争。不管我们的过去是幸福高贵的，还是悲惨邪恶的，如果它不是作为一位被邀请的贵宾，而是一条寄生虫进入我们生活的话，我们依然会面临巨大的危险。结果不是毫无意义的悲叹就是无济于事的懊悔，而对我们来说，这些悲叹和懊悔都是巨大的灾难。为了从过去当中提取精华——那里蕴藏着绝大多数人的财富——我们必须在我们最强大、最有控制欲的时候进入它的领域，选择那些我们需要的，摒弃其他部分，命令它们在未得到我们允许的情况下，不能越雷池半步。像所有只能依靠我们的精神力量才能生存的事物一样，它们很快就学会了服从。或许，起初它们会奋力反抗，它们会使用阴谋诡计或虔诚祈祷，试图诱惑我们，用花言巧语哄骗我们。它经常会带着那些一去不复返的失意和快乐、破碎的感情、罪有应得的惩戒、早已消失殆尽的爱和憎恨、缺失的信仰和遗失的美好前行，我们对生活的激情中曾经蕴含着一种令人惊叹的要素，而它会突然将这些要素重新展现在我们面前，在那些断壁残垣面前，经常萦绕着迷人的忧伤和逐渐消逝的幸福。但我们必须头也不回地经过此地，播撒着沉淀的回忆，就像圣人尤利西斯那样，在伸手不见五指的夜晚，用手中的宝剑阻止幽灵接近黑色的血污——他虽然没有义务去询问他的母亲，但他依然阻止了自己母亲的幽灵——因为一旦他们接触到这些血污，就会在瞬间恢复生机和讲话的能力。我们应该径直走向幸福、懊悔或悲叹，因为我们需要它们的建议，或者我们可以径直走向那些不讲道义的行为，一直以来，我们都想小心翼翼地加以研究，为的是不让这两者有死灰复燃的机会。如果我们能看到自己所犯下的错误，这些错误的受害者就会赋予我们一种必不可少的力量，在这种力量的协助下，我们就能远离心中的不公平。

（9）是的，即便我们付出再大的努力，过去的罪恶也无法弥补，但即便如此，如果我们考虑到时间和地点的因素以及人类居住的广阔空间，当我们认识到，地球上再也没有任何诱惑，任何力量能够诱使我们犯下这样的罪行时，这些罪行就会淡出我们的生活。但宇宙还没有宽恕我们的罪行——外部的世界似乎并不会原谅或遗忘我们的罪行——它那实际的影响依旧存在，因为宇宙间因果关系的法则和控制我们意识的法则迥然相异。在审判我们的个人正义时——这是唯一对我们难以企及的生活具有决定意义的审判，这也是我们唯一无法逃避其法令的审判，它的每一条判决都深入我们的骨髓——当我们从一个更加崇高的角度来看待我们的罪行时，除了在未来让我们的命运更加艰难之外，它不再为我们而存在；除了当我们再次靠近它守卫的深渊之外，它也没有权利再扬起它的头颅。

对于过去多行不义的人来说，通往过去的道路已经封闭，他们无法再找出那些受害者，安抚和慰藉他们的心灵，这无疑是痛苦的。那些软弱无力的生物一定会屈服于我们的力量，但为了掠夺他们，我们仍滥用强力，为了让一颗爱心遭受冷酷无情的痛苦，或者让他们误解或无视那些令人动容的情感，我们大施淫威——这些事情一定会成为我们生活中的重负，留下难以磨灭的伤痛。但是，我们全部的道德命运是在这个重负中沉沦还是爆发，取决于我们的意识能够到达何处。我们的行动永不止步，因此，一些不公正的行为迟早有一天会恢复活力，索要它们的应得之物，展开合理的报复。它们会发现，我们的外部生活毫不设防，但在它们进入我们的内心世界时，它们必须先聆听一下我们之前对自己的判决。这些神秘的使者来自于因果关系始终保持平衡的世界，它们应该根据这些判决的性质决定它们的态度。如果我们的确从内心深处对自己提出了质疑，并且对自己的行为加以谴责，那么，它们就不再是从四面八方赶来的凶神恶煞的审判官，而是我们殷殷以盼的仁慈的使者，它们会悄无声息地靠近我们。它们早已得知，眼前的这个人已经不是它们苦苦寻找的罪恶之人，因此，它们带给我们的不再是憎恶、反感、失望、羞辱或惩罚，而是高贵、纯净和带给人安慰的思想和忏悔。

（10）那些将坚强幸福之人和无比悲痛、无法慰藉之人区分开来的东西，都源于一种自信和激情的原则。因此，回忆自己所作所为和痛苦的方式，远比我们现在的苦难和行为重要。当独自审视时，过去似乎都不是快乐的，或许，那些命运垂青的人回忆起逝去的美好时光，比那些不幸之人回想起悲惨经历时，更有理由悲伤和懊悔。那些有一天不再拥有的事物最容易导致悲伤，尤其是那些幸福和美好的时光。对于所有人来说，我们懊悔的原因都或多或少是一样的，因此，他们的悲伤也相差无几。但是，这些原因并不是在一件事情中贯穿始终，在另一件事情上却只会偶尔出现，除了既成事实之外，它还取决于事情的发展，取决于人类处理这些事情的方式，这个世界的征服者——那些迫不及待地在他们的视野范围内，建立一个无法更改和修复的假象的人，那些每天清晨都好像重获新生、朝气蓬勃地面向未来的人——本能地意识到，那些似乎已经灭绝的事物，其实还完好无损地存在着，那些看起来似乎终结的事物，其实已经近乎完善。他们知道，那几年饱受磨难的时光依旧在隐隐作痛，在服从新规则的同时，他们还必须遵循原有的规则。他们知道，过去一直在前进，充满沮丧和罪恶的昨天，虽然已经腐朽，但它们依旧会效仿明天，充满活力、天真和愉快地回到我们的生活中。他们知道，自己的观点已经不能对过去产生任何影响，一个决定性的行动或想法就能摧毁整座大厦。不管他们身后的阴影有多么巨大和遥远，他们都要做出愉快和期待的姿态。因为，这个阴影会马上记录他们的姿态，将它们反馈至遥远的幼年时期残留的记忆中，甚至从这些记忆中提取到意想不到的财富。他们知道，自己能够回忆过去的一切行为，他们会推翻自己之前的判断，以便于从不断变化的形势出发，重新审视过去，赋予过去以新的生命。

他们是幸运的，尚在襁褓中时就发现了这种本能，但是，其余未曾效仿他们的人，就无从发现这些本能。难道人类的智慧不是要教会我们，如何才能获得那些自然有意保留，而对我们有益的本能吗？

（11）我们不能沉浸在过去中安然入睡，如果我们发现，它不是要在我们眼底不停地变化，而是要像一个穹顶一样跨越我们的生活，如果现在我们习惯于像一个被动、容易受骗的朝圣者一样，而不是像一个按照今天的要求，来修补过去的技术熟练的工人，整日无所事事，满足于凝视着过去美丽静谧的废墟的话，那么，我们应该满腹狐疑地看着更加辉煌、更加幸福的过去。

这种本能要求我们给予它充分的敬意，我们不该屈服于这样的命令，如果这种敬意让我们产生了恐惧，或许也会打破它那完美的平衡。一个波澜不惊、在阴影中满足于自己合适位置的过去，要比一个虽然辉煌，但始终要求掌控早已脱离其控制的过去要好得多。一个普普通通但是生机勃勃的现在，虽然看起来在形单影只，但也比束缚在过去的辉煌中，傲慢地消失的现在要好得多。如今对我们来说，朝着那个模糊的目标前进的每一步，都比过去成千上万个团体朝着那个耀眼胜利的前进要重要得多。我们的过去只有一个目的，将我们带到现在，并提供给我们必要的武器和经验，思想和幸福。如果在这个紧要关头，它消耗了我们的能量，只关注于自身，那么不管它曾经多么辉煌，它也一无是处，而且最好不要出现。如果我们向它透露我们即将要做的手势，那么，等待我们的只能是死亡，未来大厦的形状也会突然变成一座坟墓。

相比于过去的幸福和荣耀来说，更加危险的是人类心中充满着来势汹汹的幻觉，而人们对这些幻觉又倍加珍视。许多人就在美好的回忆中迷失了方向，最终走向毁灭。如果那些死去的人能够起死回生，他们一定看到了隐藏在我们身后，转瞬即逝的光线，我用他们的智慧设想，他们或许会说："擦干你的眼泪，因为眼泪并不能带来任何慰藉；你一定要竭尽全力，否则别人也会耗尽你全部的精力；直到你想起我们的时候，不再像我们依旧存在你的生命中那样泪如雨下之前，试着离开我们，将我们在你的脑海中抹杀；我们只存在于你们的回忆中，而你却错误地认为，你的悔恨会触动我们的内心。你们所做的一切向我们证明，你们并没有把我们遗忘，这让我们的灵魂感到欣慰，但是你不知道，你并不需要面对我们。每当我们苍白的幻影让你们感到悲伤时，我们就觉得自己又经受了一次死亡，比起其他的死亡而言，这样的死亡清晰可辨、不可更改，它的阴影时常在我们的坟墓上方盘旋，你认为你恢复了我们的生命，给予我们勇气和爱，但实际上，你却剥夺了它们。"

“我们存在于你们的身体内，我们的生命依赖于你的生命，随着你变得越来越强大，即便你会逐渐将我们忘记，我们也会日益强大。那些囚徒的大门就会向我们敞开，我们的幽灵也会和他们一起共同呼吸。”

“如果说在现在的世界里，我们学到了什么新东西的话，首先就是，当我们和你们生活在地球上时，对你们所做的一切有益的事，并不能抵消那些导致你们对生活失去信心和勇气的回忆。”

（12）首先，让我们对那些空无一人的过去心生艳羡吧！过去的一切都是我们一手造成的，它只属于我们个人。除了过去，没有什么能够和我们保持一致，其他的一切都无法传授给我们，只有它才能教会我们的真理；其他的一切也给不了我们，只有它才能赋予我们的力量。不管它是好是坏，是阴郁还是光彩照人，它始终是独一无二的杰作，只有我们才知道它的价值所在。外部的一切杰作都不能像它那样，和我们已经完成的行动保持得如此天衣无缝，感受到我们接受到的热吻，触动我们内心的美妙、我们遭受的苦难、束缚我们的烦恼以及在笑容和眼泪中洋溢的爱。我们的过去就是我们的写照，我们本就应该是这样的，任何人都存在于这个未知领域之内，从最幸福的人到最不幸的人，他们都能预见、如果他们没有遵循他们必须在生命中留下的足迹，而是选择了另一条道路，他将蒙受多大的损失！过去就是我们的秘密，岁月的流声会逐一将它揭示，它是我们最神秘的影像，时间一直在关注着它的变化。这个影像不会消失，没有任何东西能够贬低它，也没有任何东西能够讨好它。它能够变得明亮或者阴沉，能够微笑或者哭泣，表达爱意或者憎恶，在不计其数的影像中间，你也可以轻而易举地将它辨别出来。它是我们过去的代表，就像我们的愿望和希望代表着我们未来的样子一样。这两个影像交相出现，告诉我们，现在的我们是什么模样。

我们不要嫉妒过去的一切，而是要珍视古老的回忆给那些圣贤们编织的精神外衣。虽然这件外衣是用悲伤或欢乐编织而成，虽然有时经历乏陈，虽然有时是多事之秋，但它依然弥足珍贵。或许，那些能够看到它照亮一个生命的人，也无法说出，它那闪耀的珠宝或星光是来自于破旧小屋中的煤渣路上方的蓝天，还是来自于宫殿台阶上方的苍穹？

过去不是空洞卑劣的，所发生的一切也不是悲惨的，不幸仅仅来自于我们迎接过去的方式。如果说，过去你真的没有经历过任何事情，这才应该是你所经历的最值得一提的冒险，同样值得注意的是，它投射在你身上的光芒。实际上，正在等待或邀请人们的事实、机会、可能或激情都大同小异，其中的一些或许比另一些更耀眼，它们面临的外部条件或许有所不同，但它们之间的差别，在随之而来的内心反应的差别面前就不值一提了。一个无关紧要、尚不完备的事情发生在一个内心丰富、才思敏捷的人身上，就会轻而易举地获得精神上的响应，如果类似的事情发生在另一个人身上，只能引起他的震撼。

人们应该看到，无计其数已经逝去的生命，他们无法轻而易举地决定，他们想要拥有怎样的过去，与此同时，他们也不能见证，这些迥然相异、毫不协调的事情会产生怎样的道德后果。或许，他会犯下致命的错误，或许会选择一个充满了无与伦比的幸福与胜利的生命，这个生命像宝石一样闪耀着耀眼的光芒。同时，他的冷漠地从那些乏善可陈的生命中掠过，虽然这些生命看起来毫无一物，但实际上，其中充满了平和的情绪、高贵、宽慰的思想，在所有的生命中是最幸福的。因为我们已经充分意识到，命运给予我们的和有所保留的，都可以通过思想、伟大的胜利或失败发生翻天覆地的变化。思想三缄其口，它甚至不会搅动我们所见的，虚幻道路上的一颗石子。但是，在我们神秘生活所遵循的更加真实的道路上，它悄无声息地在十字路口树立起一座无法摧毁的金字塔，于是，不管是大地还是苍穹的一切现象，都有了新的方向。

在齐格弗里德的生活中，最重要的时刻并不是他锻造了一把锋利无比的剑，也不是他杀死巨龙，强迫众神遵循他的道路的时刻，亦不是在烈焰山上寻找到自己爱情的时刻。而是当他获得了那个永恒的法令，当他的双手被龙血染红时，他像个孩子一样，把手指放在口中吮吸。他的眼睛和耳朵瞬间有了灵性，能够听懂周围一切事物的声音，察觉了那个邪恶之人的背叛，立刻知道该如何去做的时刻。

运气

（1）从前，塞尔维亚一个古老的传说告诉我们，有两个兄弟，其中的一位勤勉有加却命途多舛，另一位无所事事却坐享其成。有一天，这位不幸的兄弟遇到一位美丽的姑娘，她正在照看羊群，用金色的思想编织衣物，他上前询问："这些羊是谁的？"姑娘回答："它们属于我的主人。""那么你的主人是谁呢？""我的主人是你的兄弟，我是他的运气。""那我的运气在哪里呢？""距离这里非常遥远！""我能够找到它吗？""当然，如果你努力寻找的话。"

于是他苦苦寻觅自己的运气，有一天傍晚，在一个大森林里，他发现了一位睡在树下的老妇人。他叫醒了她，问她是谁。她回答道："你不认识我吗？""是的，你我从未谋面，我是你的运气。""谁有权利给我一份如此卑微的运气？""命运！""我能找到命运吗？""当然可以，如果你找得足够久的话！"

于是他继续前行去寻找命运，最后，命运出现在他面前，她住在一个美轮美奂、金碧辉煌的宫殿中，但是，她的财富日益减少，她住所的门窗开始摇晃。她向他解释道，她在不幸和幸运之间轮流出现，她在某一个时刻的位置就决定了在那个时刻，来到世界上的所有儿童未来的命运。她说："你来到世界上的时候，正巧赶上我的财富逐渐衰落，这就是你不幸的原因。"她告诉他，唯一蒙蔽或者取得好运气的方法，就是用他外甥女米利瑞拉的命运和他的命运交换，因为她出生在一个合适的时机。她说，他唯一需要做的就是，将他的外甥女带到他的房子里，告诉所有询问他的人，他所拥有的一切都属于米利瑞拉。

他按照她的要求去做了，他的命运瞬间就发生了翻天覆地的变化，他的牲畜不断地繁殖、增肥，他的果树被果实压弯了腰，意外之财也从天而降，他的土地也获得了惊人的收成。不过，一天清晨，当他满心欢喜地站在田边，看着金灿灿的麦田时，一个陌生人突然问他：谁是这块麦田的主人，我在朝露中来回走动，看到这块麦田里的庄稼是邻近麦田庄稼的两倍高，收成也是它们的两倍。他得意忘形，回答道："这是我的。"大火随即在麦田的另一端熊熊燃起，未过几时便烧成了灰烬。这时，他才想起来被他忽略了的忠告，他追着那个陌生人喊道："停下，我说错了，我告诉你的都不是真的，这块麦田不是我的，是我的外甥女米利瑞拉的！"听到这些讲话，大火立刻熄灭了，玉米又抽出了新芽。

（2）这个幼稚古老的传说，如今可以作为我们无知的明证，证明从人类第一次质疑的眼光开始，有关运气这个神秘莫测的问题就未曾改变过。我们有自己的想法来增强内心的喜悦或悲伤，这些外部的时间或多或少都有一些影响。对于一些人来说，这些思想可以获得一些勇气和警觉，他们在山上树立了一些水晶和青铜，控制着冒险的惯常路径，没有他们的允许，任何人都不能通过。我们的思想还供养和维持着我们的意志，它能够阻止那些有害或无用时间的发生，这些小岛有一定的安全保障，对于外来的侵袭有一定的防卫能力。但在这些小岛周围延伸出一些区域，这些区域像海洋一样宽广无常，就像海浪受海风的影响一样，这些区域也受到运气的影响。无论是意志还是思想都不能阻止这些风浪对我们的侵袭，它们经常出其不意地偷袭我们，我们会因此受伤，甚至手足无措。只有当风浪退去，意志和思想才能发挥有益的作用。它们会唤醒我们，为我们包扎伤口，恢复我们的勇气，小心翼翼地提防着，防止伤害和打击威胁到生命的源泉。它们的任务就是如此，或许看起来比较卑微，但实际上，除了碰巧遇上致命的灾难或死亡，否则意志和思想足以中和它的全部影响，保留那些对人类幸福来说，最美好和必不可少的东西。

（3）令人敬畏、丰富多彩的运气一直在我们能够预见到的事件中小心翼翼地来回穿梭，它一直在我们深思熟虑的行为上徘徊，我们就是通过这些事件，摸索着生命的大体轨迹。我们呼吸的空气，度过的年代，穿越的空间都暗藏着大量意外情况，它们随时都能在人群中把我们挑选出来。只要对它们的习惯稍加研究，我们就会确信，这些奇怪的危险的女儿们，虽然像她们的父亲一样又聋又瞎，但绝不会像她们的父亲那样，不计后果地采取行动。她们很清楚自己的所作所为，而且绝不会有差错，她们用不可思议的敏锐洞察力，直接走向那个曾经遇到过的行人，轻轻地拍他的肩膀。两个人或许走在同一条路上，出现在同一时间，但这两个人的命运不会有任何迟疑和犹豫，无形的命运早已埋伏在他们的旅途中。一群纯洁的少女手持棕榈树和双耳瓶，急急忙忙地走向其中的一个人，带来了不计其数意想不到的快乐；埃斯库罗斯口中的“邪恶女人”却定向了另一个人，好像她们就是来报复这位不知所以的受害者的，在他未出生之前，他就已经犯下了一些无法原谅的罪行。

（4）在生活中，任何人都或多或少地遵循着命运的运作方式，人们有时候会遇到无妄之灾或意想不到的好运，在一个十字路口，好运或霉运好像突然从天上的星星降临到人间，或从地下冒出来，虽然看起来并不应该，虽然无缘无故，却又是那样的完整彻底、难以避免。我们会说，有些人从来没有想过得到某个职位，是因为他知道，他的竞争对手远强过他。但他会看到，这个竞争对手在关键时刻突然消失了；另一个人一直仰仗着有权势的朋友的照拂，他也会看到，当他有一天最需要帮助的时候，这位朋友却恰巧离世了。第三个人既不聪明也不漂亮，但每天清晨都能来到好运、荣耀和爱的殿堂，每一扇大门稍加片刻便为他敞开；另一个人天资聪颖，在迈出每一步之前都会思虑良久，却在厄运即将关上接下来的半个世纪的门之前来到世上。一个人出于愚蠢的技艺，无数次拿自己的生命做赌注，却都安然无恙；另一个人小心谨慎，因为正义的事业而冒险一次，却永远失去了健康。为了帮助第一个人，成千上万个陌生人虽然素未谋面，却暗中相助；为了阻碍第二个人，不计其数的陌生人无视他的存在。实际上，不管是协助还是阻挠，双方都没有意识到自己在做什么，他们只是遵循着同样分布均匀的小命令，到了指定的时间，那个神秘机器的各个零件天衣无缝地组合在一起，协同合作，时间就赋予了我们两个迥然相异的命运。

（5）在一本名为《运气和命运》（Chance and Destiny）的趣味横生的书中，作者富瓦萨克列举了各种各样稀奇古怪的例子，许多人的一生中充满了持久费解、根深蒂固、命中注定、无法挽回的罪恶。随着我们的深入阅读，我们形成了一种错觉，认为自己受到另一个世界令人不安的理论的引导，这个世界缺少人类理性和正义所必不可少的所有因素，幸福和悲伤都被分配。例如，沃韦纳尔盖（Vauvenargues）是最为可敬可佩的人物，但在所有的圣贤中，他的命运也是最坎坷的。每当他安危未定之际，总会遭到致命灾难的打击，倍加沮丧。虽然他天资过人、有勇知方、高风亮节，但日复一日，他已经习惯了背叛，沦为无妄之灾的牺牲品，在他三十二岁作品刚刚得到认可的时候英年早逝。勒叙尔克斯（Lesurques）的一生也是一个悲惨的故事①，我们看到，那成千上万个巧合似乎都是在地狱中设计好

① 富瓦萨克简洁地总结了他的一生：共和四年花月八日，信使和左舆马者带着信件从巴黎前往里昂，夜晚九点在塞纳尔森林遭到袭击和谋杀，凶手是和信使一起并驾齐驱的库里奥尔（Couriol）以及雇来马车与其碰头的罗西（Rossi）、威代尔（Vidal）、迪博斯（Dubosq）和狄罗沙（Durochal），最后，负责雇马车的伯纳特（Bernard）也参与了接下来的抢夺。在这起案件之中，一共有五名罪犯和一名帮凶，在接下来的四年时间里，一共有七人被送上了断头台。因此，正义在此多杀了一个人，她的剑指向了一个无辜的人。其余的六个人都承认了自己的罪行，但剩下的一个人从未与这六个人同谋。这个人就是勒叙尔克斯。他一直申辩说，自己并没有犯罪，那些所谓的共犯也宣称，他们并不认识他。那么，这个可怜的人是如何同这起案件有牵连，从而让他的名字变成悲哀的代名词的呢？命运就是如此，这起案件发生的四天前，勒叙尔克斯带着一万八千里弗从杜埃前往巴黎，这笔钱他可以给他的孩子提供更好的教育，当他和自己的同乡盖农（Guesno）一起用餐时，库里奥尔正好进来，邀请盖农加入他们。勒叙尔克斯马上就有了作案的嫌疑，实际上，这顿饭的确足够监禁盖农一段时间，但他可以证明，作案时自己并不在现场，因此，法官道本顿（Daubenton）立刻就释放了他，告诉他第二天来取他的证件。花月十一日清晨，盖农去取他的证件，在前往辖区警局的路上遇到了勒叙尔克斯，他请求他陪他一起去，而勒叙尔克斯也没有什么事情，就接受了他的邀请。当他们在接待室等待法官前来时，两个与此案有关的妇女出现了，她们错将勒叙尔克斯当成了逍遥法外的迪博斯，没有任何迟疑，她们就指证他为刺客之一，而且不幸的是，一直到案件的最后，她们一直坚持自己的指证。勒叙尔克斯的经历对他完全有利，他还提供证据证明，在花月八日，他一直都没有离开巴黎。他宣称，自己当天一直同一位名为阿尔登勒夫（Aldenoff）的珠宝商在一个名为罗朗格（Legrand）的珠宝公司谈生意，实际上，这些交易的确发生在八

的，它们交替出现，互相协作，摧毁了一个无辜的人；而事实却受到命运的束缚，只能默默地在心中尖叫，就像我们做了噩梦，无论我们如何抗争，都无法撕碎夜晚的面纱。巴黎议会的

…………………………

（接上页）日，但当罗朗格被要求出示记录时却发现，由于办事员的错误，将这笔生意记录成了九日发生的事情，办事员认为，他最好将九日勾去，将其改为八日。他认为自己这样做能够拯救他的同乡勒叙尔克斯，因为他知道，他是无辜的，但就是这一举动将勒叙尔克斯送上了不归路。这一修改和覆盖的痕迹很容易辨别，从那一刻起，公诉方和陪审团对于为被告辩护的八位证人持严重的怀疑态度，他被判有罪，财产也被充公。从他被判刑到处死之间共隔了八十七天，这在那个时代，算是不同寻常的拖延，但人们还是充分怀疑他的罪行。法院的理事会认为他们无权缓刑，他们认为，将这起案件提交五百人议事会是他们的职责；并且问道："是否勒叙尔克斯因为长得像其中的一个罪犯就应该被处死？"在讨论西米恩（Simeon）的报告时，议事会通过了处死勒叙尔克斯的决定，并赦免了他的法官。当这个裁决下达之后，不仅勒叙尔克斯不停地申辩他的无辜，甚至连库里奥尔也用坚定的语气哭喊道："勒叙尔克斯是无辜的！"在忍受酷刑时以及在断头台上，他一直重申自己的无辜。其他的罪犯在承认自己罪行的同时，也宣称勒叙尔克斯是无辜的。直到共和九年，迪博斯才被逮捕并处以极刑。这个致命的打击导致这个家庭家破人亡，勒叙尔克斯的母亲因为悲伤过度而死亡，他的妻子疯掉了，他的三个孩子备受耻笑，因为贫穷饱受苦难。当地政府为这家人的苦难动容，将非法充公的钱财分两次还给了这家人，共计五六十万法郎，但一个骗子抢走了大多数的钱财。六十年之后，勒叙尔克斯的三个孩子中仅有一个幸存——弗吉尼亚·勒叙尔克斯，公众舆论一直认为她的父亲是无辜的，并且主张为她的父亲平冤昭雪。但她要的不止于此，当1867年6月29日的法律通过时，授权修正这一判决，她希望自己能够在法院内宣布这次昭雪，但上诉法院在精密的讨论之后，在1868年12月17日宣布，这起案件没有理由重新审理，弗吉尼亚·勒叙尔克斯并不能证明她平反昭雪的要求是正当的。看起来这就像是一个可怕的梦魇，一些可怜的人被复仇女神玩弄于股掌之中，勒叙尔克斯在盖农家享用的那顿致命的饭菜，看起来并不比梯厄斯忒斯（Thyestes）的悲剧差多少。事情的发展推动他越来越接近于脚下的深渊，他的命运就像是一个巨大的秃鹰,在他的头顶盘旋，遮蔽了那些接近他的人的光线。这个命运的圆圈魔法般地将所有的事情联系在一起，它们不断地发展、联合，最终这些漩涡汇集在一起，造成了一个人的死亡。在这件事情上，残忍的命运的确看起来是受到超自然力量的支配，这起案件非常具有典型性，非常可怕，看起来就像是虚构的故事。但毋庸置疑的是，那些在邪恶或恶毒的星光下生活的普通人，类似的事件还会每天在他们的生活中上演，让他们承受无数琐碎荒谬的屈辱。

议长艾马尔·德·朗索内（Aimar de Ransonnet）是一个正直无私的人，首先被突然解除了职务，随后亲眼看见了他的女儿死在污秽的粪堆上，他的儿子死在了刽子手的刀下，他的妻子被闪电劈死，而他被控诉为异教徒，押送至巴士底狱，还没有等到审判他便悲伤而死。

我们认为，发生在俄狄浦斯和阿特雷德斯身上的灾难只是一个传说，并不能取信，但我们发现，在当代历史中，斯图亚特王室和科里尼家族①所遭受的致命打击也是接连不断。那些让

……………………

① 斯图亚特王朝的不幸众所周知，但人们似乎并不熟悉科里尼家族的不幸。在这部书的最后，作者给了清晰的描述，我摘录如下："加斯帕尔·德·科里尼（Gaspard de Coligny）在法国弗朗索瓦一世当政期间担任上将一职，并和康斯特布尔的妹妹安妮·德·蒙特莫朗西（Anne de Montmorency）结成连理。在袭击查理五世的时候，他因为在形势大好的情况下延迟了半天，从而错过了一场酣畅淋漓的胜利而饱受申斥。他的一个儿子同时担任大主教和枢机主教一职，信奉新教教义，穿着红色的法衣同一位女子结婚，在圣丹尼战役中同国王作对，逃往英格兰。1571 年，他的一个手下想要毒死他，他成功逃脱，随后返回法国，在罗谢尔（Rochelle）被逮捕，被判以死刑并立即执行。枢机主教的哥哥阿德米拉尔·德·科里龙（Admiral de Coligny）被认为是那个时代最出色的将领，他在圣康丁（Saint-Quentin）的防守工事让人赞叹不已，但此处受到风暴的侵袭，他在战争中也沦为战俘。在成为加尔文教徒真正的领导者之后，他又在孔代亲王手下展示了无畏的勇气和非凡的能力，不管是他的天资还是军事才能，都毋庸置疑。但在所有的领域中，他还是一无所成。1562 年，他在勒克斯（Dreux）战役中输给了吉斯公爵（Duc de Guise），在圣丹尼战役中输给了康斯特布尔·德·蒙特莫朗西（Constable de Montmorency），最后，亚纳克战役对他的党派造成了致命一击。在蒙特康图（Montcontour），他又一次遭受了失败，因为在普瓦图（Poitou），他的勇气还没有动摇，他的天资还能够抵制命运的侵袭，比起那些获得胜利的敌人来说，失败以后的他看起来更令人敬畏。他经常身负重伤但毫无惧色，他的朋友们看到他血流如注，忍不住失声痛哭，他却平静地对他们说：'难道我们从事的职业，不应该让我们将生死置之度外吗？'在圣巴塞罗涅大屠杀发生的几天前，莫尔沃特（Maurevert）从圣詹姆斯—欧塞尔（St.Germain-l'Auxerruis）修道院的一所房子里，用卡宾枪朝他射击，打伤了他的右手和左胳膊，伤势严重。在那个血腥之日的前夜，策划谋杀的那个党派的党魁贝姆（Besme）故意进入了上将的房间，对

他们陷入绝境的事件，看起来就像是个人的蓄意报复。还有一些可怜无辜的受害者，例如英格兰的亨丽埃塔（Henrietta），亨利四世的女儿路易斯·德·波旁（Louise de bourbon），约瑟夫二世和埃及艳后。

在其他的领域内，面对机遇、战争、海难、大火、暴风雨和决斗中的不公平，我们能说什么呢？这种不公平虽然毫无智慧可言，却神志清醒、非常条理，而且经过了事前的计划。一个名为沙特内·德·皮伊塞居尔（Chastenet de Puysegur）在四十年的服役生涯中，参加过三十次战役和一百二十次围攻，一直冲锋陷阵，表现出了令人惊叹的勇气，但从未受过枪伤或刀伤，而上将乌迪诺（Oudinot）却受伤达三十五次，特勒泽（Trezel）将军每次上阵都会受伤，我们又如何看待这种不公平呢？面对洛赞（Lauzun）、沙米亚尔（Chamillart,Chesterfield）、卡萨诺瓦（Casanova）和查斯特菲尔德（Chesterfield）超凡的好运，或者虽然西拉（Sylla）、马吕斯（Marius）或狄奥尼索斯（Dionysius）罪恶满盈，但一直受到命运不可思议的垂青，我们又能怎么解释呢？在狄奥尼索斯年老体弱之后，虽然他的行为

…………………………

（接上页）其百般殴打，将他的头颅割下并扔出窗外。据说是扔在了吉斯公爵的脚下，由于暴徒的无礼，他的尸体被暴晒三四天，最后被倒挂在蒙特福孔的绞刑架上。因此，即便阿德米拉尔·德·科里尼的一生大部分时间荣誉加身，但他依然是失败的，他的对手吉斯公爵虽然没有那么聪明，却比他厚颜无耻，尤其是对他的命运非常自信，能够出其不意地袭击对手，并掌控事情的发展。阿贝·德·马布里（Abbe de Mably）说，科里尼是一个诚实的人，吉斯公爵却假装有无数的优点，因此人们厌恶科里尼，吉斯却是他们的偶像。据说，上将留下了一本日记，查理九世对其颇感兴趣，但是阿德米拉尔·德·雷茨（Marshal de Retz）却将其付之一炬，最终，科里尼家族的人都遭到致命的打击，这个家族唯一的血脉也在同舍瓦利耶·德·吉斯（Chevalier de Guise）的决斗中死去。”

令人憎恶，他的一生却难以置信的顺利，临死之前得到雅典人遭受了灭顶之灾，在愉快中离世。我们又怎么理解，希律王在血泊中游泳，曾经将他的一个妻子和五个孩子置于死地，凡是正直之人稍加反抗，便招致杀身之祸，但他在事业上顺风顺水？

（6）这些闻名于世的例子或许仍在不断地增加，但实际上，在日常生活渺小昏暗的舞台上，不计其数反复无常的好运或厄运以一种卑微，但同样显著的方式发挥着作用，这样的情形每天都会上演，这些例子不过是反常的、历史性的演绎而已。

毋庸置疑，当我们细致地研究这些睥睨一切的好运或恒定不变的厄运时，首先必须将运气的分配归结为可以解释的，精神或身体方面的原因。如果我们了解沃韦纳尔盖，我们或许就会发现他的性格胆小懦弱、优柔寡断、骄傲自负，因此他无法等待时机的成熟或者没有足够的勇气抓住机会。人们都希望在那些误判的案件中找到无辜的人，但勒叙尔克斯却缺乏利用这种惊人力量的能力，斯图亚特王室和约瑟夫二世也是如此。埃及艳后一直为引狼入室，铸成大错而后悔不迭。但洛赞、卡萨诺瓦和查斯特菲尔德勋爵将这些阻碍诚实之人的优柔寡断都抛在一边。毫无疑问，虽然西拉、马吕斯、狄奥尼索斯、希律王或阿斯卡洛尼特（Ascalonite）从表面上来看，拥有无与伦比的运气，我想没有人注意到，他们的内心深处潜藏着一个莫名其妙、焦躁不安、血迹斑斑的幽灵，这个幽灵既没有思想，也没有感情，而这些正是幸福（如果幸福这个词可以用在此处的话）的源泉，这些幽灵只能靠不停地作恶保持活力。即便这是我们所能得出的最合理、最不受束缚的结论（随着我们见识的生命越多，对生命的理解越深刻，对于微小诱因和巨大影响之间的秘密了解得越深入，这个结论就会越包容），我们也不得不承认，在那些一直反复出现的巧合中，在那些接二连三的好运和厄运之中，依然有一种重要的，时常是必要的，甚至有时是独一无二的东西存在，我们只能将其归结为真实存在的未知力量。虽然费解，却无须用辩驳的意志。我们称其为际遇、宿命、天命。运气、幸运、吉星或邪恶之星，白色翅膀的天使或黑色翅膀的天使，还有许多其他的名字，这些名字或多或少都和几个世纪以来，各个民族的想象力和诗意的才华相契合。在人们理所当然地认为他们是地球上无拘无束、至为重要的万物之灵以前，在所有需要解决的问题中，我们在此面临着一个最复杂、最严肃的问题。

（7）让我们把这个问题以最简单的形式表现出来，并利用我们的理性来解决它。但首先，让我们考虑一下，它是否只对人类产生影响。在这个浩瀚无穷、稀奇古怪的星球上，我们有许多沉默忠实的同伴，我们经常发现，当我们到达一定高度之后，这让我们的眼睛倾向于关注那些让我们眼花缭乱的虚幻的东西，它们会吸引我们的关注，让我们轻而易举地就认为，所有的星光、众神或者宇宙至尊法则的神秘代表只关注我们的存在。我们那些可怜的同伴保持着惊人的冷静，自信地顺应我们的想法，好像它们知道许多我们已然忘记的事情；我们心急火燎地寻找的秘密，其实正安静地掌握在它们手中。很显然，动物，尤其是家养动物都有属于自己的命运，它们也知道，持久和无端的幸福意味着什么，它们也曾接二连三地遭受过无妄之灾。它们和我们一样，有权利讨论它们的星宿、它们的好运或厄运，它们的繁荣或灾难。一匹拉马车的马，在经历成百上千个残忍、不知姓名的主人经手之后，死在了一位屠夫手中，另一匹赛马，在一位善心主人的马厩里，安详地寿终正寝，这两匹马的命运就像有的人生来贫困潦倒，有些人含着金钥匙出生一样，从正义（至少我们接受佛教的理论，众生在这个世界上的好运或惩罚都是前世种下的因）角度都无从解释。在佛兰德斯有一种负责拉东西的狗，它们的生活也完全取决于命运的善意或刁难，其中的一些会被屠夫买走，开始了安逸无忧的生活。它们的工作是微不足道的，早上，它们四脚装上挽具，拉着一个轻便的马车前往屠宰场，夜晚，它们就带着愉悦的心情耀武扬威地飞驰回家，穿过古老城镇的狭长街道，待它们回家，就有丰盛的晚餐等待着它们。有时，它们的生活出人意料的安逸，它们就在屠宰场的荒地上逮老鼠。它们的食物供应充足，身体很快就肥胖起来，像海豹一样有光泽。它们所拥有的幸福，只有那些享有盛誉的狗凭借自己单纯的本能才能获得。但是，那些被卖沙子的小贩、专门收集生活垃圾的人或者穿着沉重、粗糙木屐的贫苦农民买去的一奶同胞们，它们整日拉着沉重的马车或不成形的手推车，肮脏污秽、苍白无毛、孱弱不堪、饥肠辘辘，一双粗糙的大手用几根铜线拉着它们不停地转圈，一直到它们力尽而亡。显而易见，在一个人类无从直接控制的世界里，一定还有运气不佳的鹧鸪、野鸡和鹿，它们总是逃不过猎人的捕杀，而另外一些，尽管人们疯狂捕杀，出于无法言说的缘由，它们总能成功逃脱。

因此，它们和人类一样，也必须承受显而易见的不公平。不过，当我们想到它们恶劣的生存环境时，我们一般不会联想到众神，或者将其归咎为神秘力量的作用。发生在它们身上的一切不过是发生在我们身上的事情的缩影和简化。实际上，在它们的世界里，我们就扮演者神秘力量的角色，而我们仍在苦苦寻找支配我们命运的神秘力量。然而，我们如此对待动物，我们又有什么权利期望更加明确、更具智慧的公平呢？无论如何，如果这个例子能够剥夺运气一点无用的威望，激起一点奋斗和争取主动的精神，那么，这个例子的重要性就不言而喻了。

（8）不过，一切都有回旋的余地，至少就人类更加复杂的生活而言，在命运显而易见的意愿中，对于那些好运和厄运，一定仍有一些人类无法诠释的原因，或许，人们可以称之为命运“微小的变化”。几千年以来的生活经验已经转化成一种本能，我们对生活的法则已经形成了无法言传的基本观念，我们知道，在其他情况都相同的情况下，人类依旧有“幸运”和“不幸运”之分。我亲眼看见了一位好友一生被厄运缠身的全过程，我并非意指他的生活不幸，甚至值得一提的是，那些恶劣的影响一点不妨碍他的那些真正的幸福，或许因为那些真正的幸福被严加防守，恶劣的影响根本无法企及，因为他拥有高尚的道德情操、深刻的思想、强烈的希望、感情和信仰。他深知，这些是运气无法触及的东西，除非他同意，否则这些都不会离他而去。命运并非无法征服，在生命的中心流淌着一条精神的运河，虽然它会延伸出无数支流，虽然外部的危险也会通过成千上万条渠道汇入，这些都独立于我们的意志之外，我们仍然能够决定它流向幸福还是悲哀。

一条壮阔的河流夹杂着纯洁的冰川从山巅飞驰而下，最终流经平原和城镇，但这些地方汇入的只是一些污秽的河水。这条河流瞬间变得污浊不堪，我们唯恐它再也不能像那些纯净的喷泉一样，倒映湛蓝的天空。因为这些就是它的灵魂，是它强大力量平静而深刻的展现。如果我们前往传统的乡村，观察巍峨树木下的河流，我们就会发现，它早已将污浊的水沟置之度外，它清澈的波浪中依旧倒映着湛蓝的天空，就像它起初微笑着从源头奔流而下一样，现在奔流入海的河水一样清澈见底。

因此，说到我的这位朋友，虽然他不止一次痛哭流涕，但至少，这并非刻骨铭心的记忆，也并非为我们的死亡而掉下的眼泪。那些失败和在所难免的失望一旦过去，只能让他的神秘幸福变得更加深刻，让他的信念更加坚定，它们会在他的幸福周围编织一个更加阴郁的轮廓，幸福却看起来更加弥足珍贵，更加明确和热情。但是一旦它脱离了那个令人着迷的外壳，那些怀有敌意的事情就会争先恐后地向他袭来。举例来说，有一个剑术精湛的击剑者，他进行了三场比赛，结果每一次都被剑术没有他精湛的人所伤。如果他乘船旅行，从来没有一次一帆风顺，不管他投资什么产业，一定会一败涂地。接二连三恶意事件的发生让他应接不暇，任何判断上的错误都可能对他陷入长期而严重的麻烦之中。另外，虽然他的脸看起来和蔼可亲，他的眼神看起来真挚坦诚，但他并不是我们所说的“多愁善感之人”。不知道什么原因，我们总是对擦身而过的陌生人，甚至是我们的敌人报以友爱之情，但他并不会立即产生这样的感情。他在感情上也并非春风得意，虽然他对命运为他安排的女人死心塌地，虽然他比任何人都更值得她爱，但他得到的只有背叛、欺骗和伤心。他竭尽全力避免厄运在他前进道路上设置的每一个微不足道的障碍，他没有心灰意冷，也没有感受到切肤之痛，只是有时会对厄运接二连三地来临感到惊讶。直到最后，终于否极泰来，伟大而孤傲的好运出现在他的生命中：一种他急切渴望的爱，一种完全彻底、热情如火、坚定不移、独一无二的爱。从那一刻起，他似乎受到另一种星光的照耀，那种耀眼的光芒似乎只惠及他一人；那些令人心烦意乱的事情逐渐离他远去，在袭击他的时候也变得小心翼翼，靠近他的时候也变得行动迟缓。它们似乎并不心甘情愿地让他溜走，而他则看到了自己已经时来运转。可以说，如今，当他注视着运气在众人面前形成的冷漠模糊的氛围，回想起自己的每一步都被无形的敌人注视，整日危险重重的时刻，他只会浮现灿烂的笑容。

（9）我们不能将所有的现象都归结为神灵的作用，在他们能够清楚地诠释自己之前，他们不能为我们解释任何现象。命运来自于深不可测的深夜，它只是我们不甚了解的众神之一，和其他人相比，它并没有权利干涉我们的生活，也没有权利向我们抱怨。“就是我要解释它！”我们也不要祈求宇宙无限的法则、历史的意图、众人的意志或正义的星宿。这些力量的确存在：我们屈服于这些力量，就像我们屈服于太阳的力量一样。我们对它们的运作方式一无所知，但在它们巨大的影响之外，依然为我们留下了巨大的发挥空间。相比于一直在我们拥挤住处的狭长小路上丢下一片树叶或捡起一棵小草而言，它们有更重要的工作。因为我们是当事人，所以我想，打开神秘之门的钥匙就在我们自己手中；因为每一个生物都有解决自己难题的最好方案，在生存意识之下是我们的理性和意志，这是一种意义更为深远的存在；它的一边连接着历史记录之外的过去，另一边则是数千年都望不穿的未来。我们可以理所当然地认为，众神都隐藏其中，我们所居住的地球和其他的星球都会接二连三地出现，我们竭尽全力想要赋予它一个我们能够理解的名字和形式。随着人们的视野越来越清晰，随着人类对想象和符号越来越趣味索然，这些名字和外在的形式都会随之消失。迟早有一天，人类会发现仅剩下一个名字和一种形式，而他也会随之发现，这最后一个名字和形式不过是神秘力量的最后一个影像，而这种力量就掌握在自己手中。我们也会明白，那些从我们内心出离的众神再次回到原地，如今，我们可以开始进行质问了。

（10）因此我认为，我们必须在这种无意识的生活中，在如此广阔、如此神圣、如此无穷无尽而又深不可测的生活中寻找好运或厄运的解释。在我们内心存在一个真正的自我，那是我们的头生子：无法追忆、无影无踪、普遍存在，或许亘古不朽。我们的智慧不过是闪烁在内心海洋上的一道磷光，到目前为止对其依然一知半解。但是，我们的才智也渐渐认识到，那些迄今为止人类尚未理解的现象，它们的秘密就隐藏于此，而且也只隐藏于此。和我们的智慧相比，这个无形的存在生活在另一个世界的另一个阶段上。时间和空间时两堵令人敬畏但是虚幻的墙，如果我们的理性不想绝望地迷失方向，必须在其中不停地流动。但是真正的自我却对时空没有任何概念，它也无所谓距离的远近，不关心过去和未来，也不知阻力为何物。它对一切事物都了如指掌，无事不通，对于这种能力，这种知识，我们一直给予不同的认可。对于它的表现，我们曾给予不同的名字，称之为本能、灵魂、无意识、潜意识、本能反应、预感和直觉等等。我们相信，虽然它并不直接作用于我们的意志和理性，但相比于我们的神经系统而言，它拥有更加神秘莫测的惊人力量，这种力量看起来就是生命的萌动。它在每个人中的性质大体上相差无几，但与智慧交流的方法却因人而异。有些人将这些未知的原则奉若神明，将其深埋于心底，只关心身体的机能和物种的延续；在另一些人那里，这种力量一次次地浮出表面，竭力和外部有意识的生命发生联系。它那神奇般的存在立马同人类事业的本质特征联系在一起，鼓舞、警告并决定着人们的生活，为人们的生活提供建议。这种力量从何而来呢？并没有确定无疑的答案。举例来说，我们并没有察觉，在无意识的活动和人类智慧的发展之间，存在任何恒定不变的联系。对于这种力量所遵循的原则，我们一无所知。我们现在唯一能说的是，它看起来纯粹是一种偶然的力量，我们也没有任何线索能够帮助我们猜测，造成这种不同的原因何在。

（11）或许，好运或厄运所遵循的路线大致如下：那些幸运或不幸的事情来自于伟大永恒法则的最深处，它横亘在我们面前，完全阻挡了我们的去路。它在那里岿然不动，难以避免又分布不均，它对我们视若无睹，也没有按照我们的解释行事，它只关注自己，也只按自己的原则行事，完全视我们为无物。当事情即将降临到我们头上时，我们已经感受到它的影响，我们不是逃避就是勇敢地面对，或者采取迂回的路线，或者迎难直上。假设发生了灾难性的事件：火灾、死亡、瘟疫或者有些反常的意外或不幸。它就等在那里，虽然看起来毫不起眼，微不足道、漫无目的，但实际上尽善尽美、不可移易。但迄今为止，它仍然只是一种可能，它在宇宙中普遍存在，但只存在于未来，而我们的智慧和意识却不能洞察事情的发展，只是随着时间的推移，好像灾难都不再是原来的模样。让我们更加细致一点，列举一个海难的例子。这艘船还没来得及离开海港就沉没了，暗礁和浅滩可以轻而易举地让它永远地沉没在海底，月底才会来临的暴风雨如今还在蛰伏中，存在于蓝天的奥秘之中，在我们的视力所及之外。一般来说，也没有什么好记录的，如果这场灾难[1]没有在未来发生，来自五六个不同国家的五十名乘客应该按时乘船了，但命运偏偏将这艘船收为已用，这艘船一定要沉没！或许，在那些同一天离开的人之中，早在几个月前，甚至几年之前，一种神秘的选择就已经在发挥作用了。或许，在原来打算乘船的五十人当中，当船抛锚时，只有二十个人越过了甲板。甚至或许在这五十个人当中，没有一个人警惕恶劣的环境，但由于之前的海难，他们紧急取消了自己的航行计划，

① 一个值得注意、恒定不变的事实是，比起一个人所做的最合理的假设而言，那些重大灾难的实际死难人数要少得多。在最后关头，经常会发生偶然或例外的情况，它们会拯救一半，甚至三分之二仍受到灾难无形威胁的人。一般来说，相比于一艘轮船正常行驶的时候，它注定要沉没时，船上的乘客要少得多。和相安无事时相比，两列相撞的火车，或者一辆冲向悬崖的公共汽车，车上的乘客肯定要少得多。排除其他的可能性，如果一座桥梁要坍塌，发生的时候一定是人群已经散开的时刻。如果大火在戏院或其他公共场所蔓延，也会引发其他不幸的事件。但是，正如我们所知道的那样，真正的危险并不是大火，而是惊慌失措的人群。同样，当发生瓦斯爆炸时，这时候矿井下的矿工明显少于平时的人数。当化工厂爆炸时，如果人们不离开肯定粉身碎骨，这时我们发现，大多数工人都因为琐碎的事情离开了工厂，这是非常幸运的。同样真实的是，我们每天在报纸上读到的评论也一成不变，一贯熟悉的陈词滥调："我们成功地躲避了一场可能造成巨大伤亡的灾难，多亏了这种或那种情况！"或者"当灾难马上就要发生时，所有的乘客，或者所有的工人突然意识到危险的来临"，这难道不是运气的仁慈吗？我们越来越不认为它具有某种个性，设计或智慧。我们完全有理由相信，人类身上的某种东西限制了灾难的发生，一种模糊但是可靠的本能帮助一大部分人避免了正在成形、即将到来、必然要发生的灾难。他们的潜意识为他们敲响了警钟，引起了内心的恐慌，表面上看来就是一些反复无常、有些幼稚和前后矛盾的事情发生，或者一时兴起的观念头，但正是这些拯救了他的性命。

而他们的位置被二十或三十个其他的人所取代，和那五十个人相比，运气并没有在他们耳边发出同样的声音。在此，我们已经到达人类最深奥秘密的最深处，这些假设必然都变成了强弩之末。但在虚构的事情当中——在日常生活中不甚明了的紧要关头，经常会存在一些恒定不变的事情，而我们可以在虚构的事件中，将这些不变的事情凸现出来——我们会注意到，所有的决定和行动都来源于我们的潜意识，而不是无法确定、遥不可及的神仙，这难道不是更合理吗？我们的潜意识预见到了灾难的发生，肯定如此，它已经看到了灾难的影像，因为他对于时间和空间一无所知，因此，灾难发生在它面前，就像展示在永恒力量面前一样。提前预知事情的模式寥寥无几，在五十名乘客中，有一些人已经提前得到了警告，但只有两三个人预感到灾难的降临；对于这些人来说，潜意识自由自在，不受任何限制，因此，也就更容易接触到。智慧虽然晦涩，却是第一个层面。一些人对这些深信不疑，他们只是痛斥那些莫名其妙的障碍和延迟；他们竭尽全力按时到达，却无法成行，因为他们生病了，迷路了，改变了原来的计划，被一些无关紧要的事情缠身，吵架了，恋爱了，或者由于一时的闲散和健忘，总之由于自己的原因耽误了。他们无法按时乘坐那艘运气不佳的船只，虽然这是合乎逻辑、不得不做出的选择，但他们的潜意识在紧要关头拯救了他们的生命，它深藏于我们的内心，大多数人意识不到它的存在，因此，他们将其归结为好运。他们的确认为，自己从来没有打算去乘坐那艘被海浪吞噬的船只。

（12）至于那些如期出现在致命灾难面前的人，他们就是那些不幸之人，是我们民族中不幸的一类人。当其他人都离开的时候，他们依然固执地留守，当其他人都撤退的时候，他们依旧勇敢地前行。他们准时登上那班脱轨的列车，当宝塔坍塌的时候，他们正好从下面经过；进入房间时，大火正好蔓延；经过深林时，恰好遭到雷击；他们投资的银行，银行家正好打算携款潜逃。他们不幸地爱上了本该避开的女孩，做了不该做的事情，做了不该有的手势。当好运发出号召时，其他人都在内心仁慈力量的驱使下慌忙逃离，他们却与之擦身而过，或许是因为他们没有听到，或许是因为视那些警告和声音为无物，他们只听从自己智慧的声音，这是一种古老而明智的指引，但它那惺忪的双眼只能看到脚下狭窄的路。他们误入歧途，走进了一个人类理性尚且懵懂无知的世界。这些人可以理直气壮地指责命运的不公，但提出的理由却不是最好的，他们有权利询问，为什么命运时刻提醒着他们的同胞，而将他们抛在一边。但是，一旦提出这样的指责——这是对无法挽回的不公平所能提出的最严厉的指责——他们就没有其他可以抱怨的理由了。宇宙对他们并没有敌意，灾难也没有对他们死缠烂打，是他们自己走向了灾难，外部的一切希望他们一切顺利，伤害只能源于他们自己。他们遭受的灾难并没有一直在等待他们，只是他们自己做出了选择。和所有人一样，在人生的旅途上，他们总能碰到一些既定的灾难，就像是集市上的商品，等待着顾客购买。没有人欺骗他们，他们只是自欺欺人罢了，他们并没有遭受迫害，只是灵魂在无意识地履行自己的职责而已。和其他的灵魂相比，他的灵魂难道不够敏锐？难道不够热情洋溢？难道它们在那间永不开启的监狱中绝望地睡去？一扇令人望而生畏的大门将无事不通的无意识生命引入一无所知的智慧生命，难道再强大的意志力也无法将它们唤醒，也无法开启那扇令人敬畏的大门吗？

（13）在我昨天探讨这些事情的时候，我的一个朋友也在场，他对我说："相比于哲学家提出的问题，生活所提出的问题更加敏锐，今天我必须在你所阐述的问题上，再增加一些稀奇古怪的问题。我在想，如果两种'运气'——换句话说，两种潜意识，一种潜意识敏锐、幸运，而另一种潜意识迟钝、拙劣——在同一件事情、同一件任务上相遇，并在一定程度上融合在一起，结果会如何呢？究竟是哪一方最终获胜呢？我很快就获得了答案。她是我在这个世界上最珍视的人，今天下午，我决定做一件对她来说至关重要的事情，甚至可以说，她的未来就寄托于此。这决定了她外在的幸福，她是否能够依照自己的本性生活以及维护自己的权利。现在，对我来说，运气就像是一个忠诚不渝、颇有远见的朋友，当我回顾我的过去时，像所有人一样，我的生命中存在着五六个关键的时刻，这是我命运最关键的转折点。我开始相信命运，而且我非常确定，如果我只关注自己的事情，我一定会成功，因为我是幸运的。然而，当我代表别人的时候，事情就没有那么顺利了。她的智慧非常敏锐深刻，她那坚强、均衡的意志也让我望尘莫及。不过尽管如此，人们只能相信，她的潜意识愚蠢恶毒，无情而固执地让她一次又一次地遭受不公平、欺诈和背叛，接二连三地剥夺了本该属于她的东西，迫使她屡次遭到灾难性的巧合，从而走上了不归路。如果这种潜意识强迫她登上了你所提及的那艘船，那么，我自问道，我那警惕深刻的潜意识，应该对这个懒惰邪恶的同胞持何种态度，采取什么样的名义，将它置于何地呢？

对于我仓促提出的问题，在寻找答案的过程中，我们是如何找到那个至关重要的决定的，我们又是在何处找到的呢？这种力量对比决定了我所代表的那个女人的幸福和悲伤，就在我说话的这个时刻，正反两方面的力量对比发生了什么变化呢？拥有决定意义的砝码会从哪一个星球，或者从无法追忆的美德中延伸出来，从隐藏的精神或无形的星辰上降落下来，从而使力量对比有利于光明或黑暗的一面呢？从表面来看，结果取决于当事人的理性、意志和利益，但实际上并不然。如果这个难题对我们所爱之人产生重大影响，当我们面对这个问题时，这个问题就不再那么简单了。我们震惊不已，焦躁不安，好像我们初次面对这样的问题。我们必须服从这些未知事物的引导。

因此，在采取这个措施的时候，我夹杂了更多的情绪，倾注了更多的热情和活力，即便我自己的生命和幸福处于危境中时，我也没有如此用心。我为她所做的一切远比我为自己所做的多，因为在过去很长一段时间内，她的幸福就是我幸福的源泉。我的灵魂和理性对此一清二楚，但是我的潜意识知情吗？构成意识的智慧和灵魂仅仅才过了而立之年，而我的潜意识依旧在追忆远古的秘密，或许能追溯到几个世纪之前。它的发展非常缓慢，就像是生活在一个永无止境的世界里，因此它还没有意识到，另一个存在已经和我紧密地联系在一起，它还没有完全地接纳它。在它接受这个重大的事实之前，还需要多少年的时间？在此，我们又一次见证了它的偏私和差异性，对于有些人来说，他的潜意识马上就意识到他的内心发生了什么，而对于另一些人而言，潜意识迟迟不肯通融理性的所作所为。有一种类似于母爱的爱始终处于灵魂和理性的前面，只有经过漫长的时间，母亲的潜意识才会和孩子们的潜意识分离开来。起初，它用更多的热情和渴望来看护那些孩子，而不是他们的母亲。不过，谁能够确定，我的潜意识是否认为这种爱比我的生命更重要？我自己认为，我采取的措施并没有涉及自身，因此我的潜意识一定会满意于此，因此，它不会出现，也不会干涉我的行动。正当我不顾一切地想要倾注我所有热情的时候，当我更加恳切地想要追求胜利时，它就会躲在自己阴暗的住所里，关注自己神秘的事务，但当我为自己寻求正义时，它便时刻待命。或许它明白，现在我最好什么事情都不要做，我最好不要干涉她的任何事情。但是，这会平添许多无法预见的干扰，我可能会生病，会得重感冒，会被一些无关紧要的事情缠身，从而不会遇到那些灾难性的事情。随后，当我最终出现在那个掌握我命运的人面前时，我那位充满警戒的朋友会张开翅膀护卫我的周全，它的呼吸会给我鼓励，它的光芒会驱散我心头的黑暗。它会提示我必须说什么话，只有说这些话才能了解，掌握我命运的那个人的神秘目标。它会决定我的态度，我的沉默和我的姿态。它会赋予我自信和不可言传的影响，相比于那些理性的缘由和利益的申辩，它更能掌控人类的决定。不过在此，我只是害怕自己的潜意识无所事事，仍只是一味地消极避事，不会像往常一样，在紧要关头出现。它还是一如往常的迟钝，丝毫没有意识到，我的生命已经不再是独立的了，它依旧会依照古老的传统行事，这一传统已经指挥他长达数百年之久。它只是固执地坚持，认为这件事情和我无关，而且认为，让我在这件事情上失败就是对我最好的帮助。但实际上，这比它在我将死之际背叛我，还要让我备受折磨，更加痛苦。因此，真正介入到这件事情当中的，只是我的运气的一种幻象，一种苍白无力的影射而已。我胆战心惊地问自己，这种幻象能否同我的厄运和我所代表的那个人的厄运相抗衡。

（14）几天之后，我的朋友告诉我，他所采取的行动遭到了失败，或许，这次失败只是偶然事件或者由于缺乏自信，因为信心看到成功近在眼前，就会持之以恒、竭尽全力地却获取胜利，这些都是犹豫和迟疑不能做到的。尽管我们偶尔暴露的弱点会让对手本能地产生优越感，但自信并不会因此而困惑不安。或许，在他描绘潜意识的方式中，就揭示了许多事实。因为实际上，在我们的内心深处，潜意识和信心是交相融合的，很难说，潜意识是在何处开始的，而信心又是在何处离开的。我们不要过分细究这个问题，而是关注另一个生活摆在我们面前的问题，这个问题更为直接，也是其中最重要的问题——运气。这和我们的日常生活密切相关。例如，它会问我们，对于那些的确不幸的人，我们应该秉持什么态度，有些人的邪恶之星拥有致命的力量，任何进入它影响范围——或许这个范围很大——之内的东西，都不可避免地遭受灾难，对此，我们又应该以何种态度看待呢？我们应该接收富瓦萨克的建议，远离这些人吗？是的，毋庸置疑，如果他们的不幸源于一种鲁莽、过分危险的精神，一种粗心大意、争长论短、搬弄是非、过分理想或阴暗的心理，那么，这种不幸就是一种持续蔓延的灾难，一个人在无意之中就会传染给另一个人。但如果这种不幸完全是无妄之灾，或者我们珍视的人遭遇这种不幸，那么逃离就是一种既不公平也不体面的行为。在这种事情中，我们的意识虽然了解得寥寥无几，但也足以让事实服从于一个迥然相异的命令，而这些事实是这个世界在破晓之际，开出的第一朵花——它注定要对抗潜意识普遍的智慧，注定会对那些警示无动于衷，走向自我毁灭的深渊。或许，总有一天，任何理想层面上取得的胜利都会诉诸潜意识的作用。

（15）因此，我们问自己，我们认为潜意识是我们运气的源泉，但是否这种潜意识无法变通或提高呢？是否并非所有人都注意到，运气的行事方式是多么的莫名其妙？当我们看到它在一个小镇，或在我们视线范围之内的人群中发挥作用时，运气女神就像一个令人讨厌的人一样固执已见、莫名其妙，她那引人注目的个性和品质，会随着她所关注的人或事情发生改变，她拥有所有的怪癖，但每一种都能合乎逻辑的结束。她的第一个姿势并不会告诉我们任何信息，但从他的第二个姿势开始，我们就能预见她的意图。我们无法用言语来形容变化莫测的神性，她突然进入我们的生活，就像是沙漠当中的一股喷泉，在制造了一个转瞬即逝的绿洲之后就消失不见了。她每隔一段时间就会回到我们的生活中，就像候鸟遵循季节的变换，相聚然后分离。在我们的右侧，她击倒了一个人，然后无视他的存在；在我们的左边，她击倒了另一个人，却十分担心他的境遇。虽然她时而行善，时而毁灭，却始终出人意料地忠实于她在特定事件中扮演的角色。例如，一个人总是在战争中遭受失败；另一个人则始终在桥牌游戏中输或者赢；第三个人则一直遭人背叛；第四个人总能发现危机重重的火灾、水灾或大街上的危险；第五个人始终在爱情或生意上一帆风顺或挫折不断；而且这种命运或贯穿他们生命的始终。这些或许证明不了什么，但至少能够向我们证明，她活动的范围就在我们之中，而不是在我们之外。只有我们心潜在的力量才能赋予她外在的形式。

她的习惯有时会突然发生改变，一种古怪的行为会引发另一个。在一个新的氛围中，一些唐突的变化会马上揭穿她虚伪的个性，证实她的真正面目。接下来，我们来讨论一下所谓的“转运”，我们的潜意识展示了自己的审慎和兴趣，并且逐渐意识到，它所涉及的那个世界正在发生一些重要的事情，难道我们的潜意识不是在逐步发展吗？难道它没有增加一些经验吗？难道智慧之光和意志力的火花，没有穿透它阴暗的住所，向它提供一些危险的信号吗？在数年的艰难困苦之后，它是否已经学到了抛弃自己冷漠自负的智慧？外部的危险能否将它从危险的麻木中唤醒？如果它已经知道，在它监狱的屋顶上发生的一切，几个世纪以来，冷漠构筑了一堵冰冷厚实的墙，将它和它素未谋面的姐妹隔离开来。在经过了长期而痛苦的努力之后，在最后的关键时刻，它是否能够在这堵墙上打开几道裂缝，是否能够进入它所依靠的短暂的生命？

（16）但是，我们必须承认，这些关于潜意识的假设并不能够解释运气所有的偏私。它那三种邪恶的行为就是三种不同的灾难——这是人类所知的，最恐怖的灾难——在人类出生之前就降临到人类头上。我是指绝对的贫穷、疾病（特别是令人震惊的生理退化和无法治愈的疾病，令人反感的丑陋和畸形）以及智力缺陷。三位邪恶女神在生命刚刚开始的时候，就坐等那些无辜之人，并在他们身上留下明显的印记。不过，虽然他们选择的方法神秘莫测，这三种无法磨灭的苦难的来源却没有人们想象的那么神秘。我们不需要在一个预设的意志中、在毁灭性的、怀有敌意的、永恒的、令人费解的法则中寻找它的身影，贫穷的根源就是我们自己。虽然我们会惊讶，为什么有人富可敌国，有人却穷无立锥之地。我们深知，过分的财富和过分的痛苦同时出现，只是源于人类的不公平。无论是神仙还是星宿，都和这种邪恶没有任何关系。至于身体残疾和精神疾病，当我们排除那些属于贫穷的因素之后，我们所遭受的心理或身体的痛苦，就像贫穷一样，绝不是无法避免的，也并非是父母的过错。然后，虽然仍有一些持久不变、莫名其妙的不公平存在，哲学家注意到了这些神秘的痕迹，以后如果他们有闲暇，可以仔细地加以研究。但如今，我们应该明智地拒绝生活中出现的那些不必要的黑暗，或者用虚构的诅咒和有害的物质将我们的生活保护起来。

就那些普通的运气而言，我们姑且相信，我们好运发展的历史（并非我们真正幸福的历史，因为这种幸福完全独立于运气之外）就是潜意识发展的历史。相比于那些假设而言，这个信条更相信，星宿、来世和宇宙的精神渗透到了我们的日常生活之中，给了我们更多的鞭策和鼓励。或许，改变潜意识的性质，就像改变金星和火星的历史一样困难，但相比于其他观点而言，这个观点至少没有那么冷漠和荒唐。当我们在两种可能性之中做出选择时，我们必须选择那个对我们的希望设置最少障碍的可能性。另外，如果不幸真的难以避免，我不知道除了告诉我们自己，我们才是不幸的唯一源泉，我们并不是邪恶意愿的受害者，也不是毫无意义的运气的玩物，如果我们比自己的同胞承受了更多的苦难，或许，我们只是在时空中记录，我们个性的必要形式之外，还有什么更好的慰藉方式。只要灾难没有影响到人类固有的骄傲，他就仍有力气挣扎，完成他的基本任务：那就是，用他所有的激情去努力生活，好像和其他人相比，他的生活是人类命运所能取得的最好的结果。

这个观念也和我们所遵从的宽泛法则更加契合，我们制造了一个又一个神仙来填充这个世界，不计其数的神仙不过是存在于我们内心深处的原因作用的结果。随着我们不断前进，我们就会发现，许多掌控我们命运，让我们叹为观止的力量不过是我们自己未得到充分理解的力量的碎片，随着时间的推移，这一点就会越来越明显。

尽管我们更加靠近那些未知力量，或者将它们限制在我们内心之中，但我们依旧无法征服他们，虽然如此，我们还是知道了它们位于何处，我们应该如何打开缺口。晦涩难懂的力量围绕在我们周围，但和我们至为密切的那种力量就在我们的内心深处。其他所有力量都经过此地，这是它们的幽会场所。我们重新进入并聚集于此，它们与这种力量的关系决定了它们与我们的利益关系。

为了将这种力量和其他的力量区分开来，我们称之为潜意识，当我们有机会更加深入地研究这种潜意识时，当我们更加了解它那神秘的机警、它的憎恶和偏爱、它的绝望时，对于那个以命运的名义对我们严加迫害的怪兽，我们在不知不觉间就让他失去了原来锋利的牙齿和爪子——天意和运气。目前，我们仍在维持着这种力量，就像是一个盲人在喂养一头狮子，到最后，他可能会被狮子活活吞掉。或许，不久之后，我们就能看到狮子的真面目，然后掌握征服它的方法。

让我们精神抖擞地走在从意识通往潜意识的每一条路上，因此，我们就能找到至今仍未通行的伟大的道路，通过这些路径，我们就能从看见到看不见，从人到神，从个人到宇宙。在这些路的尽头，隐藏着生命的普遍秘密，与此同时，让我们接受那些给我们的生命带来最大鼓励的假设。这种生活需要我们为它们解开未解的谜团，因为在我们这里，这些谜团很快就会变得清晰明确。

图书在版编目（CIP）数据

生命物语 /（比）莫里斯·梅特林克著 ; 周旭译
. -- 北京 : 北京时代华文书局, 2018.1
ISBN 978-7-5699-2114-4

Ⅰ. ①生… Ⅱ. ①莫… ②周… Ⅲ. ①随笔—作品集
—比利时—近代 Ⅳ. ① I564.64

中国版本图书馆 CIP 数据核字 (2018) 第 001754 号

诺奖得主人文译丛：

生命物语

SHENGMING WUYU

著　　者 | [比] 莫里斯·梅特林克
译　　者 | 周　旭

出 版 人 | 王训海
丛书策划 | 邵鹏军
责任编辑 | 周连杰
特约编辑 | 廖　丹
装帧设计 | 格林文化
责任印制 | 刘　银

出版发行 | 北京时代华文书局　http://www.bjsdsj.com.cn
北京市东城区安定门外大街 136 号皇城国际大厦 A 座 8 楼
邮编：100011　电话：010-64267955　64267677
印　　刷 | 三河市祥达印刷包装有限公司　0316-3656589
（如发现印装质量问题，请与印刷厂联系调换）
开　　本 | 880mm×1230mm　1/32　印　　张 | 7.5　字　　数 | 150 千字
版　　次 | 2018 年 7 月第 1 版　印　　次 | 2018 年 7 月第 1 次印刷
书　　号 | ISBN 978-7-5699-2114-4
定　　价 | 36.00 元